ᛞ

ᚱ

ᛉ

少年凡一

藤原進三——著

這是一部虛構的小說。

——藤原進三

目次

無邊際作家的無邊際作品

陳耀昌

遠流王榮文先生打電話給我，說有一本新書請我寫序。知道作者是誰後，我迫不及待馬上去取書稿，毫不思索地答應。

拜讀約五分之一後，我就開始請教谷哥大神了，也震驚於我這老友的作品，涵蓋範圍竟如此寬廣。書中有精神醫學（但不是最近風靡台灣的阿德勒「勇氣學」）、有宗教（竟是奇特的摩爾門教與冷僻的古佛教，我Google之後仍然分不出哪些是史實，哪些是作者虛構）、有藝術史（這一點我倒知道淵源所在，作者夫人是藝術史家），更驚訝的是，也談物理（作者文組出身，如何能將物理學大師的理論，談得如此深入又有趣，不可思議）。他寫亞美尼亞大屠殺，竟然好像身歷其境，而且融合西方詩集，又有戲劇張力。日本神話裡的「輝耀姬」（月光姬），在小說中化身成了主角凡一的準女友。春秋時代的盜跖在他筆下，則完全被顛覆，變成一流哲學家，先把孔仲尼修理一番，又與日本文人志賀直哉暢談日本文學、文化，再與世界各方大哲縱論上下古今。最後古今東西哲人齊聚一堂，天人合一，令人拍案叫絕！

本書的表現手法也很特殊。作者像文字魔術師，在他筆下，古代與現代之間，異想與現實之間，西方與東方之間，如穿越劇，來去自如。而全書以日本爲背景，無一字提到台灣，卻又時而針對台灣現況，作一針見血的評論。他評析日本總理「鞍馬天九」、反對黨黨魁「有文英菜」，談領導風格，又提福島災變，縱論核電政策。其實一字一句，莫不針對台灣，讓我不禁掩卷狂笑。還藉德國物理學家海森堡之口論科學與政治間的糾葛，這是永遠存在的兩難，但作者舉重若輕，令人擊節讚嘆。更談AKB48，談蘿莉控，嚴肅中有輕鬆調皮，頗多創見。再加上作者選擇以小說人物「藤原進三」作爲筆名，而「進三」又與日本首相名字（晉三，Shinzo）發音相同，妻子則成了三菱財閥「岩崎」家族一員。凡此種種，道出他雖然一時受挫，而不改鴻鵠之志。我感覺他正以這本「無邊際作品」來展示他未來可能的「無邊際人生」。

難怪王老闆說他讀了之後「驚豔」，而我則是「拜服」。

我不知道讀者的反應會如何？但我會用主持醫學會議時稱讚演講者的最高級形容詞「very inspiring」來表達。是的，用「inspiring」（啓發性）這個字來形容這本書應該最合適吧！

王老闆說，爲什麼邀我寫序，除了我與進三兄是朋友外，還認爲我們都是「跨領域的新銳作家」。進三先生的這本《少年凡一》，融宗教、玄學、哲學、藝術、廚藝於一爐，又創作出兼合自修、家書、神話的文學新風格，無所不包，無邊無涯。是的，一言以蔽之，無邊際，borderlessness，正是這本書的最大特色。

許多朋友告訴我，他們喜歡我的《島嶼ＤＮＡ》，因爲我從人類學到台灣史，都能提出新觀點。在《福爾摩沙三族記》與《傀儡花》中，又展示考證及說故事的功力（抱歉自吹自擂）。然而，我只能算是多元 multidisciplinary，而 Dr. Shinzo（作者是法學博士）則眞正是無邊際 borderless。

我只是運氣好。二〇〇九年開始寫《福爾摩沙三族記》時，正好《熱蘭遮城日誌》問世；二〇一二年寫《傀儡花》時，又逢台史博出版了《李仙得台灣紀行》的英文版，讓我在眞實史料的蒐集方面，得來全不費工夫。此外，我大大受益於 Apple、Google，還有 Facebook。

因爲有了智慧型手機，我可以二十四小時隨時上網，可以斜躺在床上寫作，在火車上、計程車上、捷運上、等電梯、等人、等上菜時，都是上網時刻。可以隨時照相留存，資料巨細靡遺，又可以分類歸檔。網路提供了我無窮的資訊，包括去何處踏查。然後我以過去寫醫學論文的訓練，去蕪存菁、去僞存實。就這樣，我在不知不覺中成了朋友或讀者眼中的「專家」。數位化讓貿易無邊際，造就了全球化；地域無邊際，成了地球村；也讓知識傳播無邊際，人的學習遂可以無疆界。總之，如果早生二十年，我只是一個愛好閱讀的醫師或教授，無法跨界有成。

然而，我的朋友 Dr. Shinzo 更厲害，他處於一個無法使用網路的環境，無 Apple、Google 及

Facebook，甚至無書店、無電腦、無綜合圖書館。他竟然能寫出無所不包，無所不精，又似論述，又似神話的小說。我眞的不知他是怎麼做到的，只能說天縱英明吧！

更可怕的，他僅利用十八個週末就寫成了《少年凡一》的家書原稿，眞是速度驚人。他的夫人麗子告訴我，家書原稿大多整整齊齊，只有極少數幾個字經立可白塗改。而我自己的小說，不但原稿分散各類紙張，而且經助理打字後，我都還要修改五遍、十遍以上。甚至章節重新來過，布局重新來過，結局重新來過，主角命運重新來過。總之，Dr. Shinzo 才是無邊際作家，我只是多元書寫。

在這樣無邊際時代，資訊與知識的取得相對容易得多，教育的目的不再只是傳遞知識，還要引領下一代有效吸收消化並靈活運用知識。我的朋友 Dr. Shinzo 博聞強記，知識豐富，並且受過專業法學訓練，《少年凡一》原是不自由的他爲了「唬弄」孩子所寫的家書，他以特出的記憶與統整能力，天馬行空地編織出一則眞眞假假、虛虛實實的故事，結果意外成就了這樣一部帶有神話意味的穿越小說，也成爲了一份送給讀者的新奇禮物。

Dr. Shinzo 寫給兒子的家書成了這本小說《少年凡一》，寫給太太的情書成了另一本小說《彩虹麗子》。這家庭的三位成員，感情甜蜜交流，又各有獨特專長，眞是令人稱羨。Dr. Shinzo 在四面高牆裡已能夠寫出無邊際作品，將來重歸自由之後，會有怎麼樣的爆發力，展示其無邊際人生呢？且讓我們拭目以待！

・陳耀昌，醫師作家，台大醫學院名譽教授。著名血液疾病專家，爲台灣骨髓移植先驅與幹細胞研究開拓者。著有歷史小說《福爾摩沙三族記》、《傀儡花》，文化論述《島嶼ＤＮＡ》等，並獲巫永福文化評論獎、台灣文學金典獎等。

第一章

藤原家的失語少年

京都，洛北，昔時皇室家族避暑遊憩的修學院離宮側近，鄰靠比叡山方向的這座宅邸，是藤原家。八百坪的庭院，圍繞著一棟雅致的洋風三層建築物，外牆是看似石砌的奈米科技花崗岩紋磚，低調、厚實、歷久彌新的氣質，對應著主人家的品味風格。周遭方圓五公里之內，別說是民家住宅了，連各類型的建築都很罕見。錯落有致的少數幾座寺院古蹟，隱身在濃密楓木竹林之間，沒有一絲絲遊客的喧鬧，讓這裡的竹子比嵯峨野更加碧翠鮮綠，紅得如寶石般晶瑩剔透的楓葉也勝過永觀堂。在終年觀光客人滿爲患的京都，距離河原町三條繁華街町不過二十分鐘車程的修學院離宮附近地域，既不是風景區，也不是別墅區，應該算是「封建貴族階級保留區」吧。保留下來的幽靜景致，千金難買。

藤原家的宅邸，是那種不可能被不動產仲介列爲交易標的的建物。在二戰結束前仍然維持著華族身分的藤原這個姓氏，作爲天皇家族的旁系血親，早在明治時代中期，就在這塊皇家恩准御賜的土地上，蓋起了休閒度假用的西洋式建築。如今建築主體雖然在外觀上保留了原始設計，內部空間卻已經全面整修更新，具備了舒適便利的現代化機能。至於庭院，則依然精心維護著它百多年來的樣貌。沒有高牆藩籬，以看來不經意分布生長的竹子，巧妙地將整個院落和外界區隔開來。除了兩棵高達二十公尺的楓樹參天而立，整個庭院，就是「留白」，留給地面上細緻精巧的苔蘚和灰白色小石子鋪陳。這裡，是看不見櫻木的。在藤原家的觀念裡，櫻是庶民的植物。櫻花是吵鬧的，綻放時，花瓣茂密繁多顯得那麼廉價，凋謝時，一夕之間滿天飛舞，又是快速消逝得那麼隨便。花季時人擠人坐在櫻樹下喝酒唱歌，是平民百姓的無聊趣味。點綴在藤原家宅邸庭院間的，只有幾株「朝顏」。然而，這幾株朝顏，可是從戰國時代晚期衍生至今的正欉品種，開著純然紫色花朵，是千利休親手培育而成的。

藤原家的男主人藤原進三，坐在起居室的扶手椅裡，若有所思地看著落地窗外的庭院。朝顏一早開了三朵紫花，他卻完全沒有注意到。平時，窩在這座舒適黑色皮椅上的他，通常都是抱著一本書讀著。老婆孩子總愛笑稱他，回到家就變成植物，一顆「沙發馬鈴薯」（couch potato）。進三是藤原家第十八代傳人。這十八個世代，正好可以從德川幕府建立江戶時代開始起算，歷經大政奉還、明治維新、大正民主，直到昭和以及現今的平成。隨著時代的變遷，貴族的血統已經沒有太大的意義，藤原這個家族留給進三的，除了姓氏之外，就只有這座宅邸而已。別說華族的身分特權早已明令取消，歷代先祖擁有的俸祿資產，在傳到他這一代之前，就已經幾乎蕩然無存了。除了極少數的歷史學家之外，沒有人會注意到這個姓氏有什麼特別的背景表徵，大家比較知曉的反而是他的堂妹藤原紀香。紀香製造緋聞的效率，和她在演藝圈走紅的程度不相上下。

有別於一般沒落的華族，只能掙扎著從過去專供皇室貴族子弟就讀的學習院大學畢業，然後靠著拉攏、經營人際關係混飯吃，進三倒是很爭氣。京都大學醫學部畢業後，先留校從事研究工作，再到美國約翰．霍普金斯大學取得博士學位，如今已經回到母校京大任教多年。不過，進三的專業，並非傳統的生理醫學領域，而是精神醫學與心理學。他以德國心理學大師榮格所創立的分析心理學爲基礎進行研究，結合了符號學和文化人類學，運用符號學的知識特性，拓展了榮格有關「原型」的理論範疇，導入文化人類學的經驗現象，架構出「集體潛意識」的具體典範，發展出近現代以來心理學領域最傑出卓越的學術成就。但是，在奠定理論開創者的地位之後，這幾年來，進三的研究方向又轉向實務，針對個體的內在心理進行臨床上的深度探索。採用的方式，則是催眠。進三將一般心理醫師也會施行的催眠療法，改造成一種追尋人類心靈深處奧祕的工具，以此，去開啓個人潛意識以及集體潛意識的大門。反正，京都大學是無比自由的學校，早已晉升教授的他，要做什麼主題研究都可以。即使是煉金術也無妨，只要不把研究室燒毀就好。

至於爲什麼身爲藤原氏第十八代家主，名字卻叫作進三呢？進三小時候問過父母，據說是祖父取的，理由不詳。「大概是受漢學教育薰陶的爺爺取自古訓立德立功立言之類的典故吧。」進三心想，「還不錯啦，至少比進百、進萬來得好。」不過，成年之後發現，進三的發音（shinzo）和某任總理大臣的名字讀音唸法完全一樣，有時會讓他有點不自在。

「進！」妻子都是這樣叫他。這樣的稱呼，讓進三覺得安心。

岩崎麗子，進三的太太，已經來到起居室的落地窗前。順著進三的視線望向庭院，幾片楓葉飄落在鋪石步道上。「待會要出去把落葉撿乾淨。」有潔癖的麗子這麼想。在家事上，她總是親力親爲，不像老公，老是沙發馬鈴薯一顆。剛從工作室回家的麗子，今天穿的是菊池武夫設計的西裝式上衣，立領，六分袖，搭配 Max Mara 的窄管長褲，八分褲管。身材依然保持得很好的麗子，在這樣的混搭下顯得神采洋溢，看起來四十歲不到。穿著極有自我風格的她，從來不穿套裝，即使是成套的服裝，到了她手上，也是被拆開來穿搭，而且總是呈現出更好的效果。因應不同場合，麗子有她偏愛的設計與選擇的品牌。正式的典禮宴會，她會以森英惠的作品爲主，那是高級訂製服（haute couture）。到學校教書，她就比較喜歡 Prada 的帥氣俐落。至於工作以外的活動，則以山本耀司爲首選，因爲，穿起來最舒服，又不怕髒（Y's 的產品幾乎都是黑色的）。那做家事、撿落葉，也是一身時尚名牌嗎？麗子的家居服，一律非 Hang Ten 即 Giordano，只要求純棉、質地好。奇怪的是，介於頂級精品和極度平價之間的服飾品牌，像是 Zara、Mango 之類的中價位商品，永遠進不了麗子的衣櫃。

不趕流行的麗子，在眾人的眼中，總是最時尚的。身爲岩崎家的一員，風尚潮流是追著他們家跑的，從來不需要他們追求。岩崎家的歷史，就是日本近代發展史，等同於國家現代化的歷程，也相當於整個民族產業興殖的軌跡。第一代的家業創立者岩崎彌太郎，第二代的事業拓展者岩崎彌之助……，傳到麗子這一代，是第五代了。是的，岩崎家就是三菱集團的創始人。在二次大戰前，三菱，不像現在稱爲企業集團，而是直接指稱爲「財閥」。隨著明治維新以來國家重商主義的扶植，三菱財閥的多角化經營方針，在戰前就已經從礦山、冶煉、造船、機械、石化，擴及金融、貿易、運輸與投資等事業，無所不包。當三菱重工在橫須賀的工廠加緊趕工生產零式戰鬥機的同時，三菱商社也正在巴達維亞（今雅加達）大量墾植橡膠樹，並準備在新幾內亞探勘石油。投下兩顆原子彈後，占領日本的麥克阿瑟聯軍總部ＧＨＱ所發布的第一號命令，即是「財閥解體令」，強制三菱、三井、住友與古河等大財閥家族移交所有權，禁止涉及經營事務。但是，終戰七十年後的今日，一位普通的日本人，上班搭的電車是三菱重工製造的，買東西的商場是三菱商社投資的，住的房子是三菱地所建設的，開的汽車 Lancer 是三菱汽車生產的，薪水存在三菱銀行，喝的麒麟啤酒也是三菱企業集團下的會社所生產。難怪有人說，戰前的日本財閥不但沒有消滅，反而以一種看不見的「藩」的企業型態統治著日本。一般社會大眾，不過是「藩的子民」而已。

雖然三菱集團的產業版圖依然無比巨大，但是，岩崎家族已經失去了足以控制集團傘下各企業的股份比例優勢。在股權社會化、股份分散化的狀態下，現在的岩崎家族相對於三菱集團的地位，也就是和普通的大股東沒什麼差異了。在採取長子繼承制的日本，家族財富傳統上都是由嫡長子一個人繼受，以避免資產實力分散。因此，岩崎家族能夠給予麗子的，就是優渥的生長教育環境和不至於需要擔憂的生活經濟條件而已，至於其他，既然是女孩子，就看妳自己了。

麗子的父親岩崎甫郎是著名的登山家，曾經創下在七十、七十五歲高齡兩度登頂珠穆朗瑪峰的紀錄。除了登山，他生性淡泊、正直且樸實。父親這樣的人格特質，對麗子的成長影響十分深遠。在麗子身上，看不到一絲權貴家族的驕氣，而是非常體貼、富同理心，樂於幫助任何有需要的人。她大學念的是美術系，卻曾經在眾議院的立法研究部門任職過一段相當長的時間，後來離職，成爲知名的政治評論家，經常在《文藝春秋》、《中央公論》等期刊上發表論述。同時，麗子也未能忘情藝術，近年來專研西洋藝術史，目前在京都產業大學工學部建築學科開設了兩門藝術欣賞的課程，叫好又叫座，每學期選修人數都爆滿。除了政治和藝術兩個領域以外，麗子還身負一項鮮爲人知的傳承：岩崎家的家傳祕學「彩虹數字」。彩虹數字學，據傳是古希臘時期哲人兼數學家畢達哥拉斯所創設，是一門以數字解析生命密碼的方法。岩崎家在第一代創始人時期，因緣際會從荷蘭傳教士手中學到了這門學問，不但作爲個人立身處世的行動指導，具有神奇的效果，甚至對企業經營發展決策，都能提供關鍵性的參考依據。三菱財閥能夠持續擴張壯大，其實多有賴彩虹數字的指引。因此，一百多年來岩崎家所訂立的規範就是：財富資產由長子繼承，彩虹數字歸長孫女傳習。而且，為了確保這傳女不傳子的祕學不致中斷或外流，家規還規定，繼受彩虹數字的這位長孫女，即使出嫁了，也不得改隨夫姓。這也就是麗子在和藤原進三結婚之後，仍然冠著岩崎舊姓的原因。

「進！」麗子又喚了一次，才把進三從沉思中拉回現實。

「決定了嗎？」麗子問。

「嗯。」進三回答。兩人之間，總是能以最少的語言交談，而都能心領神會了然無礙。但這並不表示他們和許多夫妻一樣無話可說，相反地，進三和麗子彼此都很喜歡和對方聊天，話題一啓，常常沒完沒了。只是現在兩人心裡正被一個共同的煩惱頂著，最不需要的就是多餘的言語。

他們共同的煩惱，是兩人的兒子，凡一。進三和麗子育有一女一子，女兒宣子大學到東京就讀，畢業後在神奈川縣的中學找到教職，是不靠爸媽靠自己的模範。當了老師之後，學生比什麼都重要，一年回家不會超過三次。所以，這幾年來，只有凡一伴著夫婦共同生活。凡一現在是東山高校一年級的學生，這是一所位於京都東山歷史悠久的名門高中，戰前可說是舊制三高（第三高校）的預備校，進了三高，就等於取得直升京都帝大的資格，是培育精英的搖籃。京都有許多在各個領域成就非凡的人物，都出身東山高校，包括：諾貝爾物理學獎得主湯川秀樹、哲學家西田幾多郎（京都的「哲學之道」因他而得名）、文學家也是諾貝爾獎得主川端康成，都是東山高校的前輩校友。

三個月前，凡一突然不再開口說話。不僅在家不說話，到了學校也是一樣。他的失語沉默，是整天二十四小時的，不但無法和人溝通，也不會出現自言自語或是說夢話的狀況。既然不能使用語言，那文字呢？沒法說話，用筆交談呢？也不行。就好像語言文字作爲一種和他人或世界進行訊息交換的媒介，從他身上徹底被清除掉一樣。奇怪的是，這項清除作業，執行得還眞是精準：僅限溝通使用時失效。也就是說，當聲音文字不是作爲和外界溝通的工具時，凡一身上的語文機能是可以操控的。所以，他可以參加考試，但是作文寫不出來；他可以唱歌，但是一旦要以歌曲抒發心情就會失聲。這樣的失語現象，並不影響他正常上學和生活作息，但是，凡一卻因此與外界愈來愈疏離隔絕。

進三身爲一位心理學家，又是臨床精神治療專家，嘗試了許多方法卻始終沒能讓凡一的情形有所改善，甚至連導致這狀態的原因，都還無法掌握。只能模糊地了解：一、這種現象並不是外力造成的。有別於所謂創傷後症候群之一的失語症，當事人爲了保護自我或逃避極度的驚嚇恐懼，在受到嚴重傷害之後，往往會有喪失語言能力的情形。凡一的情狀並非如此。他的現象，比較像是內在某種不明的因素自發造成的。二、這種現象似乎和凡一的心智發生了一種自我剝離狀態有關。但，這種自我剝離的精神狀態起因爲何？如何發生、運作？相關的機制都不明瞭。三、可以確知，凡一的自我剝離狀態，和通常被診斷爲思覺失調症或思覺失調症前兆的情形並不相同。一九八〇年代，美國一位心理作家丹尼爾・凱斯（Daniel Keyes）寫作了《24個比利》成爲全球熱賣暢銷書之後，所謂的多重人格解離狀態廣爲人知，許多人開始懷疑自己內心是不是也住著另一個靈魂，會趁不注意的時候跑出來胡作非爲大鬧天宮，而自己卻一無所知。不過，凡一的情形並不是多重人格的類型，他的自我剝離，並不會產生支配性或衝突性。

就在進三正爲了釐清凡一的「症狀」而困擾不已時，另一個更令人擔憂的狀況出現了，是麗子發覺的。有一次，麗子進入凡一房間收拾打掃，在擦拭桌面時碰到了滑鼠，原本呈現休眠狀態的電腦螢幕因此甦醒，赫然跳出一幅赤裸小女孩的影像，一幅、一幅、又一幅，上頭同時開了超過二十個連結，全部都是同樣性徵的網站，是pedophile，戀童癖者。麗子二話不說直接將網頁關閉、電腦關機，不動聲色地將這個發現告訴進三。接著，在一個月前的週末，麗子幫凡一整理書包時，竟然在他常用的手提袋裡，翻出了幾十條女用內褲，從花色和尺寸判斷，全部都是兒童用的。手提袋內滿滿的內褲，除此之外，還裝了一本東野圭吾的小說《宿命》。麗子照樣二話不說直接將內褲處理掉，再不動聲色地將這個發現告訴進三。

依據進三的專業訓練，他感覺到，凡一的失語現象和戀童的行爲，二者之間應該存在著某種關連性。但是，診療個體不說話、無法溝通、得不到回應反饋，就已經夠棘手了，再加上性偏好錯置，眞是異常麻煩的狀況。

更麻煩的是，這個個案是自己的親生兒子。進三一直陷於躊躇之中，因爲面對這種情形，當各種方法都束手無策時，通常只剩下催眠一途了。讓進三困擾猶豫的是，在專業倫理的規範上，他其實不可以逾越多年來嚴守的客觀中立界線，在和自己有血緣關係的對象身上施行催眠。然而，凡一的狀況又是這麼複雜而特殊，讓進三不敢將他轉介給其他擅長催眠診療的同行。萬一在轉診治療過程中有任何訊息外洩，傷害將難以彌補。

自從結婚以來，進三遇到任何疑惑，麗子都能夠解決。不管是什麼樣困難的問題，和麗子討論之後，進三就可以得出答案，做成正確決定。只有這次，夫妻兩人一起傷腦筋，停滯在無解狀態，下不了決心。

打破僵局的是昨天發生的事件。校長親自來電通知麗子到學校一趟，才知道原來是凡一在上課時間跑到東山高校附設的幼稚園，被發現躲藏在游泳池的女生更衣室裡，行爲動機不明。幸好當時小朋友們都在泳池中練習打水，更衣室沒有人，否則事態可能難以收拾。這起事件，校長已經允諾不會做出正式的處分，並且會將知悉的人數控制在最小範圍內，但也希望家長保證類似行爲不會再發生。在這樣的衝擊下，麗子於是傾向支持進三在凡一身上進行催眠，但是，仍然尊重進三最終的決定。適才的問句，指的就是這件事。

「什麼時候做？」麗子問。

「已經進行過第一輪了，今天上午。」進三是那種做了決定就迫不及待付諸行動的急性子，不等麗子回到家，他就對凡一實施催眠診療了。

「有什麼進展嗎？狀況如何？」

「我把整個過程的重點寫成診療筆記了，在這裡，妳待會可以看。」進三將手邊的筆記本遞給麗子，繼續說道：「很奇怪，我正想聽聽妳的意見。在凡一的意識深處，好像存在著許多個記憶體，我聽到的，至少有六個。」

「可能不只六個喔，凡一是一九九九年九月九日出生的，從彩虹數字來看，他的內在應該有九個記憶體藏在裡面。」

「可能有幾個還沒出現，或是我沒 catch 到他們的聲音。我聽見的話語音調，幾乎都是我不懂的語言，有幾樣勉勉強強能夠推測猜想，其中一種是 Sanskrit。」

「梵語？」

「聽起來很像，我想大概是吧。」

「梵語是古代印度人的語言，現在已經沒人在使用，懂的人也不多了，不是嗎？還有別的呢？」

「其他我比較有把握的，一個是 Celtic，混雜著一點 Silures。」

「Celtic，塞爾特語，那是古代愛爾蘭、蘇格蘭島嶼上的民族語言。Silures，志留，則是羅馬人入侵不列顛時居住在威爾斯東南部的一個民族。」麗子在語言學方面的知識，是從事藝術史研究附帶得到的禮物。「還有呢？」

「古希臘語、波斯語、拉丁語與俄語。」

「都是近東和歐洲地區的語言。」

「也有中國語和日語，不過，都是古時候的語法，有聽沒有懂。另外還有一、兩樣我完全難以分辨的語言，說不定是某一個時代某一個地球角落的某一個少數民族在使用的，誰知道？」

「沒想到凡一的腦袋瓜裡裝了這麼多東西，對這種情況，你的初步結論是什麼？」

「還不能驟下判斷，只知道在凡一的意識中有這些記憶存在，而和這些記憶體溝通的方法，我只有一個概略想法，能不能成功還不知道。」

「至少，總算有個希望可以期待了。」事情有了進展，麗子突然間覺得肚子好餓，心裡開始想著，是要先到庭院撿拾落葉，還是先去廚房切塊麵包墊墊胃，有台灣學生送了世界冠軍吳寶春的麵包，不知道好不好吃……。

「是啊，可是之後會遇見什麼，眞的沒人知道，也無法預測啊。」進三的表情，眞的就像一顆煩惱的馬鈴薯。

第二章

求助與邀請的訊號

京都的木屋町通，是一條沿著高瀨川這條寬幅不到五公尺，平行於鴨川和河原町通這兩大水陸幹線之間小運河的小街道。窄於三公尺的路線，汽車無法交會。這條小路，其實就是江戶時代以來的美食一條街。只要歷史夠悠久，古代都城的摩登時尚留存到現代，就成了傳統古典。當然，前提是這城市必須幸運躲過敵國空軍以燃燒彈地毯式轟炸的浩劫。木屋町通臨接鴨川的那一側，整排的舊式料亭，每年櫻花落盡之後，就在延伸向河岸的露天平台上布置餐席，伴著水面燈火輝煌，吃飯喝酒兼吹風。

人群熙來攘往的木屋町通，轉個彎，拐進幾個更狹窄的巷弄，立即又是另一番閒靜幽雅。這就是京都特有的風情，千年古都的深處，盡是本來面貌。迷宮般的巷弄裡，一處毫不起眼的門面玄關前，霧白色紙燈上簡潔地以行書勾勒出「牛久」的筆劃，這是一家開業迄今近兩百年，京都最負盛名的和牛料理專門店。過去專賣近江牛的這家老店，如今也隨著時代轉型，成為一家網羅日本全國各地頂級和牛的餐廳，全日本最好的牛肉，在牛久都吃得到。進三和麗子是這裡的常客，週末的晚上，兩人相約在此用餐，就像在自家廚房一樣，怡然自得稀鬆平常。

「師傅說今天來了不錯的飛驒牛，妳想怎麼吃？」進三徵詢麗子的意見。品嘗牛肉，麗子是行家。

「飛驒牛應該用岩燒比較好，請師傅切厚片，原味，準備西班牙玫瑰鹽，讓我們自己加就行了。」日本和牛，有名的是神戶牛、松阪牛，但是在麗子的喜好排行中，近江牛或米澤牛更勝一籌。不過，這兩者適合用 shabu-shabu，也就是火鍋的吃法。清水（千萬不要用什麼高湯）放入兩小片產自岩手縣近海的昆布，沸騰之後關小火，牛肉切至巴掌大小的薄片，在滾水中涮三下，一、二、三，挾起，入口即化。根本不需要調味，最多沾一點柚子醋。若是加上胡麻醬或七味粉，就是暴殄天物了。今天的飛驒牛，產自崎阜的高山，油脂分布的均勻比例和柔嫩的程度，必須在火焰熱度的炙烤之下，才能將美味逼促到極致。至於日本人另一種普遍的牛肉料理方式：sukiyaki，壽喜燒，在鑄鐵鍋中以鰹魚醬汁拌砂糖把肉煮熟之後，混著攪勻的生雞蛋吃。麗子和進三的共識是，這種吃法是對劣質牛肉的掩護，對頂級牛肉的褻瀆。

「喝什麼呢？」進三問。「你決定囉！」麗子對酒就一無所悉了。

「那就一小瓶純米大吟釀，冰鎮的。」進三點的酒，名爲「上善若水」。這是名副其實的逸品，喝起來的確像水一樣，入口毫無酒味。有些蠢蛋質疑，喝酒如水無味，爲何不喝水就好？殊不知，這款大吟釀有百分之十三點五至十五間的酒精濃度，會醉人的。有深度的是，這種酒入口之際如水，但在通過唇齒入喉之後，卻又迴盪出一股很難形容的喉韻。進三斟酌許久才找到一個適切形容這股酒香的用詞：淡麗。清淡而又綺麗，多麼難得的品質啊。

進三是酒豪，酒量酒膽酒勁眾所周知。麗子則是毫無酒力，一杯啤酒也會醉倒。可奇怪得很，麗子似乎天生有特殊體質：遇到酒中極品就不會醉了。像是一九八二年份的羅曼尼·康提（Romanée-Conti），或是一九六二年裝瓶的麥卡倫單一純麥，這些罕見珍品是麗子少數能夠暢飲不醉的。這種值得進行科學研究的現象，她自己本來也不知道。直到有一年在法國和進三接受招待享用一瓶二十多年的陳年貴腐葡萄酒時，竟然喝了兩杯還想續杯才發現。對此，麗子很得意地自稱是「極品佳釀測試機」。今天這瓶上善若水，是麗子可以喝上兩小杯的酒。

「乾杯！母親節快樂！」進三舉杯一飲而盡。爲了搭配冰得恰到好處的純米大吟釀，牛久捨棄京都傳統的清水燒，選用的酒杯是設計巨匠柳宗理的「因州中井窯」系列作品。使用鳥取縣因州中井窯的白、綠、黑三種釉藥大膽分染，設計獨特的型態，對比鮮明的配色，塑造了酒杯獨一無二的個性。以這樣高反差豔麗發色的陶器，盛裝純淨透明、晶瑩清澈的上善若水大吟釀，除了「絕美」，再沒別的詞彙可以形容了。

「謝謝！」母親節，是進三和麗子結婚以來每年唯一會應景慶祝的節日。其他像西洋情人節、白色情人節、耶誕節，這些已經深受商業模式操作的節慶重點行銷日，兩人很有默契地一概敬謝不敏。倒是每年幾個屬於自己的節日：進三生日、麗子生日、凡一生日，才是全家最重視的日子。

跟著飛驒牛肉一起上桌的，是以一千五百度爐窯加熱的石板，這時候，除了肉塊溢出的油脂在高溫石頭上滋滋作響外，無聲勝有聲。吃東西不談正事，是藤原家的優良習慣之一。有什麼事比用心體驗食物滋味更重要的呢？彼此分享味覺的感受：食材的特色、烹飪的技術、調味的平衡與突顯，這些對話充盈在享用美味的過程中，怎麼還可能分心去談論那些相形之下不那麼重要的「正事」呢？特別是麗子，將「用心吃東西」視為對食物、對大自然恩典表達敬謝的行動哲學，所以在進食這件事情上，她有著幾項基本原則：一、吃得用心、吃得快、好吃的先吃；二、不客氣地吃、不做作地吃、不裝模作樣地吃；三、好吃最重要，便宜又好吃和高貴精緻又好吃，是等值的。在這幾項原則的激勵鼓舞下，兩客各八百公克，以及麗子單獨追加四百公克的頂級飛驒牛肉迅速地遭到消滅。除了吩咐師傅準備三人份的牛肉稀飯外帶，別的都不吃了。滿足之後，就不要去破壞味覺。這時，早已對麗子的習慣瞭若指掌的主廚，為兩人端上內含一小塊麻糬的紅豆湯和綠茶，這是吃完和牛之後麗子唯一能夠接受的飯後甜點。

「今天有一件好玩的事喔！」甜點上桌，可以開始聊些「正事」了。

「什麼事？」麗子的事情，不管是否和工作相關的，進三都很感興趣。

「有文黨首打電話來約我見面，說要和我談談列入下一次眾議員選舉比例代表名單的事。」有文英栄是目前最大在野黨民主黨的黨首。

「那妳不就變成『熟女看板』議員了嗎？」

「聽起來很沒價值耶！」

「大概是『美女刺客』議員不行了，就想找形象好、學經歷優異、說理論述能力強、年齡成熟個性穩重的女性，來作為號召吧。」自從十多年前日本改採行單一小選區聯立制的選舉制度後，當時的小泉純一郎與小澤一郎等政治領導人，開始在各自的政黨中提名了許多外表亮眼的年輕女性出馬角逐國會議員。她們參選的多是該黨的艱困選區，卻紛紛跌破專家眼鏡，異軍突起打敗那些在地經營多年的對手，形成一股「美女刺客」議員風潮。不過這些美女議員進入國會後，不要說中規中矩地問政了，連不鬧笑話都很難。有分不清楚法律和命令的差別的；有以為PKO（自衛隊海外派遣）就是ODA（政府海外經濟援助）的；有拿國會研究補助經費去買NU SKIN的；甚至有開會表決不假缺席和男友跑去泡溫泉的。在失去新鮮感後，不僅社會大眾對這些女性議員的評價急速滑落，各政黨組織部門也為這些難以約束的從政黨員頭痛不已。

「是啊，而且眼看著鞍馬總理的民調支持度已經跌到八趴，明年大選，民主黨重新執政的可能性愈來愈被看好，條件好的人選接受有文黨首徵召的意願也會提高。」現任總理是自民黨的鞍馬天九，連任後的最近三年民調像溜滑梯一樣一路銳減，掉到滿意指數只剩下個位數的全球最低行列。

「誰叫東大法學部盡出一些笨蛋，連英國的《經濟學人》都說他笨，不是嗎？」

「不全是他的錯。經濟成長持續低迷不是他的錯，是高齡少子化社會造成的。但是，沒有提出有效的經濟對策，就是他的錯；福島核災不是他的錯，是老舊的設計和超乎預期的海嘯造成的，但是，危機處理荒腔走板，災後重建緩不濟急就是他的錯；東海衝突、日中關係惡化不是他的錯，是中國蠻橫不遵守國際法規範造成的，但是，向不講理的鄰居示弱，企圖以讓步換取妥協反而令人予取予求就是他的錯。」

「所以，他到底是不是笨蛋，把國家搞成這樣？」

「他的無能，問題並不是出自於智商。我反而認爲，鞍馬總理其實是一個有使命感，或至少自認爲背負著某種使命的人。只可惜他所負載的使命任務，和這個國家大多數人民所想的、所要的，相去太遠了。所以，讓大家都覺得他的施政怎麼這麼奇怪。和社會脫節，再加上長久以來已經習慣活在一個封閉環境中，就形成了徹底無能的悲劇。這就是『模範生現象』，從小到大一直想當模範生，結果到頭來才發現，根本沒有足夠的訊息和朋友來幫忙他做個普通人了。」

「那麼有文藁首呢？她也是東大法學部的，看起來不像笨蛋的樣子。」對於麗子的政治評論，進三內心是相當佩服的。

「很多人看好有文黨首的國家領導能力，其實我反而是有保留的。我比較覺得，她充其量就是一位現實主義型的領袖，沒有什麼大格局或開創性，更不會有什麼驚人之舉。這就是所謂的『優等生症候群』。在既有體制或環境中，去解決當前的問題，克服既有的困難，她可以。就像優等生考試一定會拿滿分、比賽得第一、品性零缺點一樣。大家總覺得她是空心、空洞的。在使命目標上，在戰略方向上，她自己有什麼堅持或主張嗎？從來沒有。她若執政會滿無趣的。不過，從另一個角度來看，不去高倡激情眩目的口號，不代表她的內心缺乏對國家的責任。沒有提出美好動人的主張，不等於她對人民和社會的意志與決心可以被忽視。或許，這正是新世紀新世代的領導人更為樸實無華的典型，就像德國的梅克爾總理一樣。況且，任何人接在鞍馬總理這種八趴領導人後面上台，想要做得更爛，恐怕也不容易就是了。」

「那麼，擔任民主黨比例代表眾議員這件事，妳答應了嗎？」

「你想我會隨隨便便就讓人家拿去當作看板用嗎？」

「英明！果然是我們家永遠偉大永遠勝利永遠正確永遠光輝的領導，何況，妳的年紀還不能算是熟女咧。」

「可惜我既不姓金又不生在北朝鮮。走吧，回家，領導我買單！」

進三和麗子步出牛久，從木屋町通轉由四條大橋旁的台階拾級而下，走到了鴨川河岸邊上。鴨川，kamogawa，取「鴨」的同音，又名「加茂川」。從京都北面的嵐山進入，貫穿整個市區，直抵最南邊的伏見桃山，注入桂川。之後在京都與大阪府的交界，和沿岸盛產茶葉、以「宇治茶」而聞名的宇治川匯流，同樣一條河，又改稱爲「淀川」。因爲當初一統天下、在大阪建造天守閣的一代梟雄豐臣秀吉，專寵的側室名爲「淀殿」，有權有勢的男人爲了討心愛女人的歡心，一條河流沒事也得改個名字。今年夏天來得晚，五月八日了，如同男女之間處在「友達以上，戀人未滿」的階段是最美好的一樣，現在的天氣，春天已去，夏季未臨，正是一年之中最宜人的時候。鴨川筆直而寬廣的河道提供了遼闊的視界，也提供了星空和晚風。鴨川兩側的堤岸，已經超越了堤岸的概念，是兩條各寬達三十公尺的水岸生活地帶，以大小參差的石塊鋪成，平坦又紮實。麗子腳上一雙 Salvatore Ferragamo 低跟經典款皮鞋，走在上頭毫無滯礙。至於進三穿的是 Clarks，就更輕鬆自在了。兩個人都習慣、也喜歡一起散步。

「明天就要正式對凡一進行催眠了，是不是可以請妳從彩虹數字學的角度，給我一些參考意見？」即便身爲心理分析領域頂尖的專家，進三對每個個案都抱持著謹慎小心的態度，這次對象是兒子，更多少增加了一些不安。

「嗯，看完你上一次預備性催眠診療的筆記之後，我本來就想提出一些建議，所以前天又把凡一的彩虹數字拿出來看了一遍。」

「太好了，請大師開示。」

「凡一的先天數，有五個9，兩個0，一個1。這麼多的9，讓我們必須重視9這個數字對他的影響。9的生命意義，就是『身心靈合一』，以完成身心靈三者的整合或歸零，作爲自己生命的課題。表現在能量運作的型態上，就是：靈性、業力和夢。靈性，是精神的、信仰的、宗教的、修行的、神的，對形而上的追求。業力，是想了結一切，將所欠的都還清，不再糾葛，也就不用再輪迴轉世。夢，則是會天馬行空，有無窮的想像，但也可能恍如在白日夢中，還會靈魂出竅。」

「聽起來很厲害又很麻煩的樣子。」

「也是啦，低階的9，會淪爲空想、沉溺、迷戀、醉生夢死。高階的9，則是智慧、無我、美夢成眞。到達終極的9，會有靈通力，不但能夠解脫業力，還可以穿越次元。」

「這麼說，9這個數字，似乎是屬於集體潛意識層次的特質。」

「這我就不懂了，那是你們心理學家的專業。另外，從時間密碼的流年架構來看，凡一今年恰好走到靈三年，正是一切都會瞬間成空，成空之後又一切重來的一年。所以，他的自我會渙散、會迷失，甚至會剝離。9這麼多的人，又遇上一切歸零的年份，等於『空』上加『靈』，也就難怪凡一會有最近的表現了。」

「既然空靈還去蒐集小女生內褲，不是自相矛盾嗎？」

「這一點我倒是有個新發現，凡一喜歡的，從數字上來看，應該是十六、七歲的女孩子才對，不是那種幼稚園年紀的，所以……。」

「所以什麼？」

「說不定，電腦沒關機，袋子裝內褲，闖進女更衣室，都不是凡一不小心讓我們發現的，反而是他有意無意留下的線索。否則，以凡一的聰明程度，怎麼可能犯下那麼粗心大意的錯誤。」

「從心理分析的角度來看，這是一種訊號的釋出。凡一的內在，處在自我剝離狀態，沒辦法透過顯意識的言行，和外界尤其和我們溝通。但是，在個人潛意識層次，他明瞭自己需要我們的介入或是協助，所以就以這種行爲來引起我們的關注。如果他在手提袋裡塞滿的是『維多莉亞的祕密』可愛清純少女版胸罩，我們大概就會覺得很正常而不至於這麼緊張吧。」

「維多莉亞的祕密沒有生產少女胸罩啦！」

「是喔？太可惜了。反正，凡一的行爲，是在對我們發出求救訊號嗎？」

「一半求助，一半是邀請吧。邀請我們可以進入他的內在世界，共同進行一場探索。」麗子接著問：「明天的催眠診療，你準備怎麼切入呢？有把握嗎？」

「把握是沒有，方法已經有腹案了，就是讓凡一擔負起我和那些記憶體之間的溝通者角色。」

「爲什麼？凡一不是被診療的對象嗎？怎麼好像變成你的助手？」

「這是一定要的，只有當事人自己的意識，才能夠和他內在的記憶體做最好的聯繫與理解。很多小說或靈性故事常常描述當事人被催眠之後，另一個靈魂——可能是前幾世的某某人，跑出來和催眠師對話，兩人侃侃而談，天南地北地聊。這實在是很荒謬的場景，就好像科幻電影裡出現隱形人神出鬼沒、來去自如劇情的時候，卻忽略了一項最基本的物理定律：隱形人應該是位盲人，因爲他的眼睛既然被光線透射，就無法顯影產生視覺。同樣的道理，那些古老的靈魂怎麼懂得現代的語言？一旦埃及豔后或秦始皇的前世記憶出現在某個人的意識中，他們說的話，我們肯定是聽不懂的；而這兩位幾千年前的女士先生，又怎麼會使用我們的話語呢？」

「所以你打算請凡一來幫你和這些記憶體溝通？」

「是的，凡一的內在自我，在意識的深處，和這些記憶體相互理解，不是透過語言溝通，而是另一種直覺的、映射的經驗。眞正的挑戰是，凡一必須把他從記憶體得到的資訊，轉化成我可以理解的語言告訴我。要做好這項工作，必須具備豐富廣博的歷史、地理、民族、文化、科學與藝術等各方面領域知識才行。」

「我想凡一應該沒問題，別忘了，從小至今同學們都叫他『小博士』耶！」麗子對凡一總是充滿信心。

的確，或許老天爺正是特意選擇凡一來執行這項任務。

進三之所以將唯一的兒子取名凡一，其實是有感於時代的轉變。覺得應該讓藤原氏族的特殊性回歸平常，他期望從凡一開始，是「平凡的第一代」。在教育方針上，不要說什麼帝王學，連一般的英才教育，進三都不願加諸凡一身上，徹底地實踐自由成長、自由學習的教養理念。但是說也奇怪，本被期待平凡就好的凡一，卻自然而然長成了一位不平凡的特別孩子。兩歲不到，還不太會說話，就是公認的「車車神童」，任何經過身邊的汽車，只要讓他瞄上一眼，立即脫口而出：「Benz, Volvo, Toyota, oh! Porsche!」百試不爽，從不失誤。幼稚園起，別的小孩在躲貓貓捉迷藏，凡一則是默默注視著植物園裡的一草一木，沒多久，園中花草樹木的拉丁學名，全部如數家珍，每棵植物都成了他的好朋友。小學時，凡一央求媽媽幫他買一本 BBC 出版的大部頭民族學書籍《世界的臉譜》，出版社編輯還問麗子：「妳兒子念哪個研究所？幾年級？」中學時，在土耳其安卡拉的安那托利亞文明博物館（The Anatolian Civilization Museum），面對大量四千年前西台文明的古物，如太陽圖板、亞述王朝殖民都市開塞利省（Kültepe）出土的「卡巴德基文書」，甚至像是利底亞時期的文物等等，凡一都能將歷史上的來龍去脈有條不紊地向家人解說，補足了麗子在希臘羅馬藝術之外所缺的一塊拼圖。那時，進三才知道，archaeologist 是凡一向英文老師請教的第一個英文單字。考古學家，是他從小的志願之一。去年剛上高中時，學校要每位新生繳交一份自我評量表，列出自己最希望且可能考上的大學科系，以及該科系的出路職業和未來發展（含預期收入），凡一是這樣寫的：

第三志願：東大理學部，數學專攻。混得好當數學家，淡泊名利；混得不好經營博弈事業，富可敵國。

第二志願：東大文學部，人類學專攻。混得好當人類專家，住在叢林裡；混得不好幹盜墓，無本生意。

第一志願：東大文學部，哲學專攻。混得好當哲學家，鎮日沉思；混得不好成街頭遊民，終生不愁吃穿，也是鎮日沉思。

本來麗子還擔心交這樣的內容出去會不會被學校處分，沒想到不但沒處分，班導師還叫凡一上台向全班說明自己的想法。

凡一就是這樣一個有想法的特別孩子。不只想法特別，知識學習的廣度深度特別，在行為習慣上，也是特別得無以復加：到現在還不會打蝴蝶結、點打火機。這種生活白癡也就算了，現在的高中生，超過四分之一罹患手機依存症，有哪個青少年是不打電動、不用手機、沒有 email 帳號、臉書和 line 的？凡一就是。

這樣特別的凡一，幾乎沒有同齡的朋友。進三確信，凡一最要好的朋友，就是同時也是爸爸的自己。既然老天爺選擇了這樣特別的凡一，賦予他探索心靈奧祕的任務，作為最要好的朋友，當然應該陪伴他進行這一場意識的冒險。進三心裡湧起一股責無旁貸的情緒。

不知不覺間，進三和麗子已經從四條大橋沿川北上，走到了京阪電車的終站出町柳，這裡已經很接近京都大學校區了。

「和妳談過之後，我更清楚接下來的方向了。明天就好好和凡一小博士一起努力吧！」

「太好了。既然這樣，那麼，可以嗎……？」麗子的視線從進三身上轉移到車站出口旁一個黃色廣告燈箱，上頭四個大字：「拉麵專科。」

「走吧！」兩人開心地掀開門簾，一股濃厚馥郁的豚骨湯頭香味迎面撲來，單憑這股香味，就足已讓人不由自主地被吸引進去。這家麵店，進三從學生時代光顧到現在，店如其名，專攻拉麵一味，只賣拉麵、叉燒拉麵兩種品項，頂多再分爲普通碗和大碗，如此而已，其他什麼東西都沒有，眞是職人精神的堅持。

「老闆，叉燒麵一大一並（「並」在日文中意指普通分量）！」麗子點餐時心想：老規矩，大碗是我的。

第三章

薩摩第的不解與不甘

當你在世界的邊緣時
我正在死滅的火山口
站在門影邊的是
失去了文字的語言。

……

卡夫卡坐在海邊的椅子上
想著推動世界的鐘擺。
當心輪緊閉的時候
無處可去的斯芬克斯的
影子化作刀子
貫穿你的夢。

……

——村上春樹《海邊的卡夫卡》

放下手邊看到一半的書，這是凡一很喜愛的村上春樹小說《海邊的卡夫卡》，從書中一首同名歌曲的歌詞中，凡一可以感受到那股孤伶伶的孤獨振動。可是，斯芬克斯，人面獅身，殺了父親娶了母親的伊底帕斯情結，太膚淺了。凡一心想。

星期六的清晨，凡一已經做完運動回到房間安靜地看書了。再也沒有比藤原家周邊更棒的跑步環境了，不但空氣清新、植物繁茂，高低起伏的地勢更是對心肺功能最好的訓練。凡一以每百公尺三十秒的配速，精確地用二十五分鐘跑完五公里的距離，對他而言，是恰到好處的熱身。跑完步後，打拳和重量訓練讓他全身肌力和肌耐力得到充分的釋放與提升，雕塑出全身優美而富彈性的線條。在教育上，進三沒有那種「父母自己沒學的、不會的，小孩都要學、都要會」的心態。但是，在完全放任學業功課之餘，也不是沒有要求的。這攸關教育的要求（或養成），重點即是運動。進三認爲，運動不只是身體的鍛鍊，和專注力的培養更有直接的關係。任何一項運動，都必須專注才能做得好。擁有幾樣能夠陪伴自己一生的運動愛好，是很重要的事情。

所以凡一從四歲剛進幼稚園小班開始，就學習空手道，接受國家級教練一對一的指導。到了初中二年級，毫不間斷的練習讓凡一已經晉升爲黑帶三段的高手，是他所學習的金剛流空手道近年來最年少的三段段位資格者。不管在型、勢、技法，乃至於對打實戰的功力上，凡一都是佼佼者。家裡庭院的一角，擺放了一堆他小時候徒手擊破、留下作爲紀念的厚木板。除了空手道，游泳是凡一的另一項專長。蝶、仰、蛙、捷四式都會，速度快，續航力又強。從游泳延伸到跳水、浮潛，甚至接受揹空氣瓶深潛大海的訓練。另一項凡一十分熱愛的運動是騎腳踏車。公路單車，一騎縱走。他曾經利用暑假從關西騎到關東，走京都經名古屋到東京的山陽東海道，從靜岡到箱根那一段，富士山就在左手邊，邊騎邊感動流淚。那是去年不到十五歲的凡一引以爲傲的壯舉。

跑步、游泳、空手道和腳踏車，都是一個人就能做的，比較孤獨的運動。

「凡一，出門囉。」

麗子已經將車開出車庫。二〇〇四年份的賓士 C230K，保養得幾乎和剛出廠的新車一樣。賓士的機械增壓技術純熟得近乎完美，使得這部車雖然只有一千八百C.C.的汽缸，卻能發出一九八匹德制馬力。充沛的動能，讓操控變成一件輕鬆而優雅的樂趣。每一顆螺絲都被精密地計算好，緊實地將底盤車身組合在一起，形成最高等級的隔音。用這份安靜造就的室內空間，提供聆聽十二聲道音響的最佳場合。這部麗子心愛的座駕，里程表顯示才剛跑過三萬公里而已。麗子的駕駛技術比進三好得多，慢時平穩舒適，也能快得風馳電掣。最重要的是，永遠給予同車的人一份安心的信賴感。

今天她擔任司機，要送進三和凡一到工作室去。

近年來，口耳相傳前來央求麗子以彩虹數字進行諮商輔導的人愈來愈多，麗子也開始整理出一套基礎入門的教材，傳授給有心學習的人。沒想到，反應出乎意料地熱烈，開課的要求接連不斷，實在需要一處固定的教學及諮商場所。於是就在離藤原家宅最近的市營地下鐵北山站旁邊，購置了一個社區大樓內的單位，專供麗子作為工作室使用。這個社區是和地鐵連通共構的建物，社區門口距離地鐵車站入口不到二十公尺，交通十分便利。藤原家開車到這裡，只需經過一個紅綠燈，大約五分鐘。進三平時都在京大附屬醫院或大學研究室實施診療，從不曾在自宅進行。這次情況特殊，麗子建議利用她的「美麗彩虹工作室」，進三也認為這是很理想的地點。

「到囉！別忘了把午餐帶下車。加油喔！拜拜！」午餐是麗子自製的豪華生菜堅果地中海陽光沙拉，外加特調西藏X印度帕米爾風味奶茶，兩者都是凡一的最愛，奇怪的是，這南歐和中南亞的飲食搭在一起卻一點也不奇怪。

麗子的工作室整理得一塵不染，柔和的間接照明光線像被原木材質的裝修吸收了一般，散發出一種讓人放心融入的舒適氛圍，進三將空調的溫度設定在二十二度，有點冷，再蓋上一條薄毯，是最合宜的狀態。

「聽這個好嗎？」進三拿著一張從家裡帶來的ＣＤ，巴哈的無伴奏大提琴，傅立葉演奏的錄音版本，他覺得，比馬友友更有深度也更渾然天成，是一種毫無造作的表現。巴哈和村上春樹，是進三和凡一在音樂和文學上共同的喜愛。凡一沒有表示意見。進三特意將音量調整到必須刻意去聽才會注意到的大小，好像只是爲了在這已經夠舒適的空間中，再增加一點點穩定感而已。

父子二人在L型眞皮沙發坐定，進三占據了單人座位，凡一則躺臥在長沙發上。催眠診療開始。

「凡一，在讓你進入催眠狀態之前，我要先跟你完整說明進行的方式。我相信你聽得見，也能理解我接下來要說的內容。你的狀況是很特別的，並不是所謂人格分裂或是多重人格，在你意識深處的聲音，並不能構成一股足以支配你意志的力量，也不是由你的自我所衍生出來的。但是，這也不是什麼靈魂附身，並不是別人的魂魄或者精神能量跑到你身上。我可以感覺到，透過你，的確能和某些記憶體進行聯絡。這些記憶體，就像一種以能量狀態存在的印記載體，儲存了許多信息，包括生命的歷程乃至於行爲和情感。這些記憶體，本來應該是存在於人類的歷史、文化共同記憶之中的，不知道爲什麼，卻和你的意識接上線了。」進三看了一眼凡一，他正專注地注視著進三。

進三繼續說道：「形成這種現象的原因並不清楚，目前所見的科學文獻對類似狀態幾乎沒有研究與記載。我的猜測是，這些記憶體或許有些苦惱，有些疑惑，或是有些喜怒悲歡、愛恨情仇，這些能量波動想要衝出來。而你的內在意識，或許也有著類似的苦惱疑惑和各種情緒，兩者就相互感應了。結果，你的意識轉而面向這些記憶體，忙著和他們聯結接觸，反而失去、或者應該說無法兼顧在顯意識層次行使和其他人溝通的語言能力了。人類的意識可以分爲顯意識和潛意識，這大家都知道。而潛意識又可以分爲個人潛意識和集體潛意識，前者是每個人內在隱藏的自我，後者則是人類的文明集體記憶，相當於歷史文化資料庫一樣。這些記憶體應該是來自集體潛意識，如今，他們正在和你的個人潛意識進行交流。

「所以，我準備要對你進行的催眠診療，會分成兩個階段進行。第一階段，我將進入到你的個人潛意識狀態，和你做必要的溝通、商量和準備。順利的話，再進入你的集體潛意識，也就是第二階段，才能和這些記憶體聯結、互動。總之，透過催眠，你的個人潛意識是抵達集體潛意識的必經之路。現在我們要開始囉！請你看著我的眼睛，可以眨眼，但不能轉移視線，一直盯著喔！我要對你下達催眠指令了。

「凡一，我是爸爸，當你聽到拍掌一聲，就會進入個人潛意識的催眠狀態中，你將會以自我意識和我對話。當你再聽到拍掌二聲，就會進入集體潛意識的催眠狀態中。如果聽到我拍掌三下，不管你正處於個人或是集體的潛意識階段，都會從催眠狀態中清醒過來，回復到顯意識狀態。所有催眠過程中發生的事，你都可以自己決定醒來之後要不要記得。以上指令，直到我解除之前都有效。解除所有指令的訊號是拍掌四下。」

在專業的催眠方法中，有一個重要的術語叫作「扳機」。意指下達給接受催眠者進入催眠狀態的明確信號，就像槍支的扳機一扣，子彈就會發射一樣。每一位催眠師都有他自己專用的扳機設定模式，可以是聲音、語言，也可以是動作、行爲。至於給予脫離催眠狀態指令的信號，則稱爲「反扳機」。今天進三實施的是比較複雜的方式，要進入兩道催眠階段，所以是「雙扳機模式」，分別是拍掌一下和二下。而拍掌三、四下，當然就是反扳機了。

啪！拍掌一下之後，凡一原本直視著進三的眼睛閉上，很快地進入催眠狀態中。

「凡一，我是爸爸，你可以聽見我聲音，而且也可以和我說話了。對不對？」

「爸爸，可以。」

「剛才在顯意識狀態下我跟你做的說明，都聽清楚了嗎？」

「清楚。」

「如果沒有問題的話，接下來跟你解釋下一個階段要怎麼做。我先問你，你可以了解這些記憶體的想法或是他們想傳達的意思嗎？」

「可以。」

「是因爲你聽得懂他們的語言嗎？」

「不是，是他們如果要讓我知道什麼，我就會直接了解了。」

「這樣很好。因爲我沒辦法和這些記憶體溝通，有語言障礙，所以需要你幫忙。進入到你的集體潛意識之後，請你擔任我和這些記憶體間的中介角色。你有三種模式可以自由選擇：第一，用第一人稱的角度，直接替代這個記憶體的角色跟我對話；第二，用第三人稱的角度，作爲對這個記憶體的客觀陳述者；第三，就是單純的翻譯，替我們雙方的對話互動提供協助。這樣明白嗎？」

「明白。」

「進入集體潛意識之後，會遇上什麼記憶體，事先無法預測，但是不用害怕，爸爸會一直陪伴你。還有什麼問題嗎？」

「沒有。」

「那我們就出發囉。」啪！啪！兩聲拍掌，凡一進入到更深層的催眠狀態中……。

●○●○●○

凡一催眠診療紀錄2

【時間】二〇一五年五月九日，星期六，上午九時。

【地點】京都市洛北區北山車站社區大樓，美麗彩虹工作室。

【方式】繼上回預備性催眠診療之後，此次催眠經由個人潛意識途徑進入集體潛意識狀態，由當事人的自我意識以第一人稱方式代替該記憶體進行敘述與對話。以下是敘述內容，括弧部分是我的回應與提問。

【概要】

我是一位出家比丘，名叫薩摩第（Samoudi）。我居住的城市，位於印度河流域，叫作摩亨卓—達羅（Mohenjo-daro），是一個自四千三百年前就十分繁榮的地方，和波斯、美索不達米亞之間有很密切的貿易往來。即使偉大的智者佛陀世尊已經去世一百多年，祂的教導，從須彌山（喜馬拉雅山）山脈周圍所有區域，直到印度河流經的地方，都受到人們的尊崇、信服和依循。佛陀世尊在世時，許多曾經追隨祂的弟子們，像是迦葉、舍利弗、阿難，甚至世尊的親生兒子羅睺羅，都在祂的直接指導下達到了至少阿羅漢以上的果位。這些前輩不只把世尊的教誨記錄下來而成爲《阿含經》這部經典，更將佛法弘揚廣大、流布四方。我所出身的家庭，雖然是婆羅門，可是父母親都接受眾生平等的觀念，皈依了佛法，成爲虔誠的修行者。而我則是十二歲就出家，十六歲受具足戒，成爲摩亨卓—達羅城最大佛寺的住持時，才不過二十五歲。

（既然如此，薩摩第師父你應該也有很棒的修行成就，在佛法中找到了生命的價值，不是嗎？）

不！我很不甘心。我三十六歲那一年，來自西方、率領一支強大軍隊的年輕皇帝，從另一個大陸一路遠征到我們這個現今位於巴基斯坦的城市。據說這位名叫亞歷山大的軍事天才，曾經在登陸非洲北部海岸時，指著涉水之處說：「在這裡建造一座世界上偉大的港口！」於是，Alexandria，以亞歷山卓為名的這座港口，成為兩千年間地中海最繁盛的城市。然而，繼續攻城掠地的亞歷山大，卻再也沒有看過這個因他一句話而誕生的港都。在這位征服者的大軍包圍了摩亨卓—達羅準備破城屠殺之際，我勸阻了他，讓全城居民免於一場浩劫。

（你是怎麼辦到的呢？）

辯論啊！我前往亞歷山大的軍營陣帳向他挑戰。嘿！他們希臘人也是很愛辯的。這位皇帝年輕氣盛，自認為功業不可一世，哪有把我看在眼裡。誰知道這一辯，從辯，變成論。一論，就是七天七夜。西方世界固然也有許多傑出的哲人創造了許多精深的哲理，但是釋迦牟尼的佛法，皇帝卻是前所未聞，大為震撼。就這樣，一個二十八歲的君王和一位三十六歲的僧人；一個白皮膚的馬其頓希臘人和一位黑皮膚的亞利安人；一個殺人無數的戰爭英雄和一位嚴守戒律的修行者，竟然建立起亦師亦友的關係，以及跨越種族身分藩籬的情誼。最重要的是，我以佛法說服了他。

（佛法如何令一位偉大而自負的皇帝折服呢？）

「空」啊！佛法的要義就是一個「空」字。追究到後來，根本什麼都不存在。宇宙世界不存在，花草樹木不存在，宮殿城池不存在，金銀財寶嬌妻美眷不存在，那麼，這些功勳戰果、領土疆域當然到最後也都不存在。一切皆空即是萬物的本質，那麼，連自我都要成空。既然連「我」都不存在了，怎麼還會有「我有」和「我的」呢？既然沒有我、我有、我的，那麼，豐功偉業有何意義？一切都是虛假的幻象罷了、都是虛無啊！

年輕皇帝在佛法的衝擊下，歷經三天三夜的苦思冥想之後，竟然大徹大悟，下令部隊啓程歸鄉。一個犧牲無數生命成就自己功業的殺人凶手，奇蹟般地瞬間成爲一位開悟者。但是，他也深切地爲自己一生所造的罪業而懺悔折磨，沒多久就在歸途中染上重病身亡了。據說，年輕皇帝死前遺言要求部屬在棺木的兩側各開一個小洞，讓雙手從洞中伸出來，因爲他要讓世人看清楚：雖然我如此偉大，死時依然兩手空空，沒帶走任何東西。亞歷山大以自己臨終的生命表現出對佛法空性的體悟。

（那麼，精通佛理的你，後來呢？也悟道了嗎？）

沒有，我的不甘心就在這裡。兩千多年來我百思不解，殺人如麻的統治者在聽聞我所傳授的佛法之後開悟了，而我，卻終其一生在修行上達不到任何成就，依然不得解脫，依然要承受輪迴之苦。爲什麼？到底爲什麼？後來，我索性拋棄了住持職位，放棄了出家比丘身分，還俗成爲凡夫俗子，娶了一位亞歷山大隨軍帶來的美麗女奴爲妻。這位女子叫作艾瑞詩（Iris），這個名字，在希臘神話中是傳達天神意旨的彩虹使者。艾瑞詩是出生於突尼西亞的希臘人，當時的突尼西亞不僅是北非最興旺的地區，更是供應歐洲糧食物產的穀倉。艾瑞詩的身分雖是女奴，但其實是一位藝術家，率領一批專精於雕刻的工匠來到印度河流域。我和艾瑞詩成爲夫妻之後，就傾心全意投入佛像的雕塑製作。畢竟，即使修行不成，能夠宣揚佛陀的莊嚴與慈悲，也是好的。

（原來如此。這批來自希臘的工匠所雕刻的佛像，歷史上稱爲「犍陀羅」風格，每尊佛像都五官深邃立體，身材修長碩美，肌肉線條結實，就像是以阿部寬爲模特兒刻出來的。而且衣著和文藝復興時期繪畫裡的人物差不多，披肩袒胸，衣帶當風，飄逸灑脫，和後來中國日本那些胖墩墩的模樣大異其趣。薩摩第師父，這份修道挫折而造成的不甘心，是否就是你出現在凡一深層意識的原因呢？）

是的。如果沒有答案，我的生命就一直安定不下來，也不知道接下來要往哪裡去。

（對於佛法，我是外行。能不能讓我做點研究之後，再和你探討。今天先到此爲止？）

好的。

第四章

希臘少年卡德慕茲的愛戀

每天清晨送凡一出門上學後，按下ＣＤ播放鍵，邊聽音樂邊準備早餐是麗子的例行習慣。環繞音效擴大機傳出來的是莎拉．布萊曼悠揚清亮的天籟美聲，吟誦般唱出〈奇異恩典〉（Amazing Grace）的曲調。這首歌，來源已不可考，有一說是古北美洲原住民族傳唱的民謠，比較多人接受的說法是，這是美國非裔移民的祖先被當作奴隸載到美洲來時一起帶過來的，先以黑人靈歌的形式流傳於有色種族之間，後來譜上讚美上帝恩典的歌詞後，成爲基督新教信徒最爲動聽的聖歌。

麗子是超越一般發燒友的音樂鑑賞家，藤原家宅的視聽室有整整兩面牆精心設計成雙層的收藏櫃，三千多張ＣＤ依照音樂類型分門別類地整理收納，宛如一座精品音樂典藏館。麗子擁有的，不僅是這浩瀚的蒐藏，更重要的是她具有敏銳的音感以及音質鑑別能力，同樣的曲目，不同的演奏版本或演唱者，她一聽之下，優劣立判。尤其難得的是，麗子喜好的音樂領域跨度很大，不只侷限於古典音樂。從《費加洛婚禮》到碧昂絲、五輪眞弓，從蕭士塔高維奇到愛爾蘭民謠，甚至拉丁美洲的巴薩諾瓦，都在她的守備範圍之內，她都能夠發現並領略每種音樂類型的特色和動人之處。每個月定期到唱片賣場狩獵新作品，是麗子生活中的樂事之一。也因此，家裡的ＣＤ蒐藏量仍在持續穩定成長中，兩面牆早已不敷所需，成爲一個不大不小的煩惱。

進三循著早餐的香味來到廚房。藤原家也有宴請客人時使用的正式餐廳，不過平時一家三口都是在開放式廚房的吧台用餐，恰可容納四個人的位置，既溫馨又方便。今天的早餐是法國麵包，切成一公分厚度薄片，烤脆之後佐莎莎醬。這款風味獨特的莎莎醬是麗子自己調配的，除了新鮮番茄切丁拌以道地的地中海橄欖油，再加上適當比例磨碎的羅勒葉之外，畫龍點睛的是加入幾滴來自義大利的陳年葡萄醋，將醬料的身分從陪襯輔佐提升到足以獨領風騷的主角地位。除此之外，一顆單面煎八分熟的荷包蛋以及一馬克杯的無泡沫拿鐵，是每天固定的。進三喜歡享用麗子每天精心變換內容的早餐，更喜歡的是，這是兩人固定的聊天時間。對一般人而言，這實在是一種不可思議的現象，一個星期五天，每天至少一小時，兩個人怎麼總是有說不完的話題，甚至經常聊到過於開心忘了時間超過多久。

吃東西不談正事，是藤原家的傳統。進入喝咖啡階段，兩人的閒聊才會逐漸轉入正題。藤原家的咖啡品味，也歸麗子掌管，有時是哥倫比亞的阿拉比卡，有時是巴西的摩卡。今天比較特別，是夏威夷火山地帶的柯納小豆咖啡，一棵咖啡樹才選出一粒豆子，還得人工細心尋找採摘，產量十分有限，算是咖啡中的貴族。

「之前請核子醫學部的同事爲凡一做的 fMRI（功能性磁共振造影）報告出來了，完全正常，檢查不到任何異樣。沒有『表達性失語症』（expressive aphasia），更看不出有『感覺性失語症』（sensory aphasia）的問題。雖然和我先前的判斷相符，但做過檢查至少比較放心。」十九世紀的法國醫生布羅卡（Paul Broca）觀察到大腦左後額葉皮質有一小塊區域損傷的人，能理解語言但無法說話，這就是表達性失語症。同時代的德國醫生維尼克（Carl Wernicke）則發現，鄰近大腦左後顳上回受損的人，無法理解語言，也無法產生有意義的話語，即造成了感覺性失語症。

「換句話說，可以排除生理因素的可能性了，是嗎？」麗子問。

「不能說完全，但是幾乎可以這樣研判。」進三依然保持著受過醫學訓練的人永遠不會斬釘截鐵把話說滿的好（壞）習慣。

「上次的催眠診療紀錄我看過了，如果不是發生在自己兒子身上，我簡直要說：實在滿有趣的！」

「我也覺得，這是我從未遇見的特殊個案。在薩摩第這個記憶體，或者乾脆說，這個生命的身上，可以歸納出四個形成他生命困境的矛盾情結：第一，是對於佛法的認識，也就是對於眞理實相的理解，以及在修行境界上的追求；第二，是對於自我的整合與剝離，對於『我到底是誰？』與『我到底是否存在？』這種認知的質疑，乃至於衍生而來的自我否定；第三，是對於亞歷山大的愛恨交加，既妒忌又輕視，既崇拜又排拒，混合了超越性別的愛戀和成就差距的心有不甘；第四，則是他對於艾瑞詩，是一種情感的移植轉嫁，還是與青春少女之間無法克服抑制的本能慾望，恐怕薩摩第自己也搞不清楚。」

「聽起來，佛法似乎是所有問題的癥結。第二、三、四個矛盾情結，其實都和修行的挫敗經驗有關。」

「完全正確。我對佛法的了解有限，所以在上次的催眠治療中，無法提供薩摩第積極的意見，就這部分，還是要請教妳才行。」藤原家作爲皇室族裔的一支，家族信仰自然是歸屬於神道教。日本這個國家在信仰本質上是崇敬多神的，認爲神有八百萬個之多。佛教傳入後，佛道不分的現象在民間甚至王公貴族之間也頗爲普遍。直至現代，可以看見日本人的一生仍是多神信仰的縮影：小孩出生時命名祈福在神社，成年舉行結婚儀式在教堂，過世往生誦經超渡法事在佛寺。然而藤原氏可不是一般的普通人，京都最大的平安神宮，自古以來就是皇家御用神社，幾乎等同是藤原氏族的宗祠一樣，家族歷代重要的信仰儀式都在平安神宮進行，這是平常的日本老百姓無法企及的特殊待遇。至於岩崎家族，則是佛教的虔誠信徒兼贊助金主，和京都的幾大寺院建立了非常深厚的關係。像是以湯豆腐聞名的南禪寺，以枯山水堪稱一絕的嵐山天龍寺，淨土宗的總本山大覺寺等，都和岩崎家往來密切。甚至近幾年東本願寺的主殿大整修，也是在岩崎家的資助支援下動工的。麗子，身爲岩崎家彩虹數字學的傳人，等於兼負家族信仰脈絡關係的傳承者身分，佛學教育自幼就是她的指定學習科目，加上天資聰穎、深具慧根，幾大寺院的高僧大德一致認為麗子是岩崎家歷代以來佛法造詣最深的一位。

日本的佛教，以淨土宗為主流，沒辦法，這個宗派擅長為人消災解厄、誦經祈福，舉凡法事都少不了他們，當然收入豐碩，勢力龐大。若看見乘坐賓士S350「趕場」的和尚，絕大多數可能是淨土宗的。在淨土宗之外，天台宗、臨濟宗等宗派，也各自擁有悠久的歷史與傳統。近代以來，首先將佛教國際化，而在西方世界國家蔚為流行的就是日本禪宗。日本人一向將「禪」融入生活、融入藝術、融入各種技能表現之中。另一方面，又有像鈴木大拙這樣的一代宗師，以英文將之哲理化、系統化與規範化。很長一段時間，西方人甚至以為禪是日本才有的東西，是日本人的創造發明。除了上述屬於所謂「顯教」的佛法傳承外，「密教」在日本也扎下了根基。佛教的流布十分奇特，在原生地：印度河流域以至於南亞大陸，佛陀涅槃後的幾百年間，如阿育王朝時期，佛教曾經盛極一時，但後來完全被印度教取代，部分地區如巴基斯坦，則改信伊斯蘭。兩千五百年後，將佛教保存得最完整的是西藏，其次才是日本以及中南半島各國。反而將佛教轉介給日本的中國，歷經改朝換代戰火摧殘，佛教已然徒有其「形」而失卻其「法」了。

佛法的教導和學習模式，區分為「顯」、「密」二種。前者，是可以用經典傳布，可以在公開場合宣揚的；後者，僅限師徒之間口耳相傳，不假外人。前者，以經、律、論爲要旨，著重理論見解；後者，以口訣心法爲主體，著重修行經驗。許多人有所誤解，以爲密是一支單獨的神祕流派，以神通法術爲能事，甚至將藏傳佛教和密宗畫上等號，根本是大錯特錯。在藏傳佛法四大教派的傳承中，每一個教派的修習內容，都是有顯也有密。顯是佛理，是認知的基礎。密是訣竅，是修行的捷徑。許多藏傳佛教的上師都強調，顯密必須雙修，尤其是不能只修密不修顯。基礎不打好，急功近利想要修行有成，反而容易造成危險。密的傳承在西藏發揚光大，奇特的是，竟然跳過中國、韓國，流傳到日本另成一支，稱爲「眞言宗」。眞言宗的大本山，是京都的東寺。每次搭新幹線即將抵達京都車站時看見的地標五重塔，就是位於東寺之內的歷史性建築。

嚴格說來，在信仰上，麗子並不專屬於任何特定的宗教，也不是日本傳統的多神信仰，而是一種開放式的核心信念：相信宇宙的背後有一個眞理、一個規範的力量、一個將所有生命合而爲一的能量。至於名稱，叫作神、上帝、阿拉或老天爺，都可以。對這股力量，麗子衷心信服。秉持這樣的信念，她對於世界性的宗教都能夠包容接納，並且用心深入理解。即使是麗子作爲一位家族傳承者鑽研得最深的佛教，她也不是不經思辨照單全收的。麗子覺得，日本佛法的形式主義太強了，反而讓她近年來和藏傳佛教比較親近。但是藏傳佛教中許多的儀軌甚至神祇，受到原始苯教的影響，帶有濃厚的神祕色彩，甚至含有迷信成分，又讓她感到不可取。所以在藏傳的寧瑪、薩迦、噶舉與格魯四大佛教派別中，以重視經論教育和要求嚴謹戒律的改革教派格魯派，和麗子最有緣分。一位十三歲於藏東出家，十九歲翻越喜馬拉雅山流亡到印度，在南印度色拉寺研讀二十五年、取得最高等級「然巴拉」級別學位的「格西」（佛學博士），這幾年應邀到東寺傳授佛法，常駐日本，不時到藤原家宅來修法祈誦，論經講道。這位格西常說，麗子的佛學程度，也是一位格西了。

「我看到診療紀錄裡薩摩第對佛法的見解，恐怕那是有所偏頗的。佛陀的確指出世間的本質是空，而空性也確實是佛法思想中最重要的理論基礎，但是如果像薩摩第這樣一味強調空，落入了否定一切的虛無主義，反而是對佛法的誤解。」

「怎麼會這樣？薩摩第不是當時最優秀的佛教學者嗎？在佛法研究上境界最高深的不就是他、不作第二人想了嗎？」進三問道。

「這可從佛法理論的發展歷程來解釋。亞歷山大遠征到印度是在西元前三二三年左右，同時代的薩摩第距離佛陀涅槃已經超過一百五十年以上。佛陀自己沒有寫作任何典籍，是祂涅槃之後，所有弟子集合開了一次大會，由佛陀身邊最親近的侍者、佛陀表弟阿難，以超群的記憶力背誦出一次又一次偉大導師在各個特定場合講授的指導內容，由大家確認無誤，才記錄下來成爲經典的。所以佛經裡頭每篇一定用『如是我聞』作起頭開端。而原始佛教經典如《阿含經》，事實上就是佛陀言行錄，並沒有形成完整的思想觀念，更不用說系統性的理論體系了。那些直接接受佛陀指導的弟子，在因材施教的個別教學之下，都獲得了修行成就，可是經過一百多年，佛法教義不斷轉手傳播之後，或許就不再精準了。」

「那佛陀的本意是怎麼樣的呢？」

「佛陀認爲，萬物最終的本質是空，是不斷變化的，是無常。以爲萬物有不變的本質，就是墮入『常』見，或是『有』見，是一種錯誤的偏見。但是，否定一切事物現實的存在，用空去論斷推翻實存的現象，也是一種錯誤的偏見，這就是墮入了『斷』見。薩摩第就是屬於後者。其實，這是許多用功精進又聰明敏銳的修行人經常會犯的錯誤。」

「如果要導正薩摩第的認知，有可行方法嗎？」

「先說什麼是佛法中的正知——正確的認知。佛教之所以仍然能夠在現代維持巨大的思想影響力，多虧了一位古印度的偉大學者龍樹（Nagarjuna）。龍樹大師不但全面且系統性地將佛陀的教導建構成完整理論，而且清楚提出佛法的正確立場是：中道，不能偏於『斷』或『常』的任何一邊。他的學說，後世稱爲『中觀論』。龍樹相傳是生於佛陀涅槃後大約五百年的人物，薩摩第比他早了三百多年。我想，以薩摩第的聰明才智，如果能讓他讀一讀龍樹的著作，一定會非常有幫助的。」

「我了解了，先提供薩摩第解決佛法偏見問題的方法，其他的課題才有可能找到答案或得到處置。至於怎麼將中觀論傳達給他，我想，還是得透過凡一了。妳能告訴我，龍樹最重要的著作是哪一本嗎？」

「《中論》，家裡就有一部，和哲學思想同一櫃的書架上，自己去找吧。」

「遵命。」進三拿起馬克杯喝了一口，嗯，真是好咖啡，冷了照樣很好喝。

麗子收拾好餐具，走到ＣＤ播放器將音樂換成ABBA合唱團的《Mama Mia!》專輯。講了這麼多佛法，她突然很想聽那首〈Money, Money, Money〉。

●○●○●○

凡一的催眠診療紀錄3

【時間】二〇一五年五月二十三日，星期六，上午九時。

【地點】京都市洛北區北山車站社區大樓，美麗彩虹工作室。

【方式】首先引導個案進入個人潛意識狀態，針對上次診療後得出的結論加以說明，並提出改善方案：建議凡一與薩摩第溝通，由凡一進行龍樹《中論》的閱讀，轉由薩摩第同步吸收理解，並要求薩摩第盡可能在集體潛意識中搜尋有關龍樹的訊息，反饋予凡一知曉。

與凡一完成上述溝通且達成共識後，隨即進入集體潛意識狀態，但是薩摩第卻不見蹤影，而是出現另一個記憶體。這次凡一採第三人稱方式陳述，詳細內容記載如後，括弧部分是我的回應與提問。

【概要】

爸爸，這次出現的不是上次那個印度阿三，是個希臘少年家，叫作卡德慕茲（拉丁文 Catamitus，希臘文 Ganymedes，英文 Ganymede。或譯作伽倪墨得斯、蓋尼米德）。他的事情需要很強的歷史背景知識才能了解，因爲我怕你對古希臘文明的知識太弱了，所以先由我做一些說明，再來說這傢伙的故事，好嗎？

（厚！你還是這麼自負！看在你誠心誠意的懇求，我就大發慈悲地接受吧。）

雖然你對西方古文明懂得很少，但是至少聽過特洛伊這個地名吧！沒錯，就是木馬屠城記發生的城市。特洛伊也稱伊利昂，是西元前十六世紀前後由古希臘人所建的，位於小亞細亞半島西端達達尼爾海峽的東南方，就是現在土耳其的希薩利克。從一八七〇年開始，考古學家在這裡進行了一系列的挖掘，發現的銅器時代工藝品，和希臘神話以及史詩的敘述是相符的，可見那些傳說故事，應該是實際發生過的事件，可信度很高喔！特洛伊遺址附近有一個名爲特洛瓦的小鎮，爲了因應觀光旅遊需求，土耳其政府乾脆就將它改名爲特洛伊。還好我們上次去土耳其行程太趕沒去成，原來是假冒的。

卡德慕茲的父親是特洛伊國王，算是那時候的世界首富，擁有無數財產，甚至是人間第一個學會駕駛四匹馬拉戰車的人。這個小子，據說俊美無比，漂亮得沉魚落雁、閉月羞花，連宮中侍女都自慚形穢，想說乾脆變性算了。國王父親超級疼愛他，不惜重金聘請希臘最有名的學者教授他哲學，最厲害的勇士訓練他打鬥和狩獵。

誰知道卡德慕茲這花美男長得實在太美，竟然被宇宙天字第一號色魔宙斯看上了，不但被宙斯化身爲老鷹強行綁架到奧林帕斯山上，還被這個慾火焚身的怪叔叔誘拐上床好好狎玩了一番。所以，十六世紀之後，英文 Catamite（孌童）這個字，就是從拉丁文的 Catamitus 演變而來的。

宙斯得逞之後，就把這個超級美少年留在奧林帕斯山上擔任侍酒童。山上的眾神天天開趴狂歡，卡德慕茲作爲酒促小弟非常稱職，眾神都很喜歡他，宙斯更是每一杯酒都要讓卡德慕茲先啜過才喝……。

卡德慕茲雖然成爲老男人的玩物，但他仍然是渴望愛情的，誰說孌童沒有戀愛的權利？奧林帕斯山上另外有一位侍酒童，叫作赫蓓（Hebe）。赫蓓是青春女神，不但自己永保青春樣貌，只要和她在一起就會心花怒放，自覺青春無敵。總之，奧林帕斯山上的神祉都是喜歡未滿十七歲美少年美少女的蘿莉控就是了。

卡德慕茲深深愛上了赫蓓，心想以自己超偶級的外型，加上哲學和格鬥技的訓練，與青春美少女匹配正是天造地設將將好才對。誰知道青天霹靂，這俊美少年的初戀情人竟然嫁給了剛升到奧林帕斯山天界的一個傢伙，海克力斯（Hercules）。海克力斯號稱是希臘神話中最偉大的英雄，在現代語中，這個名字已經是大力士的同義詞了。

海克力斯出生於底比斯，他所建立的城市，希臘語叫作赫卡托姆皮洛斯（Hecatompylos），是伊朗古國安息的王城，中國《漢書》將這個城市稱爲「番兜」，《後漢書》則稱爲「和櫝」。海克力斯是世間最強壯的人，所有希臘人都愛慕他、敬仰他。但是根據卡德慕茲對這位情敵所做的私人徵信調查顯示，海克力斯根本就是有力氣沒腦袋，大概是肌肉過度發達讓他產生過度自信，這傢伙一輩子都極少動用腦細胞。從小教授他不喜歡科目的那些老師都有人身危險。他曾經看音樂老師不爽（希臘人重視音樂教育，這是主科），就用魯特琴把老師打死了。能夠活命的老師，只有教授騎馬、摔角、擊劍這些他喜歡的科目的。有一次，他覺得天氣太熱，就拿出箭，威脅要射下太陽。又有一次坐船，他覺得船晃得太厲害，就叫海浪安靜，不然就要海浪好看。這麼容易衝動失控的人，終於在自我狂亂中把他在人間第一次結婚的妻子蜜格拉（Megara）和三個小孩都殺了。

（既然如此，為什麼希臘人還這麼崇拜海克力斯呢？）

希臘人覺得，海克力斯的偉大之處不是英勇或自信，而是他會爲自己的錯誤而悲傷，並且願意誠心誠意地彌補過錯。這才是希臘人眼中偉大的靈魂。他單純而笨拙，一生氣起來旁邊的人就遭殃。但是眞心的懺悔，讓他一生大部分的時間都在懲罰自己。這樣的人，如果多一點點智慧，多一點點思考和推理的能力，就會是完美的英雄了。所以他死後，希臘眾神一致同意他升入天界，並且再婚娶得青春女神赫蓓爲妻。

從卡德慕茲的立場看來，海克力斯除了力氣大，有哪一點及得上他？爲什麼所有人、神都這樣喜愛自己，可是他唯一所愛的少女卻不接受，反而投入別人的懷抱？而且獲得佳人芳心的，還是一個只有蠻力、凡事硬幹的傻瓜。爲什麼，命運就是這麼作弄人？

（凡一，我記得希臘神話中，卡德慕茲的結局是快樂地在天上擔任侍酒童，後來成爲寶瓶星座，沒聽過他單戀赫蓓這段故事耶！）

是的，爸爸。撰寫希臘神話的幾位偉大作家，像留下希臘第一份文字紀錄《伊里亞德》的荷馬（Homer）、創作眾神故事《神譜》的貧農作家賀希歐（Hesiod），以及三大希臘悲劇詩人：埃斯奇勒斯（Aeschylus）、索福克里斯（Sophocles）和尤里彼得斯（Euripides），這些西元前兩千年到前五世紀的作家，以及其他羅馬時期的文學作品，都沒有記載卡德慕茲對赫蓓的愛戀。可是，我今天所轉述的，是來自於卡德慕茲的第一手資料，本人親自陳述，應該是最正確的吧！

（請你轉告卡德慕茲，關於他的困擾，讓我進行比較深入的研究分析之後再和他進行諮商，好嗎？）

好的。另外，卡德慕茲還附帶提到另一件事，要讓你參考。上次，我們不是遇見和亞歷山大大帝關係很密切的印度阿三嗎？卡德慕茲說，古希臘人將同性男人之間的感情，看成是兩個靈魂最完美的結合。在希臘神話中，阿基里斯（Achilles）和帕特羅克斯（Patroclus）這兩個男人，既是表兄弟，又是最好的朋友兼愛人，他們不惜在戰場上爲對方犧牲的情誼，被認爲是希臘歷史上最動人不朽的同性之愛典範。他們的戀情，曾經深深地感染浸潤了亞歷山大大帝的心靈。

（意思是，亞歷山大可能是同志或雙性戀者囉？）

或許吧。

（今天到此爲止，謝謝凡一補充了這麼精彩的歷史地理背景。）

●○●○●○

診療結束後，進三趕緊查閱了今天接觸到的古希臘文明知識，對照之後發現，凡一所說的資訊正確無誤，實在很厲害。附帶一記：

雨果說：「一部傑作已經成立，就會永存不朽。第一位詩人成功了，也就達到了成功的頂峰。你跟隨著他攀登而上，即使達到同樣的高度，也絕不會比他更高。哦，你的名字叫但丁好了，他的名字卻叫作荷馬。」

黑格爾說：「在荷馬的作品裡，每一個英雄都是許多性格特徵充滿生氣的總和。荷馬藉不同的情景，把這種多方面的性格都揭示出來了。」

第五章

來自塞爾特的謎題

五月份的最後一個星期天，梅雨季節中竟然出現了陽光燦爛的好天氣。藤原家每個月總有一兩個週日上午，會各自睡到自然醒，然後選一個喜歡的餐廳去吃brunch，早午餐。十點半，一家三口已經在這家名爲Graustark（意爲一個富於浪漫色彩的國土或境界，也指浪漫作品。）的法義料理餐廳坐定。位於京都國際交流會館旁的Graustark，有一塊專屬的露天用餐區，很適合在溫煦的日照微風下喝著咖啡、閱讀或閒聊。不過，既然要用餐，進三和麗子還是喜歡坐室內。一到戶外，大餐變成野餐，味道就完全不同了。Graustark的傢俱，採用的全部都是丹麥品牌喬治．傑生（Georg Jensen）充滿設計感的作品，玻璃桌面薄如紙張，可以透視到櫻桃木地板的拼花紋路，卻依然穩定地不會讓人產生任何不安全感。麗子已經迫不及待地拿起桌上的麵包棒啃了起來，每支三十公分長，口感香脆，很容易一口接一口。菜單都還沒來哩，進三提醒麗子，只能吃一支。

Graustark有著全日本，應該說，全義大利或全世界最棒的帕瑪森起司，削成薄片撒在生菜沙拉上，或者切成小塊搭配紅酒，濃郁香醇得如同義大利歌劇一樣。這個季節，正好有新鮮的無花果，從地中海產區空運到亞洲，一顆生鮮無花果的價錢，可以買到一大袋乾燥保存的無花果乾。加上哈密瓜火腿及焗烤田螺，三樣前菜。法義料理常常讓進三覺得，前菜比 Main Dish 還精彩。不過，藤原家喜歡來 Graustark 主要是爲了它的黑松露燉飯，以及只用橄欖油和蒜片乾炒的天使細麵。這樣的菜色分量作爲早午餐，恰到好處。既然有帕瑪森起司，進三點了單杯的卡本內-蘇維翁紅酒，凡一喝奇異果汁，麗子則是無氣泡的沛綠雅。

今天的早午餐，不僅是例行性家庭聚餐，進三還別有用心。預備加正式的催眠診療連同昨天所進行的，已經三次了。看起來，在「開放式選擇記憶」的催眠指示之下，凡一的顯意識對所有的催眠過程都是清楚記得的。而每次催眠診療之後，和麗子討論、聽取意見，顯然相當有幫助。所以進三打算利用今天的機會，讓凡一參與他和麗子的對話，這也算是一種集體諮商方式，即使凡一不能發表看法，只是聆聽，應該也能發生良性的效果。餐點來了，吃飯不談正事，這是藤原家的傳統好習慣。

「最近這陣子，全國上下都爲了是否重新啓動核能發電機組吵成一團。」進三一邊挑起焗烤起司田螺，一邊隨口提起。這種話題，在藤原家，純屬閒聊，不算正事。自從三一一福島核災以來，日本全國核能電廠的發電機組全面停止運轉，進行檢修，朝向「零核能」發電發展也幾乎成爲全國共識。但是，目前核電占總發電量的百分之四十，構成了難以取捨的高度依賴，仍然是現階段無法迴避的事實。究竟已經檢修完畢的核能機組應該准許重新運轉，或是乾脆一次性地全面廢除核電，整個社會的立場恰好一半一半，針鋒相對地抗衡著。造成工商企業和社會運動團體、不同的政治黨派、甚至同一政黨內部之間，出現尖銳的對立狀態。這項議題，恐怕得延燒到明年初的大選之後，丟給新組閣的政府去解決了。

「作爲一個普通國民，我也是站在廢核電的立場。不過……。」麗子語帶保留。

「不過怎樣？」

「不過，如果是作爲一位政治家，可能就要有不一樣的覺悟和做法了。」

「如果妳是可能重新執政的有文英菜黨首，會怎麼做呢？」

「我會堅持反核能、廢核電的主張，一路喊著什麼『建立非核家園』這類好聽的口號，直到贏得大選。等掌握國家權力之後，再選一個適當時機宣布恢復核電機組運轉。當然啦，也要同時公布逐步降低核電依賴比例直到完全歸零的時程表。」

「這樣，不就會被視爲欺騙選民，政治信用不會破產嗎？」

「是啊，可是不這樣，日本經濟瓦解社會崩盤的局勢就難以挽回了。少了百分之四十的電力供應，日本將會陷入難以復甦的永久黑暗期，這個道理，即使反核的人也心知肚明。核電的危險發生機率不可能降到零，支持核電的人也充分理解。這個社會需要核電，但又不能不反對核電；既然有危險，又不能不用，最好就是有一個人去做成決定，大家再群起集體地將所有責任罪咎歸於他。這就是人類原始社會時期爲了抵抗內心恐懼的『活人祭祀』（Human Sacrifice）儀式，藉由舉行充滿痛苦與悲傷的獻祭，來緩解因爲取得本不應屬於人類的資源與力量如火、文字等，所引起的神靈憤怒。這是人類天性中荒謬的卸責補償心理，同時也是自我安慰的逃避心理，可笑，但有效。所以，作爲一位政治家，就應該要有這樣的覺悟：擔任獻祭的供品。這是大家需要你、投票給你的眞正原因。如果不能認清這個角色，是愚笨；如果了解卻逃避這個角色，是不負責任。相反的，明知成爲祭品還自己走上祭壇，上了祭壇還自己動手點火，其實才是偉大的政治家。」麗子一口氣長篇大論之際，眼前的食物倒也沒有靜止不動，剛送上來的天使細麵已經被她解決了一半。這等見識、氣魄以及同步享用美食的精神，眞是女中豪傑！其實，麗子的看法，正是普羅米修斯的宿命。恰好在希臘神話中，最後解救普羅米修斯的，正是路過高加索山的海克力斯。

「附餐我們到外面用好嗎？」進三很細心，在戶外大陽傘下聊天，不僅舒適，談論的內容也較不易被鄰桌客人聽見。畢竟難免有些人一聽見「催眠」之類的字眼，耳朵就豎起來了。

作爲每個月必來的常客，Graustark的服務人員很清楚，藤原家的附餐照舊就是進三的拿鐵咖啡，麗子的伯爵茶，凡一的大吉嶺紅茶，牛奶自己加。甜點是只用蛋白做成的舒芙蕾，看似簡單，其實要烤足四十分鐘才行。服務人員早就通知廚房算準時間，一待藤原家用完正餐，剛出爐仍會燙口的舒芙蕾就和飲料一起端出來了。這，就是一家餐廳能得到米其林指南星級認可的基本功力。

「首先是薩摩第部分。」進三開始進入今天的主題，「我想，未來可能會經歷三個階段的發展：第一階段是回歸中道、正知見，在『斷』和『常』之間取得正確平衡的認識和立場；第二階段是世俗與超越，要入世追求名聲與愛情，或是出世，真正做到『斷捨離』的地步；第三階段是自我的重新整合，從確認『我』的存在和本質，走向無我的境界。目前，凡一已經開始研讀龍樹的著作了，等到《中論》讀完，再看看薩摩第是不是能夠順利地走過第一階段。現在，還在過程當中，我們要有耐心地給他時間。」

「尤其，像薩摩第這樣智能非常高的記憶體，我很贊成你讓他自己找到答案，而不是直接給予答案。只要提供他充分而正確的訊息、知識和方向，他有足夠的智慧，去跨越時代的障礙的。」麗子補充道。一旁的凡一正在把香草奶昔加進剩下一半的舒芙蕾（之前的一半吃原味的），同時聚精會神地聽取父母的見解。

「所以薩摩第的後續，我們靜觀其變。至於卡德慕茲和赫蓓以及海克力斯的三角關係，我有個疑問：他們不是希臘神話中的人物嗎？應該是虛構的吧？怎麼又會以記憶體的形態出現在凡一身上呢？」麗子問。

「可以從兩個角度來解釋，第一、希臘神話和史實是密不可分的，許多神話中的人物，都會在史詩或歷史故事中出現，而這些故事，如今有愈來愈多證據顯示，是確有其事，不是憑空杜撰的。也就是說，卡德慕茲、赫蓓和海克力斯，很可能都是上古希臘時代眞實的人物。第二、不管這些人物是否存在過，記憶體以他們的形態、樣貌以及生命遭遇來現身，這是一種刻意選擇的『原型』，完全符合我們榮格學派所說的，集體潛意識中的一部分特定能量，採取這種『象徵』的形式，作爲傳達訊息或表現意志的方式。所以，象徵的意涵，比原型本身是否眞實存在更加重要。以海克力斯爲例，不是有許多偉大的藝術作品就是以他作爲創作的題材嗎？」

「沒錯！舉例來說，歷史上有兩件非常重要的雕塑，就是以海克力斯爲主題的。一件是義大利的雕刻家安東尼奧．波拉尤奧羅（Antonio Pollaiuolo）在一四七五年所創作的青銅雕像《海克力斯和安塔埃斯》（Hercules and Antaeus），這件作品高四十五公分，現在收藏於佛羅倫斯博物館，海克力斯把安塔埃斯高高抱起，安塔埃斯則是極力掙扎，兩個壯碩男人的肉體接觸，充滿了同性之間濃厚的征服意味。另一件作品是收藏在那不勒斯國立美術館的《休息的海克力斯》（Farnese Hercules），這是高三公尺以上的大理石複製品，可以看到利西普斯（Lysippus）強調八頭身的美學觀點。這種比例對後來的雕塑藝術產生了深遠影響。」

「其實，這也是『原型』透過藝術的形式表達觀念或傳達訊息啊。從卡德慕茲的個案來看，這個原型呈現出幾層的矛盾糾結和象徵意義：第一層，是『蒙昧』相對於『醒悟』。蒙昧地被愛、蒙昧地變成孌童、蒙昧地被別人支配自己的身體乃至於人生。從這裡，要走向醒悟。愛上一個人令他醒悟，醒悟原來他可以做自己、醒悟做了自己就能去追求所愛的人事物。第二層則是，發現自己之後，慾望隨之而來，慾望或愛得不到滿足，那麼，憤怒嗔恨隨之而來。所以，這是一個如何從失敗挫折走向轉化和昇華的課題。唯有圓滿了這兩層意義的課題，卡德慕茲才能眞正躍升爲天空中美麗的寶瓶星座。」

「那麼，從這裡是否就可以證實凡一不是pedophile（孌童癖者）呢？又，爲什麼這樣的原型精神記憶體會出現在凡一身上呢？」

「凡一的確不是孌童癖者，我們大可放心，他頂多是喜愛青春美少女的蘿莉控而已，之前妳從彩虹數字所做的推斷完全正確。至於卡德慕茲和凡一的關連性，我認爲可以用另一個原型來作解答：這其實是另一種『彼得潘症候群』現象。試問：卡德慕茲自己到底想不想長大？這是關鍵。繼續做一個派對寵兒、永遠被呵護的俊美少年？還是像個男人，鼓起勇氣把心愛的女人搶過來？這股掙扎，不只是愛情，更關乎成長以及成長所必須付出的代價。」

「那麼，要怎麼協助卡德慕茲這個不知道自己該不該長大的彼得潘呢？」

「同樣地，我們不能給他答案，更不能替他做決定。我覺得，或許最好的辦法就是讓卡德慕茲明白剛才的解析，什麼也不做。讓他自然而然地和凡一一起長大，一起度過十八歲的成年關卡。反正再兩年，凡一也滿十八歲了。在這之前，他們可以任性，可以蘿莉控，可以行使所有未成年人的特權。可是，隨著成年界限一天天逼近，他們必須自己去面對、思考以及做好心理調適的準備。換句話說，以凡一的成長歷程來帶動卡德慕茲的成長，並且幫助他找到處理自己矛盾糾結的解答，這應該是可行的方法，妳覺得是不是？」

「是！」凡一突然開口了，嚇了進三和麗子一大跳，兩人驚喜無比。

「凡一，你可以說話了是嗎？」麗子問，凡一沒有回應。進三立即接著說：「凡一，你現在可能只能說出一兩個字，但這已經是很大的進步了。所以你不要著急，也不要有壓力，別人包括爸媽問你話，也不一定非答不可，想說就說，能回答才回答，慢慢來，好不好？」

「好。」這個「好」字，讓藤原一家三個人的臉上同時露出了笑容。午後的陽光似乎也更明亮了些。

「接下來，我想談一下昨天的催眠診療。昨天進行得不太理想，薩摩第和卡德慕茲都沒出現，但是又蹦出了一個記憶體來，只說了一小段話，所以診療紀錄很簡略，請妳先看一下。」進三將昨天的診療紀錄遞給麗子。

●○●○●○

凡一的催眠診療紀錄4

【時間】二〇一五年五月三十日，星期六，上午九時三十分。

【地點】京都市洛北區北山車站社區大樓，美麗彩虹工作室。

【方式】凡一以第三人稱方式轉述。

【概要】

他是一個使用塞爾特語混雜古英文的人，自稱名字叫作溫拿．蘭開斯特（Winner Lancaster）。他說，他留下一組數字和符號，如果能夠解開找出答案，才有資格和他對話。就這樣。

數字：6—5—6

符號：ᚱ、ᛞ、ᛉ

身爲彩虹數字學大師的麗子，對於數字有異於常人的敏銳度，她端詳著診療紀錄上的數字和符號好一會兒，說：「這組數字和符號應該與彩虹數字學無關，雖然彩虹數字學的每一個數字也都有相對應的圖形，但是和上頭的符號截然不同，這應該是另一種解碼系統才對。」

「是的，這的確是一套鮮爲人知的密碼系統，從這三個符號的型式，再加上這個記憶體，Winner，溫拿先生講的是塞爾特語，這兩項線索綜合起來可以推定，這個謎題是從一種叫作『盧恩符文』的系統構思出來的。」進三很有自信地說。他在榮格心理學的貢獻成就之一，就是將符號學整合在分析心理學的理論架構之中。對於世界各種民族、地域、文化的符號研究，進三是權威級的專家。

「盧恩符文？這我就沒聽過了，可以稍微解釋一下嗎？」麗子對於自己不懂的事，一貫都是謙虛且高度好奇的。

「有一點點說來話長。一般人都知道，西方文明的兩大源流，一是希伯來信仰，形成了猶太教、基督教與伊斯蘭教等文化傳統。另一是希臘神話的詩歌、傳說、歷史所記載的想像和人性的典範。西方經常以一個人對於希臘神話的了解程度，作爲評價這個人教育和修養的標準。這些觀點都沒有錯，但是卻往往忽略了，西方世界還有另一個不容忽視的文明根源，就是北歐神話。」

「北歐神話？」

「是的，北歐神話是一段逐漸被遺忘的古老傳說，有許多研究古文明神話的學者認爲，西方世界的文化起源，是由北歐神話衍生而來的。而盧恩符文，Rune，就是北歐神話的產物。西方世界各種超自然力量的解讀和運用方式，尤其幾乎所有的占卜方法，都是從盧恩符文延伸出來的，包括塔羅牌、靈擺占、水晶球、五芒星、星相學等，都是。」

「難怪我看不出那些數字的意義，彩虹數字是生命密碼的解析，不是占卜算命，兩者在本質上是完全不同的系統。」

「盧恩符文的年代到底有多久，已經不可考了，至少，在西元前十三世紀的青銅器時代洞穴遺跡中，就已經發現它的存在。它的符號，看起來有點類似象形文字的記號，有些考古學家主張，這是用在祭祀或巫術上的，所以是一種擁有魔力的符號。Rune，事實上就是古北歐語，在符文語系上分為盎格魯-撒克遜也就是日耳曼民族，以及維京人兩種支系。盧恩符文屬於我們符號學上的一種『元素占卜』，也就是使用這些符號作為占卜的元素，必須和大自然以及宇宙萬物的道理徹底地融入結合，這樣，占卜者就能成為一位優秀的『德魯伊』。」

「德魯伊？」

「是的，Druid，這個字的前半部 drus 是希臘文『橡樹』的意思，後半部 wid 是『了解』的意思，合在一起就是『透徹了解橡樹道理的人』，也就是稱職的祭司或魔法師。事實上，古北歐人相信，德魯伊是進入人類時代之後，天神唯一遺留下來的正統血脈，是生命之樹，也是自然的守護者。所以，懂得遵循自然法則去運用盧恩符文力量的人，也可以被稱為德魯伊。如今，德魯伊已被視為是塞爾特民族的精神象徵。塞爾特民族本來就和北歐淵源甚深，相傳敘述盧恩符文的《Saga，北歐故事集》就是塞爾特人的著作。可見，盧恩符文和塞爾特之間確實存在著長遠密切的關聯。」

「那這盧恩符文怎麼又有符號又有數字呢？」

「整個盧恩符文的系統中有二十四個符號，加上一個空符號。每一個符號都有它所對應代表的特質，分別可以從：一、字面的意義；二、字面背後的隱喻；三、符文顛倒的意思；四、守護神；五、星辰運轉；六、方位；七、數字；八、自然元素；九、顏色；十、祝福，這種種不同的面向去找到它所代表的意義。比如在這份診療紀錄上看到的第一個符號『ᚱ』，名字叫作Raido，萊多，原意是旅行，引申爲：多變動的旅行者。守護神是夏之神歐尼特，代表顏色是紅色，代表數字是5，代表元素是空氣。此外，還有這個符文應用在實際狀況的各種解釋，例如在情感上象徵會有結果，在友誼上表示久別重逢，有點像中國《易經》六十四個卦象都有特定的意義一樣，二十四個盧恩符文都各自有解釋的方式。」

「這樣我大概有個概念了，接下來，要怎麼解開溫拿先生留下來的謎題呢？我猜，三個符號，三個數字，一定有互相對應的關係。」

「厚！我昨天想了整晚才解開，妳不到半小時就抓到重點了。盧恩符文除了符號本身以外，還有很多不同的陣法，用符號的排列組合，來表達更爲複雜的意義。這些陣法，從基本型、進階型到所謂的魔法陣，使用的符號數目可以從單個增加到十六個，非常繁複。這裡有三個符號，應該是要配合所謂的『命運三女神』陣法來使用。也就是說，這三個符號，必須正確無誤地從左至右依序排列，分別代表占卜對象的過去、現在、未來。問題是我們怎麼判斷什麼樣的順序才是對的？」

「我想，提示是不是就在數字裡？」麗子說。

「眞的被妳打敗了！就是數字。可是6—5—6這一串列數字，和這三個符號所代表的數字搭不起來，ᚱ是5，ᛞ是24，ᛉ是15，很明顯的，ᚱ肯定在中間，但是ᛞ的24，相加是6。ᛉ的15相加也是6，到底哪一個在前哪一個在後，我就沒辦法決定了。」

「這三個符號的意思，ᚱ是旅人，另外兩個呢？」

「ᛞ代表黎明，ᛉ則是守護的意思。ᛞ的名字叫作Dagaz，達格茲，象徵長時間等候而來的曙光；ᛉ稱之爲Algiz，奧吉茲，字面上的意義是保護，表示一種細心的等待、觀察，去找到一線生機。」

「這樣答案不就很清楚了嗎？這個當事人，在過去，是守護者，在保護某一項珍貴的東西；而現在，他是一位變動中的旅行者，期待重逢相聚；如此一來，就能夠等到未來的曙光，從黑暗之中，進入光明的世界。大概是這樣子吧。」

「妳眞的了不起，解讀的方式完全符合『命運三女神陣法』的時間序列邏輯，我想只要稍加涉獵，妳就可以擔任盧恩符文的德魯伊了！凡一，你是不是也贊成媽媽的解答？」

「嗯。」凡一點點頭。

「好！我們就用這個答案來回覆溫拿先生。我猜，這份謎題，應該和他的生命課題有關係，說不定就是他的命運寫照。讓我們來看看這個神祕人物到底是何方神聖。」

「我們也差不多該回家了，不然早午餐就要變成下午茶了。對了，忘了告訴你，凡一這次參加全關西地區高校模擬會考的成績出來了，很厲害喔！全校第一，全關西整體排名第三十五耶！結帳時順便打包兩份手工餅乾犒賞他吧。」

「作文不是因為失語症寫超爛的嗎？還能考成這樣，就不是普通厲害了！這種成績，我年輕時也達不到。」

「超越你了啦。」麗子替凡一說出了他的心聲。

第六章

聖殿騎士團與玫瑰十字會

凡一的催眠診療紀錄5

【時間】二〇一五年六月六日，星期六，上午九時。

【地點】京都市洛北區北山車站社區大樓，美麗彩虹工作室。

【方式】首先進入個人潛意識狀態，將有關盧恩符文的謎題解答，再次與凡一充分說明之後，隨即進入集體潛意識狀態；溫拿．蘭開斯特立刻出現，透過凡一傳遞了諸多訊息，對話過程以第一人稱進行並記錄。以下是他的自述內容，括弧部分是我的提問。

【概要】

沒想到經過了這麼多年，我以爲早已經失傳的盧恩符文，竟然還有人懂得，這麼快就將謎題解開了，有點出乎我的意料之外。既然這樣，我也會履行承諾，將我所守護的祕密原原本本地告訴你們。

我是溫拿．蘭開斯特，出生於十三世紀的英格蘭。蘭開斯特其實是我的領地，溫拿，Winner，本來是我的綽號。因爲我一生中歷經過的所有戰役、征討、爭鬥、對決，每一次都獲得勝利。久而久之，所有人都稱呼我溫拿，贏家武士，我的本名亨利（Henry）反而被人淡忘了。沒錯，我是一位武士，一位騎士，效忠於偉大英明的英格蘭共主，眾人尊稱爲「獅子心王」的查理國王。我的王，率領了一批英勇無比的戰士，將當時英格蘭地方的反對力量全部弭平。他的決心、勇氣和領導能力，贏得了對手的臣服以及「擁有一顆如獅之心的王者」這樣的尊崇。而我，十八歲起就在國王的麾下東征西討，打敗了無數敵人。在奠定國王偉大基業的每一場戰役之中，都有我流下的汗水與鮮血。我是眾多武士的領袖，國王身邊的首席騎士。經過長達十年的征戰，整個英格蘭完全歸獅子心王統治，而我也獲得蘭開斯特作爲永久領地。但實際上，我還是大多待在倫敦。一方面，國王視我如子，他既是我的主人，又像是我的老師，我們在長期的併肩奮鬥中建立了深厚的情誼。另一方面，國王膝下無子，在國家治理政務推動上，他需要我的輔佐與協助。

雖然歷史上不乏「同患難易、共富貴難」、「打天下易、治天下難」的例子，甚且，更多的是「狡兔死、走狗烹」、「鳥盡而弓藏」的事情，然而國王和我之間，不但沒有這種成功之後捨棄功臣的狀況，反而是我獲得了國王百分之百的信賴。不僅如此，國王有三個女兒，大女兒瑪麗公主，是王位的第一順位繼承人。這位公主，集美貌與聰明於一身，外表柔順婉約，內心堅強執著，既會女紅細活又會朗誦詩書，喜歡音樂繪畫又能騎馬打獵。我和公主同年，從小時候起，每次見面我總是很不正經地和她亂七八糟地開玩笑逗著她玩。漸漸地，我變得經常想著她，想要看見她。幾年下來，每次見面，公主眼中似乎也只有我。彼此的心意，透過眼神，是那樣地清晰篤定。

故事講到這裡，本來應該要有個美好結局的，可惜，老天總是愛捉弄人。問題出在哪裡呢？問題在於，國王，不只是一位國王，還是一位虔誠得幾近狂熱的基督徒。而我這位武士，不只是一個世俗的武士，還是一個祕密傳承的守護者，一位「聖殿騎士團」（The Order of the Temple）的繼承者。這，就要從盧恩符文的來龍去脈說起了。

（聖殿騎士團，不就是十字軍東征的發動者和主力部隊嗎？不是為了維護基督教才去攻打耶路撒冷的嗎？怎麼會和信仰基督教的查理國王起衝突呢？這真的把我搞糊塗了。）

眞正了解聖殿騎士團祕密宗旨的人，只有最核心的十位成員。當時，為了掩護我們眞實的目的，在核心之外建立許多附屬組織、吸收外圍人員是必要的。採取魚目混珠、高舉著《聖經》反《聖經》的行動，也是必要的。本來只是為了挑起基督徒和穆斯林之間的矛盾衝突，以化解我們受到基督教迫害的壓力，沒想到，外圍分子的操作過當，竟然失控演變成歷史上長達數百年的慘烈戰爭。這眞的不是我們的本意。

（原來如此，這又是一個顛覆傳統歷史觀的新發現。這麼說來，歷史上傳說中的聖殿騎士團，竟然和盧恩符文有關，是嗎？）

盧恩符文是北歐神話遺留下來的產物。書寫北歐神話的詩人，是全體條頓民族信仰的代言人。我的家族，塞爾特民族，就是條頓民族的一支。事實上，許多英格蘭的人民，都是條頓民族的後裔。在歐洲西北地區，我們民族早期的各種紀錄、傳說、歌謠與故事等文化傳統，幾乎被基督教勢力完全摧毀。基督教進入歐洲之後，對異教的文化下手一點也不心軟，消除得十分乾淨徹底，使得盧恩符文在十二世紀時面臨第一次失傳危機。基督教徒假藉一神教義爲理由聲稱，在盧恩符文的力量影響下，可能導致基督教無法全面性地統一歐洲的宗教信仰，所以採取了激烈的滅絕手段。我們幾個生活在英格蘭的條頓民族後裔家族，爲了守護盧恩符文的傳承，在十二世紀初祕密成立了聖殿騎士團。十個家族，十個騎士，十個成員，代代相傳，到我接任的時候，已經第五代了。

守護盧恩符文，是我作爲聖殿騎士團成員的天職，也是流傳在我民族血液中的責任。可是，消滅北歐文化、摧毀盧恩符文最殘酷無情的，正是我效忠的主人，我愛戴的老師，我的國王，獅子心王。這樣的矛盾衝突，在王國尚未統一的征戰過程中，還不至於無法掩蓋。一方面，我奮不顧身地爲國王作戰，報答他對我的信任。另一方面，我也能夠利用職務身分，去掩護可能遭受壓制迫害的族人。但是王國統一之後，國王的基督教信仰更加狂熱，搜捕清查北歐文化遺產和盧恩符文的行動一天比一天激烈，一天比一天嚴酷，不但很多無辜的平民受害，連我們聖殿騎士團的成員也一個接著一個遭到逮捕處決。國王已經獲悉了聖殿騎士團這個祕密組織的存在，只是他萬萬想不到，這個團體最重要的成員，竟然就潛伏在他身邊，竟然就是他視如己出的部屬：我。

（奇怪，基督教在當時已經同化了歐洲絕大多數民族了，實在沒有理由這麼趕盡殺絕，難道有什麼外人無法得知的因素嗎？）

沒錯！他們擔心的不是文化衝突也不是信仰差異，基督教眞正感受到威脅的，是盧恩符文所具有的神祕力量。這部分以後再說。

西元一二三九年，王國統一後的第七年，身爲首席武士兼執政輔佐官的我遭到拘捕，關押在現今已經是觀光名勝古蹟的倫敦塔中。事跡敗露，國王終於獲知我是聖殿騎士的密報。多年以來生死與共的情感，令這位有著獅子之心一般鋼鐵意志的國王痛心疾首。我的背叛，讓原本健康已經明顯走下坡的國王在打擊之下重病不起。臥在病榻的國王自知來日無多，給了我最後一次機會，讓我選擇：宣誓放棄聖殿騎士身分，供出所有騎士團成員名單和行蹤去向，協助消滅英格蘭境內所有北歐文化和盧恩符文。如此，他就將瑪麗公主許配給我，我不但可以保住性命，而且會成爲英格蘭未來的統治者。或者，第二個選擇：處決，我可以決定採用哪一種方式執行死刑。

（我想，你不可能選擇第一個方案吧！）

當然，我的一生，已經背叛了一個人，怎麼能夠再背叛第二次？

就在處刑前夕，瑪麗公主救了我。智勇雙全的她，不知道用什麼方法騙過了倫敦塔監獄的守衛，還在順利協助我脫逃之後，安排船隻在泰晤士河河口接應，連夜跨越英吉利海峽，讓我在諾曼第登陸上岸。抵達歐陸之後不到一個月，就傳來獅子心王駕崩的消息了。

（那麼，你是否又回到英格蘭和瑪麗公主結婚呢？）

沒有。公主救了我，等於也背叛了自己的父親，我們兩人從此之後再也沒有相見。國王去世得突然，瑪麗公主迅速平息了各種爭議反亂，接掌王位，歷史上著名的瑪格麗特女王就是她。女王終身未婚，在位超過三十年，勤政愛民，很受人民擁戴，後來王位由她的外甥繼任。英格蘭，可以說是從瑪格麗特女王開始走上國力不斷增強的巔峰之路。而我，流亡歐陸之後，就在巴黎附近的修道院以修士身分生存下去。既然我的事業權位、我的愛情婚姻都已經化爲烏有，我的生命意義就只剩下守護盧恩符文這一項使命而已。爲了將這一套神祕的符號系統傳承下去，在當時基督教會仍然持續打壓的環境下，我反而在歐洲大陸教會的內部，建立起了一個以延續盧恩符文爲宗旨任務的祕密組織，叫作「玫瑰十字會」（Rosicrucians）。

（既然如此，你也算是盡到了職責義務，人生還有什麼遺憾呢？）

根據盧恩符文所預示的，除了十二世紀的第一次歷史危機之外，二十世紀中葉之前，盧恩符文還會遭逢第二次失傳危機。我想請你們幫忙，讓我了解第二次危機到底有多大的影響？盧恩符文現在依然傳承下來了嗎？還是已經失散了？這是其一。其二是，盧恩符文的預言顯示，在第二次危機的七十年後，這一個文化傳統重新出現、流布並協助眾人的時刻將會來臨。也就是如你所解開「命運三女神陣法」謎底所呈現的，從過去的守護者，到現今的流浪旅人，如果我能夠和正確的人相逢，就可以迎接新的黎明到來。也就是說，我應該要跨越時空的限制，找到一位你們這個時代的人，直接將盧恩符文的神祕力量交付給他，讓他傳承下去、發揮光大。

（這個人你已經找到對象了嗎？）

人選已經有了，這以後再說，今天先談到這裡。你對符號學挺有研究的樣子，先去幫我把後續的歷史發展資料蒐集齊全，好嗎？

（凡一了解吸收的資訊，你是否也能同步擷取並了解吸收呢？若是，我就不必再透過催眠告知你了。）

是的，我和凡一是同時同步的。

●　○　●　○　●　○

藤原家宅，星期天的中午，快接近用餐時間了，進三持續著一貫的植物姿勢，窩在起居室專用座位上，望向窗外夏日豔陽的眼神，似乎仍停留在昨天催眠診療的震懾之中。每一個歷史的謎團，都是一個全新的挑戰。只是，昨天這歷史之謎，也搞得太大了吧。

似乎心照不宣地在呼應這歷史謎團一般，CD播放器播放的是一張無比特殊的光碟。曲目：〈布魯納C小調第八號交響曲〉，這沒什麼。演奏：「柏林國家歌劇院管弦樂團」（咦？怎麼不是「柏林愛樂」？）不過也沒什麼。指揮：「卡拉揚」，還是沒什麼。音效：「高品質高傳眞立體聲」，這不是理所當然的嗎？哪有什麼！演奏錄音時間：「一九四四年九月二十九日」。哇！這就太神奇了，那時二次大戰還沒結束，怎麼會有Hi-Fi立體音效？沒錯，這是全世界現今碩果僅存的、最早的立體音效錄音演奏交響樂版本，從錄音帶拷貝到CD，沒有進行任何數位加工修復，立體效果比MP3還要好。以錄音帶錄製立體音效，是納粹德國國家廣播實驗室（RRG）的工程師在一九四四年開發出來的。

德國軍方就利用這套當時西方國家都還不知道的技術來誤導敵國，讓希特勒在「有」（或「沒有」）火砲或飛機轟炸的立體音效背景下錄製演說，來混淆英美同盟國：「咦？希特勒不是應該在「沒有」（或是「有」）火砲爆炸或飛機轟炸聲響的城市才對嗎？」除了軍事用途，納粹德國還不吝於將這項尖端音效科技應用在音樂藝術上。由德國最頂尖的樂團、日耳曼民族最頂尖的指揮擔綱演出。原來一代指揮大師、華格納戒指的傳人卡拉揚，很年輕就嶄露頭角，戰爭時期就已經是納粹德國的御用指揮，但這完全不影響他日後輝煌一生的藝術成就與地位。

樂曲正好播完，麗子過來召喚「吃飯囉！」順手換了一張CD，是菲爾．柯林斯（Phil Collins）的《真實色彩》（True Colors），無懈可擊的和聲從喇叭傳出，吃飯就是要配這種音樂。

假日的午餐，一切從簡。但是麗子準備的簡餐從來不簡單。今天的主角是咖哩。不是那種可以偷懶，從超市買回濃縮塊、用水煮開就行的咖哩醬汁。麗子的獨家口味咖哩，是以洋蔥、番茄、青椒、花椰菜、蘋果與梨子等十多種蔬果熬煮超過八個小時，造就出一鍋不含任何添加物的鮮美湯頭後，再加入包括薑黃在內的幾十種香料料理而成，不但香濃醇厚，味道繁複精彩，營養更是滿點破表。有了這味咖哩，要再加入牛肉或雞肉都已經顯得多餘。搭配主角咖哩的，不是配角，是也能夠獨當一面的另一主角：中東烤餅。世界上到處都有烤餅，舉凡只要是烤餅，沒有麗子不愛的。麗子就是一介麵餅魔人，只要有用麵粉烤、煎或烘焙出來的食物就滿足了，其他什麼都沒有也沒關係。從中式蔥油餅，到義大利披薩，從土耳其的pide，到印度的甩餅，沒有麗子不愛的。不過，在博愛之中還是有分很愛和非常愛，中東烤餅則是麗子的最愛。本來咖哩應該以搭配印度甩餅爲正宗，麗子卻將中東烤餅和印度咖哩湊在一起，混搭的效果，竟然更加美味。因爲印度甩餅是一片一片平面的，沒那麼膨、那麼薄，也沒那麼脆。中東的烤餅，是整個揉好的麵糰，貼在石頭砌成的爐窯內壁烤出來的，膨脹成中空狀態的金黃色麵餅，直徑二十到三十公分之間，既香酥又有咬勁，被麗子評價爲烤餅界的天王。

麗子是在和進三到埃及度蜜月時第一次接觸中東烤餅，立即驚爲天人。後來，她爲了研究希臘古文明時期藝術，曾到古希臘的腓尼基、現今的黎巴嫩首都貝魯特進行長達一年的訪問研究。不但利用這個機會遍吃中東各地烤餅，甚至把做法學了起來，在家裡自製自享。麗子的專長雖然是文藝復興時期的藝術史研究，不過她一直認爲，如果沒有將古希臘時期的藝術發展鑽研清楚，就無法深入且正確地掌握文藝復興時期的藝術演進，而古希臘時期最重要的城邦國家就是腓尼基，可以說，地中海繁榮興盛的貿易都是從這裡衍生出來的。有腓尼基人的貿易中繼站，才有伽太基的誕生。即使到了現代，貝魯特依然是中東最重要的城市之一。這個城市，既是海上貿易的起點，也是陸上絲路的終點，戰略位置非常重要，自古以來就是兵家必爭之地。二次戰後，基督教民兵和伊斯蘭游擊隊就在這裡打了十多年的內戰。

幸運的是，麗子十年前前往進行研究時，貝魯特當地的博物館、美術館以及各種學術機構所保存的古物及文獻資料，依然非常豐富且完整，對她的藝術研究而言，眞是一大收穫。另一個小小的收穫是，當時她所客座的美國大學（American University），原來就是基努·李維小時候長大的地方。美國大學是世界知名大學，在巴黎、開羅與貝魯特均有校區。貝魯特美國大學夙負盛名，許多阿拉伯世界的國家領導人畢業於此，包括阿拉伯王室以及中東國家的歷任首相，都有該校校友。不過許多知名的恐怖組織領袖，也是這所大學的畢業生。基努·李維的父親是美國大學教授，他在貝魯特出生，直到上高中才回到美國。麗子是基努．李維的忠實粉絲。

「早上紀香打電話來，說這個月要在京都拍戲，想和我約見面，有個女明星想要諮商，是你年輕時的偶像喔。」麗子說的藤原紀香，是進三的堂妹，不過和麗子的感情反而比和進三更親近，尤其這幾年來，有什麼猶豫不決的事，都是麗子以彩虹數字爲她找出正確方向。紀香不但自己受用無窮，還私下透露給同在演藝界的女性友人，麗子的名聲因此逐漸傳揚開來，不時會有人登門求助。

「大概是要到太秦拍外景吧。我的偶像？年輕時代的偶像現在都是歐巴桑了。」京都二條城附近有個「太秦映畫村」，是日本拍攝古裝電影取景的重鎮。裡面的場景符合從室町到江戶時代的建築風格，穿著和服行走其間會有彷彿穿越時空的感覺。

「是鈴木京香。不知道有什麼問題要問我，要見面才知道。」

「外表風光無限的女人，煩惱的事大概也和平凡家庭主婦不會差太多吧。人，總是會老的。」進三年輕時候喜歡的女明星，兩位都姓鈴木。鈴木京香，在一九九〇年代以重拍二次大戰期間的經典電影《請問芳名》轟動全日本。她的外型傳統、古典，富有精緻如陶瓷的美感。相對的，進三另一位偶像鈴木保奈美則是現代、獨立自主的新女性，是立體有個性的類型。一九九〇年鈴木保奈美和織田裕二合演改編自柴門文漫畫的電視劇《東京愛情故事》，播出完結篇那天，幾乎全國上班族都停止加班，創下超過百分之六十的收視率，是日本電視史上第二高的紀錄，僅次於天皇即位實況轉播。如今，兩位鈴木小姐都已年近半百了。

「待會喝薰衣草茶，好嗎？」看烤餅和咖哩已經風捲殘雲般地被進三和凡一一掃而空了，麗子問道。進三連聲說好，凡一點頭稱是。重口味的咖哩，正需要清爽的花草茶來平衡。用完餐，可以討論正事了。

「昨天那位溫拿騎士出的功課，你有進度了嗎？」麗子問。

「從昨天下午到今天早上都在忙這件事。幸好京大圖書館在人文歷史以及博物學方面的館藏很豐富，和國立民族學博物館等其他研究機構間的資料鏈結介面也非常便捷，關於溫拿騎士所說的盧恩符文第二次歷史失傳危機，我已經有大致的了解了。」

「你繼續說，我一邊泡茶。」

「北歐文明的第一次歷史危機就是十二世紀基督教徒的迫害毀滅，導致古代歐洲的文獻只剩下斷簡殘篇，像是：英國的《貝奧武夫》（Beowulf）、德國的《尼伯龍根之歌》（Nibelungenlied），以及倖存於冰島的兩部詩歌集《古愛達經》（Elder Edda）和《新愛達經》（Younger Edda）。就地理位置來說，冰島是最後一個接受基督教信仰的北方國家，拉丁語並沒有完全壓倒古代斯堪地那維亞語，北歐仍然擁有自己的文學語言，用當地的俗語講述古老的故事。現存最古老抄本的《古愛達經》大約寫於西元一三〇〇年，那時基督教已經進入北歐三百年了。不過，兩部作品收集的詩歌都被基督徒視爲異教邪端。根據學者判定，這些詩歌都很古老，作者和創作時間已不可考，《新愛達經》內容可能完成於十二世紀末。這些文獻可以留傳到現在，聖殿騎士們的守護應該功不可沒。」

「那麼，第二次危機呢？溫拿騎士說是發生在二十世紀中葉之前？」

「如果這眞的是盧恩符文的預言，那還預測得滿準的。第二次危機，是差一點毀在希特勒的手中。一九〇八年，有個德國人李斯特寫作出版了《盧恩符文的祕密》，這個人畢生致力於研究北歐古代語文，當時，他成立了一個右派組織叫作『體利社會』（Thule Society），希特勒也曾是其中一員。李斯特的研究動機是善意的，對北歐文明是正面推崇的。但他過世後，研究成果卻遭到納粹狂熱分子的扭曲誤用。希特勒利用李斯特書中的崇拜主義來包裝自己的理念和教條，更進一步將盧恩符文改爲他的祕密組織代號，不但應用在間諜代碼與軍隊標誌上。甚至，連納粹主義的精神象徵卐，都是用盧恩符文裡太陽符號 Sowilo 的象徵圖形 ᛋ，加以改造製作的。所以，二次大戰之後，盧恩符文一度被誤以爲是和納粹德國同樣邪惡的事物，專家學者都絕口不再提起。在一九六〇年代之前，盧恩符文成爲一種禁忌，相關的著作典籍也都被列爲禁物，直到一九八〇年代中旬，這個符號系統已經幾乎不爲人所知了。」

「那現在呢？溫拿騎士也很關心盧恩符文傳承至今的現況。」

「就目前能夠掌握的資料顯示，一九九〇年代之後，全世界尋求心靈成長的風氣大爲盛行，隨之而來的，是西方世界開始流行命理占卜，星相啦、塔羅牌啦、水晶球啦。在這股風潮之下，有極少數人逐漸注意到，似乎在這些占卜方法的背後，有一套更完整、更全面的解釋系統，以符號象徵的方式呈現，這才慢慢發現了盧恩符文的存在。不過，知道的人很少，懂得運用的人就更少了。現在的日耳曼民族早就已經將這門學問棄之不顧。少數還保留原創性的地方，是挪威、冰島這些偏遠小國，但是僅存的文獻資料也殘缺不全了。」

「也就是說，盧恩符文是根源，塔羅牌是它延伸應用的產物，但是現今世人只知道塔羅牌，卻不曉得盧恩符文了，是嗎？」

「是的。不僅如此，即使是知道盧恩符文的少數人，也不過把它當成一種占卜的方法而已，忽略了背後悠久的文化傳統和歷史背景。能認識到這些珍貴文化根源的有識之士已如鳳毛麟角，要能夠再深入探索盧恩符文有別於占卜和神話傳說之外神祕力量的人，我想，是絕無僅有了。」

「說不定，這就是溫拿騎士的記憶體會特意出現在這個時空的真正目的。」

「妳的意思是？」

「為盧恩符文找到正確的傳人。這樣，他的生命任務才算完成，他的背叛和犧牲，以及瑪麗公主的背叛和犧牲，才能夠得到圓滿的補償和救贖。」

「有道理。凡一，剛才我和媽媽的對話，你都聽清楚了嗎？」

凡一點點頭。

「你也贊同媽媽剛才所下的結論嗎？」

「是。」凡一毫不猶豫地回答。

「我們算是把溫拿騎士交付的功課完成了，接下來，就看他怎麼說了。我覺得，關於盧恩符文，他好像還有很多祕密沒有告訴我們。」

「沒關係，我們的立場純粹就是提供協助，別無所求。難怪你吃飯前播放了卡拉揚為納粹演奏的音樂。音樂，只有美好與否，不應該有為誰服務的問題。盧恩符文也一樣，被希特勒利用了，不能因此就否定它的價值。重要的是，它能否幫助人們進一步接近眞理，對不對？」

「妳眞的太了解我了。基督教早期在歐洲的迫害異教行為，和現在ＩＳＩＳ在伊拉克摩蘇爾破壞古蹟文物，又有什麼兩樣呢？對了，什麼時候和鈴木京香進行諮商啊？我可不可以去？」

「不行。」

第七章

最後畫作的歷史真相

京都市，伏見稻荷，月桂冠音樂中心。星期天的午後，《歌劇魅影》的演出人員在不停歇的掌聲中一再現身謝幕，結束後，進三、麗子和凡一意猶未盡地走出會場。夏日暑氣已褪，微風徐來，適才男高音悲亢的詠嘆似乎仍然旋繞在耳際。伏見區，位於京都最南端，江戶時代，這裡誕生了全日本最著名的清酒製造大家：月桂冠。這個字號，幾乎已經成為日本清酒的代名詞。少有人知道，月桂冠的故鄉，正是位於京都的伏見稻荷。直到現今，此地依然保存了眾多壯觀的百年木造製酒建築。同時，月桂冠製酒會社也撥出一大片土地，委請曾獲得普立茲建築獎、有「日本現代化建築之父」之稱的建築大師丹下健三，設計興建了一座規模不遜於卡內基音樂廳和林肯中心的藝術演出會場。這座月桂冠音樂中心，已成爲全球頂尖樂團及演奏家來日本表演時的指定場地。這也是，京都作爲一座千年古都，在傳統中不斷與現代相遇、再生的典範之一。

今天欣賞的《歌劇魅影》是麗子的最愛。聽覺敏銳，注重音樂旋律及演唱功力的麗子，在歌劇中偏愛韋伯的作曲和曾是他老婆的莎拉．布萊曼的演唱，是很理所當然的。重視角色性格的衝突矛盾以及劇情張力的凡一，最喜歡的是《鐘樓怪人》。不同於絕大多數人對怪物主角寄予同情，凡一卻對劇中反派角色教士那掙扎於人與神、信仰與愛情的糾葛感同身受。或許，這十六歲少年才是雨果眞正的知音吧。進三喜歡的則是《茶花女》，他覺得，小仲馬的文學加上威爾第的音樂，再也沒有比這更棒的組合了。

一家三人雖然各有所好，但是一位高一 teenager 願意和父母一同觀賞歌劇，這樣的小組行動，在月桂冠音樂中心的觀眾群中可說是少見的。這都是因爲這位十六歲少年太特別了。二十一世紀的孩子，一身既古典又顚覆常態的細胞，會聽歌劇，也會演唱自己即興創作的 rap。現代小孩沒有就活不下去的臉書、line 甚至 email 帳號，他一樣也沒有。買了智慧型手機和 ipad 給他，也被冷落棄置不用。可是，哪些粒子是費米子，哪些是玻色子，又什麼是號稱上帝粒子的希格斯粒子，他可是一清二楚。對古文明、古文化與古民族瞭若指掌的凡一，甚至對溫拿騎士的塞爾特民族身分提出強烈質疑，在昨天的催眠診療中利用個人潛意識階段的對話過程提了出來，令進三大感驚訝。

「時候還早，我們到山上坐坐好嗎？」夏日天色暗得慢，進三提議的地方，是位居京都盆地南側山陵高地上的伏見桃山城，古代是戰略制高點，可以極目遠眺，將整個城市盡收眼底。夕陽餘暉下，華燈初上的萬家千戶，連綿的紅瓦白牆點綴幾座樓閣高塔，既發思古幽情，又照映出現實時空的存在。往往在這樣的景致下，人才會意識到自身的微渺。不過對藤原家來說，除了這股詩意，更重要的是，伏見桃山城畔有一百年喫茶處，店裡的抹茶紅豆睥睨塵世，天下絕讚。進三點了紅豆加麻糬，凡一要一份抹茶紅豆冰淇淋，麗子則是兩種各來一客，左右逢源、兼容並蓄、有容乃大，誠為麗子本來面目。

伴著抹茶紅豆，一家人開始討論昨天的催眠診療，再度進入凡一的心靈世界。

●　○　●　○　●　○

凡一的催眠診療紀錄6

【時間】二〇一五年六月十三日，星期六，上午九時。

【地點】京都市洛北區北山車站社區大樓，美麗彩虹工作室。

【方式】第一階段進入個人潛意識狀態，為確認回覆給溫拿．蘭開斯特的訊息是否正確完整，與凡一進行對話，此部分的內容在以下概要紀錄中以「6-1」標註。第二階段進入集體潛意識狀態後，因出現新的記憶體陳述大量新事實，因此，採第一人稱角度記錄，此部分在以下概要中另以「6-2」標註。

【概要】6-1

藤原進三（以下簡稱「進三」）：凡一，上星期天，也就是吃咖哩烤餅時，你、我和媽媽，我們三個人針對溫拿騎士所希望蒐集的訊息以及提供的協助，已經做了完整的討論，資料也都盡可能齊全了，應該沒有其他問題了吧。

藤原凡一（以下簡稱「凡一」）：是，我都知道了。

進三：你如果知道，溫拿騎士就知道了。那麼，我們就準備進入集體潛意識，看看溫拿騎士會不會出現囉？

凡一：等一下，爸爸，有幾個地方我覺得怪怪的。

進三：怎麼說？

凡一：溫拿騎士說他來自於塞爾特民族，可是，學界目前對塞爾特還不是很瞭解。塞爾特就好像是一個蒙上霧的名字，有關的神話故事，都是後來透過羅馬人以及基督教修士的描述所融會記錄而成的。根據我的理解，溫拿騎士提到的盧恩符文和傳說，都是日耳曼語系的北歐神話，不能輕率地和塞爾特劃上等號。至於德魯伊，雖然的確是塞爾特的巫師，但是也不能類比為斯堪地那維亞半島的吟遊詩人。其實，把塞爾特跟古日耳曼搞混這件事，對西方人而言也是很常見的，就好像許多東方人也總是分不清鮮卑和匈奴一樣。難道溫拿騎士精神錯亂搞混了嗎？

進三：你提出的問題，我這個以文化人類學作為研究主題的心理學家竟然沒有注意到。你說的很有道理，雖然上知天文下知地理的我有自己的意見和看法，但是，我覺得最好的解決方式，是把這個問題直接丟給溫拿騎士，看他怎麼回應。所以我們先不在這時候討論，等他在集體潛意識狀態中出現時，我會提出你的質疑，說不定他現在已經知道了呢。讓我們結束個人潛意識狀態，進入下一階段，好嗎？

凡一：好。

【概要】 6-2

薩摩第、卡德慕茲與溫拿．蘭開斯特均未出現。這次發話的是一位自稱來自文藝復興時期的記憶體，以下是他的自述內容，括弧部分是我的提問。

用你們這個時代的地理觀念來說，我算是義大利人吧。不過在我生活的年代，還沒有義大利這個國家呢。我出生於塞浦路斯（Cyprus），但是很小的時候就隨父親到了羅馬。我的父親叫作皮格馬利翁（Pygmalion），是一位小有名氣的雕刻家。但是，我對父親的記憶並不是很深刻，因爲不到十二歲，我就進了老師的工作室做學徒。老師才是養育我、教導我、啓發我的人，對我的影響比眞正的父親還重大深遠。老師是天才，不折不扣的偉大天才，他在繪畫上的成就，是前無古人後無來者的。在我們的時代，統治義大利半島，甚至統治整個地中海周邊，而且影響力擴及歐洲大陸的，是梵蒂岡的天主教皇。在那個被後代稱爲文藝復興的時期，全世界的財富都流向了威尼斯、佛羅倫斯、羅馬與那不勒斯，無比興旺的商業和貿易，帶動了卓越的藝術風潮。在藝術創作上，人才薈萃、名家輩出。但是，在那麼多傑出人才、藝術名家之中，只有兩個人是受到梵蒂岡天主教廷正式任命，獲得御用畫家身分榮耀的，一位是吊在西斯汀大教堂屋頂半空中作畫的米開朗基羅，另一位就是我的老師。米開朗基羅得到教廷畫師認可時已經 LKK，但是我的老師獲得這項殊榮才不過二十幾歲。你說，這不是天才，什麼才是天才。

老師不只是一位藝術創作的天才，在思想上、心靈上、信仰上，他都擁有常人難以企及的高超程度，這一點，只有身爲最親近學徒的我才能夠了解。可嘆的是，天才總是不見容於世間的。

事情就發生在老師三十七歲生日當天。那時二十五歲的我，已經有了一位論及婚嫁的戀人，叫作茱麗葉（Juliet）。根據教廷事後的官方說法是：老師生日時開趴狂歡，嗨過頭了，死在床上。小道消息更是繪聲繪影地描述我的老師本來就是同性戀（這在當時是重大的罪行）、雙性戀（比同性戀更可惡，罪加一等）、性變態（戀童癖、戀物癖、戀獸癖……），趁著生日那天找了許多男人、女人甚至小孩、動物，胡搞瞎搞，直到精盡人亡。其實，教廷的調查結論，根本是僞造的。流言傳聞，更是梵蒂岡刻意製造散布的。爲的是要徹底汙蔑抹殺老師的人格與名譽。事實上，我認爲老師的死，正是天主教廷幹的。事發當天，我爲麥迪奇公爵從佛羅倫斯帶來送給老師的生日賀禮，回到工作室兼老師住家時已經半夜。我是第一個現場目擊者，老師很明顯是遭到匕首刺進心口死的。工作室裡只留下一幅尚未完成的畫作，臥房、起居室都沒有任何狂歡後的凌亂跡象。隨後抵達現場的瑞士禁衛軍團調查人員將我以嫌疑犯逮捕拘禁，並且封鎖一切消息。

經過長達七天七夜不眠不休的審訊拷問，有明確不在場證明的我，才終於獲釋。回到等同於我的家的工作室之後，才發現，經過這七天，一切都變了。老師不僅已不在人世，連世人對他的看法態度都變了。原來，並不是因爲我沒有嫌疑才還我清白，而是教廷官方所編造的故事中並不需要一位凶手。另一個重大打擊是，我摯愛的茱麗葉竟然也在這七天之中身亡了。官方（又是官方！）的說法是，茱麗葉聽信傳聞，誤以爲和老師不倫狂歡的人是我，在羞憤之餘選擇輕生了結自己。但是，這也是假造杜撰的，教廷一定是因爲茱麗葉當晚曾去工作室找我，知道眞相，一方面滅口，一方面就此警告我：什麼都不許說。

（既然你是唯一知道事實眞相的人，爲什麼主使犯罪的幕後黑手不連你一起除掉，反而留下活口呢？又，這位先生，你說了半天，還沒告訴我你叫什麼名字？還有，你的老師名字也還沒說，不過，我應該猜得出來這位大名鼎鼎的畫家是誰，他眞的是一位偉大的天才。）

噢！不好意思，我的名字叫作皮拉姆斯（Pyramus）。我和茱麗葉的愛情八卦，流傳於歐洲，後來被一位英格蘭的三流作家改寫成一部劇本，那個可歌可泣的戀人故事，就是從我和無緣的情人茱麗葉身上得到靈感的。爲什麼教廷要留我一命？理由很簡單，教廷要求我，替老師完成他工作室中的那一幅作品。

（你說的是那幅名爲《主顯聖容》的畫嗎？就是那幅《Transfiguration》嗎？這幅畫被認爲是你老師的最後一幅畫作，原本是未完成的作品，相傳後來由一位學徒執筆完成。原來就是你嗎？）

是我，沒錯。本來應該由老師親手完成的，如此一來，這幅畫將會是老師創作生涯中登峰造極的作品。

（既然如此，委託他作畫的梵蒂岡教廷爲什麼不等待畫作完成，卻反而急著取走他的生命呢？）

因爲梵蒂岡已經發現，這幅畫如果在老師手上完成，反而會成爲歷史上最大的麻煩，它將是世界上最珍貴的藝術創作，但卻不是教廷預期的內容。這幅畫作的上半部，是耶穌和摩西、先知以利亞浮在他伯山（Mt.Tabor）上。畫作下半部，則是一個奇蹟：一位被附身的男孩等候被耶穌治癒，旁邊有使徒和其他門徒。這是教廷 order 的內容，可是你想，如果這幅畫裡面，耶穌、摩西和以利亞的臉，變成了普通的凡人，甚至，被附身的男孩，是以當時的教皇面孔作 model 的話，教廷能夠接受嗎？可是，這幅畫的藝術價值是這麼地高，我老師的名氣又如此地響亮，能夠任意破壞損毀嗎？那個時候，全義大利半島的人民都在期待，等著這幅畫完成後公諸於世。對教廷來說，老師的變節，讓他們進退兩難。

（你的老師不是受到教廷的栽培重用嗎，怎麼會背棄教廷對他的信任和指示呢？）

因爲信仰的分歧。老師本來是一位虔誠的基督教徒，對於羅馬天主教廷幾乎是百分之百的忠誠。在藝術創作之外，靈性的成長和追求，是老師生命中最嚮往的事。那些玩世不恭、放浪形骸的行爲，不過是他嘗試生命的表象方式而已。隨著年紀的增長，老師對信仰的熱忱愈高，對教廷的教義、教規，以及宗教體制的質疑也愈來愈深，甚至，愈來愈多的疑惑幾乎都無法在既有的新、舊約《聖經》之中找到答案。在不斷思辨和探索的過程中，老師逐漸發現，眞理，似乎並不盡然在天主教的體制之內。甚至，在現有的典籍教義之外，有著更爲接近眞理的信仰存在。這一點，直到他遇到了傳說中的基督教靈知團體，才完全確信底定。這是他三十七歲生日前大約半年的事。

（對正統天主教而言，靈知派福音的信仰等於是異教邪端，你的老師這種行爲，等於是公然叛教，不是嗎？）

是的，正是這樣的信心動搖和信仰重建，讓老師的生命面臨極大的考驗，也正是因此，造成了他最終的悲慘下場以及身後數百年來歷史上的誤解和詆毀。作爲一位藝術家，他的地位無可取代，可是在藝術之外，他卻是蒙受了莫大的委屈啊！

（最後要請問你，出現在凡一的心靈之中，有什麼具體的目的嗎？有哪些事情是你希望我們幫忙的嗎？）

有的。首先，能夠將老師遇害的眞相告訴你們，對我來說就像是放下一顆巨石一樣地解脫，如果你們願意盡可能地將這個事實公諸於世，我會更加地感謝。其次，我一直是一個天主教徒，我沒有老師的智慧和靈性，沒有能力去分辨到底誰對誰錯。你們是不是能夠告訴我，老師悖離了教廷，信仰靈知派所傳的教義，這到底是不是一件正確的事情。還有，我和茱麗葉的戀情，如果能夠趁這個機會一併澄清事實，也可以讓我從此不再心有牽掛。

（了解。那麼，我們今天就談到這裡，你的希望與要求，我們會努力去實現。）

●○●○●○

「這次竟然在凡一的集體潛意識中遇見了一位來自文藝復興時期的記憶體，還好我們家就有一位精通文藝復興藝術的專家。麗子老師，能不能先談一談在昨天的診療紀錄中，妳看到了哪些我們不知道的訊息？」進三等到麗子將抹茶紅豆冰淇淋解決了才開口問道。至於紅豆麻糬，可以慢慢處理。

「首先從名字來解讀，就很有意思。這次的男主角叫作皮拉姆斯，來自塞浦路斯，他也提到父親的名字是皮格馬利翁，這兩位，都是曾經出現在希臘神話裡的人物名字。皮格馬利翁傳說中是塞浦路斯的年輕天才雕刻家，不過他不喜歡女人，說自己『極端厭惡上天賦予女人的種種缺點』，於是決定永不結婚。爲了把女人趕出思緒，他決定用石頭打造形塑一位完美的女人。當雕像臻至完美地完成那一刻，他已經無可救藥地愛上了這尊雕像。幸好，故事的結局是喜劇，維納斯知道了皮格馬利翁的癡戀，幫他把雕像變成有血有肉的眞人，於是兩人快樂地結婚過一生。這個從雕像轉化而生的女人名叫嘉拉蒂（Galatea）。」

「或許，這就是地中海地區民族的傳統吧，依照希臘神話的人物特點，找出和自己相應的那一個，當作名字。美國心理學家羅森塔爾（Robert Rosenthal）和亞格布森（Lenore Jacobson）根據這個故事提出了『皮格馬利翁效應』理論，主張讚美、信任和期待可以改變人的行爲。那我們的主角皮拉姆斯在希臘神話裡也有角色嗎？」

「有的，只是很多人沒注意到，這個故事只有羅馬詩人奧維德寫過：桑椹本來是白色的，因爲一對戀人才永遠成爲紅的。巴比倫王國有一雙俊男美女，少年叫皮拉姆斯，少女叫緹絲碧（Thisbe）。兩人是鄰居，從小青梅竹馬，長大後決定私奔，約在城外桑樹下會合。太陽落山後，少女先到，少年還沒來，反而出現了一頭獅子。少女看見獅子，先躲到河邊。男生到了樹下，看見女生留下的斗篷和一副吃得飽足模樣的獅子，以爲愛人已經變成動物的晚餐，就拔劍自盡殉情，鮮血濺在桑樹的果實上，把白色桑椹都染紅了。沒多久，女生回來看到這幅景象，也用男生身上的劍結束自己的生命。兩人從此再也不分開了。」

「這個故事情節怎麼聽起來似曾相識？」

「皮拉姆斯昨天不是提到一位英格蘭的劇作家嗎？他就是……」

「莎士比亞。」凡一開口了。

「正確！《羅密歐與茱麗葉》的創作原型就是希臘神話之中皮拉姆斯和緹絲碧的悲劇故事。巧合的是，凡一意識裡那位皮拉姆斯的情人就叫作茱麗葉，傳言也是因為誤會而殉情，命運真是作弄人啊！」麗子嘆道。（《羅密歐與茱麗葉》的故事背景，正是源起於義大利，不過正確地點是位於北義大利的維洛納（Verona））

「我覺得，昨天和皮拉姆斯的對話裡，頗令我感動的是，他一直為著自己老師所受的悲慘遭遇而不平，為了老師的百年沉冤委屈而傷痛，可是他自己，難道不是承受了更大的悲劇命運和傷痛苦難嗎？除了失去如父的恩師，他還必須忍辱偷生地將未完成的畫作完美地填補到老師的水準。除了活在質疑天主教會能否代表真理的困惑之中，他還必須負荷所愛的人捲入這場紛爭而失去生命的打擊。可是，對於自己的痛苦，他一句話也沒有提起，這樣的質樸、堅強與勇氣，實在是很了不起的。下次他再出現，倒是很想問問他後來的一生是如何度過的。」

「皮拉姆斯的三項希望，有關《主顯聖容》這幅畫作的歷史真相，以及他和茱麗葉的戀情結局遭到誤解與錯用，在澄清事實之後，他應該已經釋懷了大半。至於請求我們盡可能地讓世人知曉這部分，我可以幫上一些忙。在學校上課和各種場合的演講，將這些事實眞相加進教材講義和演講內容之中，就等於爲他闢謠澄清了。另外，我寫的那套《西洋藝術史全集》不是正要更新改版嗎？也可以把這題材放進去，這樣，至少有一部教科書對歷史事實上做出了正確敘述，應該多少可以讓皮拉姆斯安心。如此一來，滿足了其中兩個需求，剩下一個問題就讓你去處理了。」

「太好了！我正煩惱如何把這兩項歷史新發現傳播出去呢，沒想到妳三兩下就解決了。剩下一個靈知教派的問題，讓我好好研究一下，希望盡快能有明確的答案。」

說著說著，不知不覺間太陽已經落到西邊的山後，只在地平線上方殘留一抹晚霞。農曆四月底的今天，沒有月亮，星星特別耀眼。獵戶星座、大熊星座那群一、二等星已經迫不及待似地閃爍光芒。進三知道，在這霞光與星空爭輝的浪漫時刻，最應該提出的一句話是：

「待會想吃什麼？」

「你有什麼建議？」麗子果然很開心。

「京都車站格蘭比亞（Granvia）飯店裡的天婦羅名店『京林泉』，還是三條河原町旁邊小巷子裡的『王將』煎餃加上『天下一品』拉麵，讓妳選！」

「王將和天下一品。簡單就好。高級天婦羅，下次再去。走吧走吧！」麗子心裡已經開始盤算，煎餃要點幾份才夠。在她心中，好吃的食物都是等值的，煎餃加拉麵，完全不輸給頂級名店的天婦羅。

「遵命，出發吧！可是我們討論了半天，怎麼都沒人提到皮拉姆斯的老師到底叫什麼名字啊？」

「拉斐爾。」凡一毫不猶豫地脫口而出，三人相視而笑。

第八章

溫拿騎士的委託

凡一的催眠診療紀錄7

【時間】二〇一五年六月二十日，星期六，上午九時。

【地點】京都市洛北區北山車站社區大樓，美麗彩虹工作室。

【方式】有鑑於目前出現在凡一集體潛意識中的幾個記憶體，均提出或留下了許多有待討論的議題，所以開始嘗試從傾聽模式轉換為對話、互動模式。除了諮商師負責擔任引導角色外，也鼓勵凡一加入討論，以期能達到更有效的溝通效果。以下過程概要，即採「三方會談」方式進行後加以記錄。

【概要】

溫拿騎士：之前我希望你們查明了解的事，關於盧恩符文的第一次歷史危機以及近現代傳承的狀況，調查成果我很滿意。今天，我要告訴你們更多的祕密。

進三：謝謝你的肯定。不過，在聆聽你更進一步的陳述之前，凡一有一些關於民族身分的疑問，是否讓他直接提出，請你解釋好嗎？

溫拿騎士：我十分樂意，雖然凡一的問題我已經在他的意識中讀取到了，不過，還是請凡一親自說明一遍。

凡一：溫拿騎士，你第一次出現時說你是塞爾特民族的人，可是，北歐神話傳說、故事和盧恩符文都是屬於古日耳曼民族的文化遺產，你是不是將自己的日耳曼族裔身分和塞爾特民族搞混了？還有，目前研究對塞爾特民族的了解非常有限，像一團迷霧，你能夠提供我們比較清楚的輪廓嗎？

溫拿騎士：凡一，你能夠提出這樣的疑問，眞的不容易，顯示你對歐洲民族變遷的理解已經超越你這個時代的一般人了。我很慶幸，這表示我選擇出現在你的集體潛意識之中，是一個正確的決定。不過，我必須很遺憾地說，現在你們對於歐洲文化和民族的詮釋，都是在基督教文明全面性侵略占奪整個歐洲之後，由他們的修士、學者以及歷史研究者所扭曲或掩飾而成的產物。你們以爲的北歐神話也好，北歐的歷史、傳說與文學等文化遺產也好，甚至盧恩符文也好，在基督教征服歐洲之前，是遍布於從斯堪地那維亞半島，到大不列顛，再覆蓋到至少整個西歐大陸的。所以，這些文化傳承應該稱爲「古代歐洲文明」而不是「北歐文明」。它們被基督教視爲異端消滅殆盡，只剩下北歐保存了部分，才引起這是北歐獨特文化的誤解。這樣的歷史背景，你能夠理解嗎？

凡一：我可以體會，那一定是一段非常慘痛的民族集體經驗。

溫拿騎士：說得好。在這種民族文化和宗教信仰衝突的脈絡下，來理解我們塞爾特人的族群處境，才能夠正確地掌握事實。基本上，你說的沒錯，古代歐洲文明的創造者，嚴格說起來，就是古日耳曼民族。但從另一個角度來看，也可以說，歐洲民族最主要的共同祖先，是條頓族。我們英格蘭人多數是條頓族的後裔，同時，也是古日耳曼民族的分支。綿延到大不列顛島之後，又演化為許多較小規模的、地域性的族群。在英格蘭和蘇格蘭部分地方的塞爾特只是其中比較重要且著名的一支。其實在威爾斯或愛爾蘭，也有其他小型族群，有著不同的語言分化和身分認同，但同樣是條頓族或日耳曼的後裔。反而是基督教勢力來了之後，我們為了逃避迫害，不敢再用塞爾特民族的名號，於是許多族人乾脆和大不列顛島上的其他族群，共同稱呼自己是盎格魯–薩克遜人，並且改宗信仰基督教。而基督教的歷史詮釋者，那些修士、學者，也樂得將盎格魯–薩克遜當成主流文化民族，來抹除我們原先的集體民族記憶。慢慢地，塞爾特就被大家遺忘，古代歐洲文明也被大家忽視了。

凡一：聽起來，似乎所有人都是這場歷史悲劇的共犯。

溫拿騎士：你說的對，可是，仍然有一批極少數的人肩負著保存文化傳統的使命，不願意屈服於巨大的壓迫，甚至甘冒生命、名譽與事業的危險，在這將近千年的漫長時間裡，不放棄希望地在等待文化復甦的黎明啊。

凡一：你說的是聖殿騎士團和玫瑰十字會嗎？

溫拿騎士：沒錯。不過在揭開這些千年祕密之前，我想先跟你以及你的父親致歉。事實上，要你們調查的史實，我原本就知道了，這些發生於我生存年代之後的事情，我是有能力在集體潛意識之中讀取的。這是一項測試，在考驗你們是不是會被文化的、信仰的、宗教的、種族的乃至於歷史解釋的偏見以及既定觀念所侷限和左右。有些人，一旦發現盧恩符文和納粹的關係，就立即將它妖魔化。但是你們藤原家人，卻以很開放的胸襟，甚至很珍惜的態度，來看待各種人類文明的傳承，這就是我多年來一直在尋找的人選。言歸正傳，接下來我要說的祕密包含三個部分，第一，是聖殿騎士團和玫瑰十字會的後續發展；第二，是盧恩符文的構成內容；第三，是我想要託付給你的任務，你要聽清楚喔。

進三：好的。

溫拿騎士：不是你，我是說凡一。我要交付使命的對象是凡一，凡一啦！

凡一：我知道了，請繼續說。我想先了解盧恩符文到底是什麼。

溫拿騎士：好，那我就先從第二部分說起。盧恩符文傳說是由眾神之神奧丁（Odin）創造的，由不同的天神看管，所以也代表「天神的祝福」。完整一組的盧恩符文有二十四個，再加上一個空符。二十四個符文以每組八個分爲三個群組，其順序是固定而有邏輯性的，每一個符文各自有不同意義，但彼此之間又有關連性，可以和希臘的占星學相互對應，也可以和塔羅的每一張牌對照詮釋。每一個符文，都有它的符號和名稱，也都蘊涵了以下特質：表面上的意義、詩篇裡的描述、背後的隱喩、守護神、星辰運轉、方位、數字、自然元素、顏色、植物、寶石，以及實際應用在感情、家庭、事業、運勢、健康、財運與朋友等方面的解釋。例如，在「太陽神─芙雷群組」、「守護神─海姆達爾群組」、「正義戰神─泰爾群組」這三個群組之中，屬於太陽神群組的第一個符文叫作「菲胡」（Fehu），符號長成ᚠ這樣，表面意思是牛、家畜，詩篇的描述是財富，隱喩是成功，守護神是太陽神芙雷，星座對應是牡羊座，顏色是紅色，數字是1，植物是接骨木，元素是火和土，寶石是瑪瑙，對應的塔羅牌是皇后。

此外，這些符文還要搭配陣法使用，就能夠預測、解讀許多事物的眞相，破解時間的障礙，徹底掌握未來。陣法的威力強大，從簡單到複雜，可以區分爲「基本陣法」、「進階陣法」和更細膩的「魔法陣」。之前使用過的命運三女神陣，屬於基本陣法。還有像是「捕夢網陣」、「瑪兒黛爾陣」都是。至於進階陣法則有「塞爾特十字陣」、「奧丁全宮陣」和「海姆達爾陣」。現在不需說得太詳細。我想一套把完整的盧恩符文系統，包括二十五個符號所有的意義以及各式陣法應用方式，全部儲存進凡一的個人潛意識記憶之中。只要你自己集中精神去召喚，就可以自由自在地運用這套古代歐洲文明偉大的智慧結晶，你覺得好嗎？

凡一：太酷了！那我不就成了德魯伊嗎？

溫拿騎士：而且是全世界唯一由我親自授權認證的德魯伊。不過，作為一位真正的德魯伊，不是只會占卜就好，還要懂得尊重自然法則，並且透徹了解生命的真諦才行。即使你擁有整套完整的盧恩符文系統，仍然必須精進地修煉自己。

凡一：天下沒有白吃的午餐，你一定不會無緣無故送給我這麼珍貴的禮物吧。

溫拿騎士：接下來我要告訴你分別處於英、法兩地的聖殿騎士團和玫瑰十字會的祕密。我逃離倫敦塔的同時，也帶走了兩項重要的東西。其實，盧恩符文不只是占卜系統，它甚至具有改變時空環境、影響未來和過去事件走向的神祕力量。不過，要能夠正確占卜、預測發展，必須完整地使用一整套二十四個符號；若要發揮穿越時空、改變未來的力量，則要再配合使用三件古老神器才行。這三件歐洲先祖製作的神器，一是刻有太陽神符號的水晶，一是刻有守護神符號的石頭，另一件則是刻有正義戰神符號的青銅矛頭。前兩件留傳到我的年代已經不知去向了，最後一件正義銅矛，則被我從英格蘭帶到了歐洲大陸。這項古老神器，連同運用盧恩符文可以召喚神祕力量的方法，就是我創立玫瑰十字會所要世代守護的寶物和祕密。二次大戰期間，希特勒以蒐集古物為由在法國境內大肆搜尋，就是要找出它的下落。

凡一：一項是正義銅矛，那你帶走的另一項寶物呢？

溫拿騎士：就是二十四個完整的盧恩符文啊。當時的聖殿騎士中，只有身爲首席騎士的我掌握了完整的符號系統。我離開後，只剩下兩三位聖殿騎士留在大不列顛島上，繼續守護著半套十二個盧恩符文記號。這半套的盧恩符文，很不容易地掩人耳目代代相傳，許多英國歷史上的重要人物都曾經爲了保護它而付出心血。最近三百年來，它成爲劍橋三一學院院長的繼承物，歷任院長都必須先被遴選宣誓成爲聖殿騎士，才有機會就任這個職務，目的就是爲了傳承這項使命。

凡一：那麼，聖殿騎士團在英國仍然很有影響力嗎？

溫拿騎士：是的，畢竟在我們成功策動英國王室脫離梵蒂岡天主教廷，另立英國國教派之後，我們被追捕迫害的壓力減輕了許多，吸收新成員就比較沒那麼困難了。

凡一：能舉幾個例子告訴我有哪些人嗎？

溫拿騎士：爲什麼有些英國歷史上偉大思想家的主張，其實根本是在否定基督教的一神論，甚至爲了對抗上帝以及教會的支配力量，而提出世俗化的、更爲人本主義的哲學和社會理論？像是培根，提出「知識就是力量」，表面的意思指的是科學知識，事實上隱喻的是「上帝以外的知識」，是我們所強調遵循自然法則的知識。培根傳承給小他二十七歲的霍布斯，則提出人類本來是生存在「自然狀態」，而不是神所創造的狀態，所以必須通過自己的意志去形成「社會」的狀態。霍布斯在十七世紀中葉，將使命交接給約翰．洛克，社會契約論誕生，依賴基督教君權神授思想所建立的封建王國就開始面臨遭到革命席捲瓦解的命運了。

凡一：太厲害了。那在法國的玫瑰十字會呢？也很強嗎？

溫拿騎士：和聖殿騎士團不同，玫瑰十字會所護持的是正義銅矛這個古老神器。當初我逃到法國，一方面以為可以很快回到英格蘭，一方面擔心符文和神器放在一起可能遭到濫用。所以，只將正義銅矛託付傳承守護，並沒有讓玫瑰十字會保管符文記號，而是以口授的方式，將許多古代歐洲的神話、傳說、詩篇與故事代代相傳，來維繫這個文化傳統。所以，玫瑰十字會的成員比聖殿騎士更少，不過，歷代的成員也都是非常傑出卓越的人物就是了。

凡一：比如說呢？

溫拿騎士：你這小孩的好奇心真強。法國歷史上最重要、最偉大、最有影響力的哲學家是誰？他為什麼要刻意提出「我思，故我在」？難道不是要人們在自主思考的同時去證明上帝並不存在，只有「我」，別無其他嗎？為什麼他一生最好的朋友，不是歐陸的人，而是遠在英吉利海峽對岸的霍布斯？那是歷史上，聖殿騎士團和玫瑰十字會最為接近的時刻。又為什麼，這位法國最負盛名的大師，竟然一心一意想要到斯堪地那維亞半島，最後，終於應瑞典女王克莉絲蒂娜的邀請前往斯德哥爾摩，此後沒再回到法國，就在異鄉（也是精神上的故鄉）結束了他的生命。這位出類拔萃的人物，你應該猜出來是誰了吧？

凡一：笛卡兒。那正義銅矛現在還在法國由玫瑰十字會的成員守護著嗎？

溫拿騎士：是的，以上就是這兩個祕密組織的後續發展。接下來，我要提出請託了：請你到法國南部的佩皮南（Perpignan）這個城市，找到在城郊山丘上一座名叫伯拉糾的修道院。伯拉糾，Pelagius，是古代一位隱修士、神學家的名字，這座修道院以此命名。正義銅矛就由這座修道院的院長傳承保管。請你將這項神器，連同在你腦海中完整的二十四個盧恩符文系統都帶到英國去，交給劍橋三一學院的院長，就這樣子，很簡單吧。

凡一：哪裡簡單？我未成年耶。再說，那個修道院的老頭怎麼會隨便把寶物交給一個來路不明的東方小孩？

溫拿騎士：這我早就準備好了。有兩樣東西可以驗證你是我指定的使者身分。首先，將你記憶中的盧恩符文全套記號畫出來，給修道院院長看，他雖然不完全懂，但就相信一半了。然後，當他問你：「數字有哪些？」你就回答：「24─16─17。」他又問：「天空如何了？」你就答覆：「從海王星經過太陽，向天秤座而去。」這樣，就完成密語驗證程序了。這是一道雙重鎖碼的暗語，你答覆的數字和星座不但內容不能有錯，連次序也不能調動。數字24，相應於海王星，就是之前我在謎題中用過的達格茲，Dagaz，符號是ᛞ，意思是黎明，傳達的隱喻是看得見的希望，代表顏色是藍色。數字16，相應於太陽，叫作索威羅，sowilo，記號ᛊ，就是後來變成納粹符號的那個，它的意義是光，表達一種無限的力量，代表顏色是白色。數字17，對應於天秤座，稱爲帝瓦茲，Tiwaz，記號是↑，意思是正義，表示人人生而平等，代表顏色是紅色。這一組密碼，就是我創設出來交給歷代玫瑰十字會主席代代口耳相傳的身分驗證暗語，簡稱「三色密碼」。因爲這三個符號各自代表了藍白紅三個顏色，其他會員不知其中奧妙，以爲這三個顏色是什麼精神象徵，像是盧梭他們就分別以自由、平等、博愛來和這三色作對應，最後不但成爲法國大革命的口號，還變成了現代法國國旗兼理髮廳的標誌了。

凡一：原來如此。把寶物交給劍橋三一學院院長就可以了嗎？這件任務要在什麼期限內完成呢？

溫拿騎士：反正我都已經等待了幾百年，也不差這幾年，等你滿十八歲，或是大學畢業後再去執行都可以。到時候你到劍橋去，也可以考慮留在那裡讀書深造，院長一定會盡最大努力協助你的。何況，你還要教他全套盧恩符文記號系統呢。聖殿騎士的傳統，是知恩圖報、有恩必報。如此一來，我的心願就了結了。畢竟，屬於塞爾特民族的東西，就應該回歸到塞爾特民族的地方。正義銅矛返回大不列顛，完整的盧恩符文重新歸復聖殿騎士團，這樣，我對民族文化的承續就沒有虧欠了。神器和符文能夠再度結合，如果可以對人類的未來做出正面提升的貢獻，那就更好了。凡一，你願意幫忙我達成這項任務嗎？

凡一：可不可以讓我想一想再做決定？

溫拿騎士：當然，這麼重大的事，我也希望你不是輕易草率就允諾。

進三：喂喂喂，那到時候如果凡一要擔任你的使者去執行工作，我和他媽媽可不可以一起跟去啊？

溫拿騎士：你以爲是旅行團喔？如果凡一同意接受這個委託，什麼時候出發，採取什麼方式，以及你們可不可以同行等，所有的執行方案，我完全尊重凡一的決定。所以，凡一願不願意讓你們跟團，你們自己徵求他的同意吧。

凡一：了解，我會盡快做出決定的。

溫拿騎士：最後，還有一個小小的附帶要求，如果你到英國，可否替我到瑪麗公主，也就是瑪格麗特女王的安息地，代我在她的墓前，以二十四朵玫瑰擺成一個圓圈，來表達我希望傳遞的意思呢？

凡一：沒問題。不管我最後是否接下這項任務，只要我去英國，一定爲你做這件事。但是，玫瑰花擺成一個圓圈，是什麼涵意呢？

溫拿騎士：這個，等你腦海中輸入並儲存了盧恩符文記號系統，自然就懂了。

星期天的早晨，凡一已經出門運動了。進三剛吃完他的早餐，麗子今天準備的是雙料起司組合餐：貝爾佩斯起司是用來塗抹吐司的，比普通的奶油更有深度、有內涵、有營養，搭配新鮮番茄切片的厚塊瑪芝瑞拉起司，再補上一顆八分熟的荷包蛋，活力元氣十足。

端著咖啡來到起居室，麗子播放的音樂，總是和時間、氣候、季節充分配合，不過，最重要的，還是看心情。心血來潮，有什麼時候該或不該、適或不適合聽哪種音樂的限制。現在，CD播放器上轉動的，是席琳．狄翁的專輯。這是一張很特別的CD，有別於一般在錄音室裡完成，難免經過人爲加工的作品。這張專輯是二〇〇八年八月十二、三日兩天，席琳．狄翁在可容納三萬六千人的波士頓室內體育館舉辦演唱會的現場錄音版本。當年席琳．狄翁剛好滿四十歲，正是風華正茂成熟綻放的巔峰時期，是累積了夠多的白金成名曲，歌聲在天賦和技巧間達到圓滿平衡的年紀。演唱會一開場，就是最動人心神的那首〈愛的力量〉（The Power of Love）。麗子總是覺得，歌詞中那二句「Because I am your lady, and you are my man」眞是俗又有力到最高點，如此直白，如此簡單，道出大多數女人心中最深處的聲音，不過就是「因爲我是你的女人，你是我的男人」而已。如此而已，就能讓聽者感動到最高點。麗子心想，與這首歌相對應的女人，先天上應該是彩虹數字1的一往直前、一往情深，還是彩虹數字4的堅定鞏固所有權呢？或者，不管生命數字為何，所有女人都是這樣子的呢？

也是白金級曲目的〈祈禱〉（The Prayer）歌聲響起，進三正好坐定在他的「植物專屬座位」上。

「昨天和溫拿騎士的對話眞是精彩，沒想到歐洲歷史有那麼多不爲人知的另一面眞相。」麗子一邊調低音響聲量，一邊對進三說。

「趁凡一不在，我想聽聽妳對凡一是否應該接受溫拿騎士委託的任務有什麼看法？我們應該提供什麼意見給凡一？」

「我想，要不要接受，像凡一這麼有想法的孩子，早就自有定見了，恐怕也不是你我可以影響改變的。當然，我們可以有我們的態度，但也只是提供他參考而已。倒是各種選項的利弊得失、風險和潛在變動因素，以及必須注意的事項，或許才是我們應該提醒他注意的。」

「我覺得，如果選擇接受，應該事先把幾項權利義務關係，和溫拿騎士討論清楚。比如說，第一，如果接受了任務卻無法完成，例如因爲某些不可抗力原因或個人因素改變心意，那麼，是否有承諾不履行的責任問題；第二，如果順利完成任務，是否凡一和玫瑰十字會與聖殿騎士團，都不再有任何關連，除非凡一出於自主意願，同意和他們建立起後續的關係；第三，凡一擁有了完整的盧恩符文記號系統和運用能力之後，他使用這套知識與力量的權限有沒有任何限制，可以公開宣揚嗎？可以傳播或教學嗎？可以獲取利益報酬嗎？這些問題應該先釐清，才不至於往後造成不必要的困擾。」

「這些理性務實的思考的確很重要。我的想法就比較直觀、比較超現實了。我覺得溫拿騎士的記憶體會找上凡一，並不是誤打誤撞。甚至可以說，目前爲止出現在凡一集體潛意識中的記憶體，都是其來有自的，都是因果關連的，都是依緣而生的。從彩虹數字的推算中，我曾經看出來，凡一在兩千到兩千六百年前，有一世是曾經出家的佛教僧人。而在一千到一千三百年前間的前世，則是在大不列顛島上。所以上次我們去英國，從倫敦到巨石陣，整個行程在英格蘭、蘇格蘭的土地上所到之處，凡一都似曾相識，讓我都忍不住笑他是個擁有盎格魯-薩克遜老靈魂的小孩。」

「沒想到這個靈魂比盎格魯-薩克遜更加古老得多，有塞爾特，還有古日耳曼和條頓。」

「是啊，所以我認爲，這些都是前世今生的緣分，是這些記憶體未完成的功課，也是凡一必須去面對的生命議題，不能推卸，也無法逃避。」

「所以，妳是贊成凡一接受委託？」

「當然，而且到時候我也要一起去。」麗子在旅行上是天生玩家級的，好奇心和活動力在藤原家高居第一。

「那我就是這個三人旅行團的領隊兼導遊、挑夫加提款機囉。」

「沒錯，至於翻譯，叫凡一把法文學好，我們全程靠他就夠了。」

「唉！還不知道人家要不要讓我們跟呢。」

這時，席琳．狄翁的〈獨自一人〉（All By Myself）歌聲響起，「眞巧！眞的是凡事要靠自己。」麗子心想，「不讓我們跟，我們也可以自己去啊。」不愧是玩性堅強的天生玩家。

「對了，上次那位拉斐爾的弟子皮拉姆斯要我們蒐集靈知派福音團體的資訊，有什麼進展嗎？」麗子問進三。

「有一些，但不夠周全，還要一點時間。我們都快要變成歷史眞相解謎專家了，不過，就目前僅有的資料來看，這個主題確實很有意思。」

「怎麼說呢？」

「這很像是一件尋找歷史事實的任務。從政治社會背景的事實狀況來看，耶穌死的時候，他的信徒，他的跟隨者們，並沒有受到當時各地方社會大眾普遍的接受，直到西元二世紀，這些信徒幾乎都還面臨著必須爲自己的信仰而犧牲的處境。所以那時候，基督徒的組織，是以一個個小團體的型態存在。每個小團體之間都有差異，彼此之間，並沒有整合成一個完整的、正統的、嚴密的宗教體制。而在眾多小團體中，有一個就是所謂的『靈知團體』。對這個團體的信徒來說，成爲基督徒，只是一個好的開始，如果要眞正領悟，必須得到祕密的知識，也就是傳說中的靈知。這種靈知，和別人叫你信什麼無關，必須自己去碰觸內在的自我，了解人性和宿命，自然就能尋找到，原來每個人內在都有的神性。」

「怎麼聽起來不太像基督教，反而比較像佛教。」麗子說，「後來呢？」

「後來，就是一段慘烈的宗教鬥爭史啊。凡一回來了，改天再說，先來問問看凡一要不要讓我們陪他去古代歐洲文明之旅吧。」

這時，席琳・狄翁已經唱到〈因爲我愛你〉（Because I Love You）這首歌的尾聲了，麗子等著聽下一首〈愛你更多〉（Love You More），席琳的歌聲和精湛無比的小提琴 solo 互尬，是這整張專輯裡最棒的地方了！

第九章

拉斐爾的信仰與救贖

如果繁複華麗的懷石料理，是以京都作爲故鄉，那麼，單純明快的握壽司，就是屬於江戶——關東東京的料理。京都是個遠離海濱的盆地都城，新鮮漁獲不管是來自日本海或瀨戶內海，都必須翻山越嶺才能送抵。在沒有黑貓宅急便的時代，各式魚貝蝦蟹若未經適當的處理：或鹽醃、或風乾、或醋漬，是輸送不到京都的。過去的京都居民，吃不到活跳跳的海洋原味，所以，在京都引以自豪、動輒以百年老鋪爲號召的各種傳統料理中，就是獨缺以「鮨」（壽司）爲賣點的歷史名店。幸好，拜時代進步之賜，許多一流的「江戶前」壽司板前師傅也來到京都展業獻藝。特別是高檔的五星級飯店中，更不能缺少一家高級的握壽司料亭。山科區都飯店（Miyako Hotel）裡的「政壽司」，就是京都屈指可數的江戶風格握壽司。只有十二個吧台座位，即使是像藤原家這樣的熟客，也要事先打聲招呼，將最裡側轉角的三個位置保留下來，才不會臨時向隅。

像「政」這種等級的壽司店，是不會有menu的。理由很簡單，不同季節不同天候有各自不同的當令海鮮食材。每一天營業使用的食材，都是當天才進的，師傅無法預知今天能夠供應出什麼樣的漁獲，當然也就無法提供一套事先擬定的菜單了。因此，大多數客人都是在一個價格範圍內，全權委託師傅搭配，頂多告知哪些東西比較喜歡或不能接受而已。但是，作爲美食家的藤原家則不然，特別是進三，對於握壽司採用的各類海產，從節令到產地，從品項到部位，從調理方式到享用的順序，無不專精，無不內行，無不瞭若指掌。這都是多年來坐在吧台前和板前師傅聊天討論，累積下來的經驗功力。今天，他幫麗子、凡一和自己點的握壽司，依序是：水針、透抽、白蝦（北海道）、紅魽、金目鯛，以及「緣側」——大型比目魚的鰓下鰭邊肉，那是麗子的最愛，用噴焰稍微炙烤後，油脂香味四溢，入口即化，比起眾人盲目追求的大鮪魚腹（o-toro）更勝數籌。麗子也是握壽司的老饕級行家，唯有一項人間美味她敬謝不敏：來自國境之北鄂霍次克海，由俄羅斯漁船捕獲送交網走、登別一帶日本水產會社處理的馬糞海膽。進三爲自己和凡一各點了一份海膽海苔軍艦卷，並且替麗子追加了兩顆緣側，以茲補償。

在一般日本家庭，享受高級握壽司美食，通常是有什麼值得慶賀或欣喜的事。即使像藤原家這樣的華族後裔，把頂級料亭當作自家廚房的家庭，也會刻意找個理由作爲到政壽司打牙祭的藉口。今天，他們的藉口是：凡一的說話能力恢復了！不但說起話來毫無障礙，而且連同寫作文章的表達能力也百分之百地順暢流利。今天，六月二十七日，星期六早上，凡一一起床就跟進三、麗子說，自己做了重大決定，想和爸媽談一談。於是，當天預定的催眠診療暫停一次，改爲在家裡聆聽凡一的想法。這個突如其來的家庭會議，在進三迅速為凡一進行語言和文字表達功能的測試，確認完全正常之後才展開。

「凡一，你是什麼時候發現自己可以自由地說話了呢？」麗子問。

「今天早上醒來之後，就覺得能夠將心裡的想法說出來了。好像本來卡在頭腦裡面的東西不見了，又好像心中支離破碎的想法重新聯結起來了。」

「昨天晚上有發生什麼特別的事情嗎？」進三問。

「昨晚做了很長的夢，夢境非常真實，甚至到現在都還記得十分清楚。夢裡我和溫拿騎士騎著馬，我們邊騎邊聊。他說，盧恩符文記號系統的全套知識，他都已經教我了，要我以後多加練習。如果有印象不夠完整的地方，可以請爸爸幫忙，進到個人潛意識，把那些記憶召喚出來就行了。」

「不是要等到你決定接受任務委託，溫拿騎士才會將盧恩符文交給你嗎？」

「我已經決定了啊！昨晚睡前我就下定決心接受委託了，大概他已經同步接收到訊息，所以馬上採取行動了。」

「的確很有作為一位優秀騎士的風格。不過，關於上次我和媽媽提醒你要和溫拿騎士釐清這次任務相關的權利義務，你們有談清楚嗎？」

「有啊！溫拿騎士說，那些都不是問題，既然我是自願接受委託，所有權利義務以及和聖殿騎士團、玫瑰十字會的未來關係，我都可以依照自己的意願安排，不受任何限制。」

「這眞是很重要的決定。那麼，你已經想好什麼時候出發，去執行這項任務了嗎？」

「這就是我要跟你們說的第二個決定。我想等念完大學後再執行這個委託任務。那時候，我不但已經可以獨立自主，而且，在語言、知識和各種技能上，都能夠準備得更充分。所以，我的第三個決定是，我要進東大的教養學部，念比較文化專攻。對不起爸爸，不能做你的學弟了，誰叫京大比東大遜。而且，我也不想讀東大法學部，法律太狹隘了、太廢了。除了比較文化，東大的經濟學部也不錯，以我的成績應該都考得上。」

「絕對沒問題的。你是東山第一，關西排名三十五耶。」麗子心裡爲著孩子的成長，既高興又有那麼一點複雜地捨不得凡一長大。

「盧恩符文記號系統和那些陣法，以及運用方法的解釋，加上詩篇的原文和說明，那麼多知識內容，你頭腦裡面都記得住嗎？」

「大概吧！我也不確定，也許我應該花一些時間把這些知識都用文字和符號記錄下來，這樣，就可以檢證我的記憶是不是完整，將來要傳授給聖殿騎士他們，也會比較方便。」

「有道理。那你現在了解溫拿騎士要求你爲他在瑪格麗特女王墓前，以二十四朵玫瑰擺成一圈的涵義了嗎？」

「我知道。二十四朵，恰好就是盧恩符文的數目。擺成一個圓圈，其實就是形成盧恩符文的第二十五個記號『空符』，獨立符文：烏登，Woden。這個符號的意思是：宇宙是開始也是結束。代表數字是0，象徵無限、希望與期待，也包含犧牲與痛苦的性質，完整來說就是『再大的犧牲都是值得的』，因爲，『一切都已成爲永恆』。而玫瑰，當然是代表愛情。我想，溫拿騎士是要對瑪麗公主，表達他心中永遠的、無盡的感情吧。」

「眞是很動人的深情呢。」進三和麗子異口同聲地說。

這場家庭會議結束，已經過了午餐時間。幸好政壽司的師傅不但有耐心等待，還趁著空檔多準備了幾樣進三喜歡的配菜。尤其是那味用日本秋田縣特產、拳頭大小的袖珍柚子所醃漬的白蘿蔔，清新的香氣，天然的甘甜，於每一道海產握壽司之間食用，爲每一種味道在口腔中做出了最好的區隔。在麗子最後又追加一份緣側和凡一分享之後，精彩的壽司分列式告一段落，已是適合散步的午後時間了。從都飯店出大門過馬路，再走幾步路，就進入了南禪寺的境內，也是疏水道的終點。京都疏水，是明治時期日本致力國家現代化之後的第一項偉大公共工程。以紅磚爲建材，採高架和隧道工法，從幾十公里外的日本第一大湖琵琶湖，建造一條直通京都的淡水供應渠道。對京都人來說，提到「疏水」二字，別無其他，指的就是這條至今仍實際使用中的百年維生之源。這疏水有條分支，從南禪寺一路延伸到銀閣寺，約莫兩三個小時的步行距離，兩側栽滿了櫻花，花枝招展得幾乎毫無空隙。在櫻花飄落的季節，花吹雪，漫天飛舞的花瓣，足以將疏水的河面覆蓋成滿滿的繽紛粉紅，看不見水色。如今盛夏，繁花和遊人皆消失無蹤。綠蔭遮天，流水伴隨微風，是散策漫步的最佳路線。

通過南禪寺那一座兩旁聳立著怒目而視仁王像的巨大山門之後，麗子與凡一很有默契地，期待進三說明關於拉斐爾最後畫作《主顯聖容》背後不爲人知的宗教奧祕。

「《主顯聖容》是我每學期西洋藝術史課程一定會介紹到的作品，這幅畫是梵蒂岡博物館中拉斐爾畫廊裡最重要的典藏。根據歷史記載，目前學術界的共同說法是，拉斐爾希望藉由這幅畫得到耶穌的救贖，甚至臨死前都還要求將畫放在床尾，好讓他可以看著畫闔上雙眼。這幅畫也被視作是拉斐爾的臨終遺言。只是沒想到，這幅未及完成的畫作，竟然還有這麼曲折離奇的內幕。」在京都產業大學工學部爲建築系學生開設藝術講座的麗子，是文藝復興時期藝術研究的專家，對拉斐爾是再熟悉不過的。

「妳說的沒錯，拉斐爾的確渴望得到耶穌的拯救，問題是，他所信仰的耶穌，是怎樣的耶穌？是哪一個耶穌？而他所虔誠信仰的基督教，是怎樣的基督教？是哪一個基督教？本來的拉斐爾，是天主教廷的忠實信徒，後來，根據皮拉姆斯的說法，竟然成爲異端靈知派福音信仰的一員，這就必須從基督教發展的脈絡去理解才行了。

靈知派團體稱呼自己是基督徒。但是，在西元一七五到一九五年之間擔任里昂（Lyons）主教的愛任紐（Irenaeus），是當時最有權勢的神學家。他反對靈知團體是正統的基督教，認為基督教教義的重點在於罪和悔改，耶穌是獨一無二的拯救者，是唯一的真神，只有透過祂，才能來到上帝的身邊。但是靈知主義卻主張打破幻覺和內在醒悟，將耶穌視為一位以人的形象現身的嚮導，一旦自己達到了頓悟的境地，你不是被基督所贖回，而是你本身就成為了基督。換句話說，人和耶穌是平等的，和上帝是平等的。這，就是正統天主教會將靈知派團體視為異教的原因。愛任紐主教宣稱，人不可能具有神性，因為耶穌的生命與死亡和凡人完全不同。只要不符合『上帝等於耶穌、等於正統天主教所認可的神的話語』這個等式的，都是異端。然而，神的話語是誰認定的呢？愛任紐主教認定的。他決定了，只有《馬太》、《馬可》、《路加》與《約翰》這四部福音書，才是人們必須相信的基石，除此之外，所有信仰基督的方式都是有罪的。只相信一部分福音書的人，例如：伊便尼派（Ebionites）只引據《馬太福音》，有罪；馬吉安派（Marcionites）只研讀《路加福音》，有罪；靈知派相信在四部福音書以外，還有其他更多福音書也是神的話語，更是罪加一等。」

「那麼，《新約聖經》，不就只是從前某位權威人士所做出的編輯決策而已嗎？」凡一問道。

「正是，愛任紐主教曾經這麼說：『我們明白搞清楚什麼是眞實、什麼不是，實在是一件困難的工作。所以我們讓事情簡單化，由我們直接告訴你們，該信什麼才是對的。』也就是說，由他所代表的天主教會來決定什麼是適合人民信仰的教義。照做的人，才是基督徒，不照做的人，則是異端。不過，如果愛任紐主教沒有這麼做的話，或許基督教可能根本就無法繼續存在了。他的做法，將當時分裂的信徒團體和信仰內容統整起來，躲避了被羅馬帝國逮捕消滅的風險。宗教的目的，在這樣的過程中，變成維持組織，而不是維持信念，是爲了結合人群、拓展力量，而不是發現眞理、找尋生命。天主教會的發展，成爲宗教適者生存的最佳範例。」

「在正統天主教會所認可的四部福音書以外，是否眞的還有其他神的話語沒被挑選出來而遭到捨棄呢？」凡一再問道。

「有啊！例如有一本強調靈性智慧的福音書叫作《約翰行傳》，和《約翰福音》完全不一樣，就被排除在《聖經》之外，並且被早期天主教會認定爲異端。事實上，《馬太》、《馬可》、《路加》與《約翰》四部福音書，根本不是由馬太、馬可、路加、約翰所寫的。《馬可福音》是根據使徒彼得的傳教內容，一般認爲作者是一位名叫李維的收稅人。《路加福音》是由一位醫生執筆的。而《約翰福音》的作者，不太可能是約翰，因爲它是四部福音書中最後被完成的，大約在西元一〇〇年左右，除非使徒約翰這位超級無敵長壽人瑞，年逾百歲還能提筆寫作。」

「爸爸，這讓我想起伏爾泰在《贊成與反對》裡說過的一句話：『如果上帝不存在，那麼人有必要發明祂。』」

「你說的很好。不過，雖然對宗教有基本認識的人，都知道天主教會在政治和歷史上的角色，以及數個世紀以來異教徒所受到的迫害鎮壓。但這並不表示，我們就必須全盤否定它。或許，即使那些自稱上帝僕人的傢伙在教堂裡胡作非為，神的信息依然能夠穿越時空而長存不朽。西元三一二年，羅馬的君士坦丁大帝在天空看見十字架，於是改從天主教，從此天主教廷成為羅馬帝國的一部分，所有信仰靈知派福音和擁有靈知主義文獻的人，都遭到處以死刑。依據天主教會所規定的步驟——接受教條、受洗、禮拜、服從教士，成為這一宗教團體的一員；再加上，所信仰的神，是大家都能認同的耶穌：天生具有超能力，甘願為我們受苦而殉身。這樣的信仰體系，比起其他的教義像靈知派，更容易被宣傳行銷推廣販售。

「不過，歷史總是比戲劇更出人意料之外。一九四五年，一對兄弟在埃及的拿戈瑪第城（Nag Hammadi）斷崖下方，想要挖掘一些肥料種田用。其中一位穆罕．阿里敲到一塊硬硬的東西，是一個用紅碟子封口的大陶罐。本來阿里害怕會有幽靈之類的在裡面，不敢打開。後來，想說搞不好會找到金子，結果，因此發現了十三捆羊皮紙手抄本。其中幾本，被沒找到金子而惱怒的阿里當作柴火燒成灰燼，剩下的，被送進了研究機構。那是五十二卷被標示為福音書的文獻，而且，不屬於今天《聖經》版本的一部分。它們的寫作時間是西元一四〇年，大約是《新約聖經》後的三十年。這些福音書的內容，有些在《新約聖經》中已經出現，但也有很多不在其中的，像是《多馬福音書》

（Gospel of Thomas）、《眞理福音書》（Gospel of Truth）與《瑪麗．馬德蓮福音書》（Gospel of Mary Magdalene）。這些都是屬於靈知派福音團體的福音書。」

「這些福音書也都是在講述耶穌的事蹟嗎？」麗子問。

「是的，只是它們所描述的耶穌，和天主教會欽定版本的《聖經》裡讓我們認識的那一位，好像不是同一個人似的。例如《多馬福音書》把耶穌當作一位引路人，是來幫助世人發掘自身和上帝的共同點的。本來，在《新約聖經》的〈約翰福音〉之中，就有多馬這號人物，叫作『多疑的多馬』（doubting Thomas），他不相信拉撒路（Lazarus）從死裡復活；當耶穌要門徒跟隨時，他指出他們不知該往何處去；當耶穌被釘上十字架復活後，他也要直到用自己的雙手觸摸釘痕之後，才願意相信。《多馬福音書》不像《聖經》用記述的語體描寫耶穌生平，而是像一本耶穌嘉言錄，所有句子都以『耶穌說』作爲起頭。第一頁開頭就寫道：『這是耶穌生前說過的神祕話語，由雙胞胎，迪迪摩斯．猶大．多馬（Didymos Judas Thomas）將之寫下』。」

「雙胞胎？什麼時候耶穌有一位雙胞胎？」麗子驚呼。

「說不定，它的意思是，每一個人在出生的時候，都帶著成爲彌賽亞的潛能，都能夠和基督一樣，就像作爲基督的雙生兄弟，成爲上帝之子吧！靈知派認爲上帝是無法用言語描述的事實，和天主教會的上帝形象截然不同，有點類似猶太教的神祕論，把上帝形容爲一股能量流，或者，指稱上帝是所有聲音的來源，這又和佛教的思想有些接近。」

「拉斐爾就是接受了這種不見容於羅馬天主教廷的異端信仰，才導致悲劇發生囉？」麗子問道，「他一定有一段非常痛苦的心路歷程。」

「我想，拉斐爾的一生，透過信仰、透過藝術創作，一直試圖探索『自己是誰』、『想變成誰』，以及自己如何和別人連結的方法。也就是說，他不斷在尋找自身最接近神性的那部分，並且希望將所發現的人類與神的共通點，透過他的創作，呈現給這個世界。」麗子有感而發，似乎對拉斐爾的掙扎與昇華感同身受。

「猶太教的神祕主義裡，有一項原則稱爲 tikkun olam，字面意思是指『修復世界』。這個概念是指上帝創造世界，將神聖的光放在器皿內，把這些器皿打破粉碎，散落在世界各地。人類的生命意義，就是幫上帝找回這些散落的光芒，如此，人就會變得更像上帝。這樣的信念，和拉斐爾對於藝術的堅持，滿接近的。」

「在《主顯聖容》這幅畫作中，當世間所有苦難的人都把手指向或臉仰望著耶穌，渴望得到祂的救贖時，只有最下方據說是個妓女的半裸女人，獨自發著明亮光芒，眼睛看向其他受苦的人，神態盡是從容。只要每個人心裡些微的神性火花能夠閃現，我們就能夠救贖自己。或許，這就是拉斐爾透過他這幅最後的畫作，想向世人傳達的意義吧。」麗子這番話，爲這一場宗教與生命、信仰與藝術的討論，做出了最好的結論。

藤原家三人沿著疏水道漫步，已經接上了京都著名的「哲學之道」，盡頭就是銀閣寺的入口。進三當然不會去和遊客湊熱鬧，距離哲學之道石碑三百公尺遠的「哲之屋」咖啡館，是他們散步路線的終點，這裡的炭燒咖啡和戚風蛋糕堪稱絕配。最重要的是，幾乎沒有觀光客知道。人群，永遠只在照相地點的三十公尺內活動而已。

點好飲料和輕食後，凡一問起：「爸爸，既然我已經可以說話寫作了，我們的催眠診療還要繼續進行下去嗎？」

「應該還是要繼續。失去語文能力，只不過是心理狀態的表徵現象。用生理醫學來比喻，就好像發燒一樣。發燒本身不是病症，是反映身體的一種訊號，所以燒退了，不代表健康已經恢復。同樣的，你的失語情形消失，不等於心理情緒以及自我意識的整合都已經恢復到平衡、完整的狀態。何況，似乎還有好幾個記憶體仍在你的集體潛意識之中，也該有機會跟他們認識一下，對不對？」

「嗯！其實還滿有趣的，那下次什麼時候呢？」

「就明天吧。記得順便問皮拉姆斯後來去哪裡了好嗎？」麗子接著說，一邊心想，點的現烤鬆餅怎麼還沒送來？

凡一的催眠診療紀錄8

【時間】二〇一五年六月二十八日，星期日，上午九時三十分。

【地點】京都市洛北區北山車站社區大樓，美麗彩虹工作室。

【方式】凡一已恢復語言文字的運用表達能力，今日療程直接進入集體潛意識狀態，皮拉姆斯出現，以第一人稱記錄對話過程與內容。

【概要】

皮拉姆斯：感謝你們爲我所做的努力。

進三：不客氣，昨天下午我們進行的討論，那些訊息你是不是都接收到了？

皮拉姆斯：是的。

進三：那麼，我們，特別是我們家的總理大臣，我太太，是研究文藝復興時期藝術的專家，整理了幾個問題要請教你：第一，關於基督教靈知派福音團體的歷史演變和教義精神，目前所提供的資料是不是已經足夠了？第二，正統天主教教廷和靈知派之間的信仰衝突，是不是確實就是造成你老師拉斐爾命運悲劇的因素？第三，對於《主顯聖容》這幅最後畫作，我家總理從靈知派信仰的觀點做了有別於過去通論的新詮釋，你有什麼看法？

皮拉姆斯：首先，有關靈知派福音教義，謝謝你用心找了這麼多資料，已經能夠解答我心中長久以來的疑問了。的確，我的老師就是一位重視內在勝過一切，不斷地去除虛假欺騙，一心想找到至高無上的美，這樣單純又直接的人。也難怪，像他這樣的人，在接觸到更純粹的精神感召之後，會勇敢地不惜和原來的信仰決裂。你太太對《主顯聖容》的詮釋又解開了當初另一個老師只告訴我要這樣表現，卻沒有說明原因的疑問：爲什麼畫中最底層的女人反而散發著光芒？麗子夫人所詮釋的，才是眞正的《主顯聖容》！我想，這才是老師的本意。主，在世間的下端，在卑微的女人身上，也能顯出聖容。順道告訴你，畫中的裸女，就是以我心愛的未婚妻茱麗葉作爲模特兒的，你看，她是多麼地聖潔、多麼地美好啊！

進三：你說你是一位虔誠正統的基督教信徒，天主教廷的作爲，以及你的恩師、愛人遭受到的對待，歷經這段悲痛命運之後，對你的信仰有什麼影響？有發生什麼變化嗎？

皮拉姆斯：有的，讓我成爲一位更加堅信的基督徒。

進三：啊！爲什麼？

皮拉姆斯：錯的是當時的正統天主教會，是那些掌握權力的教士，是那些濫行解釋教義的神學家，上帝沒有錯，其實，即使是經過二手修訂編輯的《聖經》，也依然是神的話語，也沒有錯。新舊約《聖經》都不斷地提醒我們，宗教是錯誤的，知識是危險的，信仰與眞理是完全凌駕宗教與知識之上的。知識包括善的和惡的知識，並不是生命，只會將人引導到死亡。耶穌在根本上其實是反宗教的。即使是《舊約》裡神應許了猶太人：彌賽亞，也就是基督、救世主會來到，預言者以利亞會來到，另一位預言者以賽亞會來到。這些，統統都被兩千年前的耶穌視爲是應該推翻的宗教觀念。耶穌不要人們陷在這些宗教觀念之中，而是要人們直接去看見神的啓示。這樣的教導，在《約翰福音》中記載得非常詳細。

進三：這麼說來，你從傳統版本《聖經》裡所體會的，和靈知派福音主義所強調的信念，似乎沒有太大的差別，是嗎？

皮拉姆斯：是的，信耶穌能得救是正確的，但是教會和傳教士講的得救，和神所啓示的得救，是不一樣的意思。眞正的得救，是人和神之間的距離和間隔消除了，神進到人裡面，人也進到神裡面，這才是《聖經》眞正的意思。

進三：我想，你大概是一位不願再踏進教會，卻依然無比虔誠的基督徒吧。

皮拉姆斯：神在我們心中，至於教會，去不去都不重要了。

進三：最後還有一個我家總理務必要我請教的問題，最後的畫作完成之後，你去哪裡了呢？你如何度過餘生呢？

皮拉姆斯：將作品完成交給梵蒂岡教廷之後，我心中發誓，永遠離開羅馬，捨棄我的名字和一切聲譽，從此不再拾起畫筆創作任何畫作。我到了教廷勢力鞭長莫及的米蘭鄉間定居，放棄繪畫藝術，改行以製造馬具用品的皮件爲生，並且，將姓名從皮拉姆斯 Pyramus 改爲 Gucci。我的手藝不錯，皮製馬具和車用配件頗受顧客好評，不斷精進的技術傳承給了下一代，後來我的子孫就用 Gucci 這個名字作爲家傳工藝製品的品牌。晚年，我在離米蘭不遠的阿爾卑斯山南麓科摩湖濱買了別墅，遠離塵世囉。

進三：原來如此！下次我家總理去買包包，報你名字有打折嗎？

皮拉姆斯：哈哈！子孫們誰還記得我啊。Ciao！

第十章
超越時空的同好會

起居室裡流轉的音樂，是柴可夫斯基〈如歌的行板〉。二十歲以前的進三，喜歡這位俄羅斯作曲家的〈一八一二序曲〉，浩大雄武彰顯國家榮光的曲調，在管絃樂器已經無法表現振奮人心氣勢的極致狀態下，只好但也巧妙地以砲聲作爲高潮的結尾。青年時期的進三，曾爲著這砲聲，蒐集了不下二十個不同的演奏版本，最後判定：莫斯科交響樂團的砲聲最震撼，是眞的用巨型加農炮發射出來的效果。三十歲以前的進三，喜歡〈天鵝湖〉，不只因爲它的華麗優雅與掙扎，更喜愛它以音符就能將景象光影等視覺變化帶到聽者眼前的「以聲造影」特效。四十歲以前的進三，喜歡柴可夫斯基〈第一號D大調鋼琴協奏曲〉，那是在命運洪流中掌握自我生命意義的恢弘氣度與自信。五十歲以前的進三，喜歡偉大作曲家在完成作品後旋即結束自己生命的〈第六號交響曲：悲愴〉。那是自我在天地之間、在宿命擺弄之下，不斷浮沉起落、一再奮起卻又一再無能爲力的燃燒殆盡。

如今已年過半百的進三，返璞歸眞地覺得，這首以烏克蘭民謠爲基調所創作的〈如歌的行板〉，最能讓自己無來由地產生共鳴。進三總是覺得，將柴可夫斯基冠上所謂「國民樂派」的類型封號，實在沒什麼道理。感動人的音樂，多是脫離不了與土地的關係的。西貝流士的〈芬蘭頌〉，史麥塔納的〈我的祖國〉交響詩，尤其是那曲膾炙人心的〈莫爾島河序曲〉，還有蕭邦在家國遭到入侵瓜分之後創作出的許多首「波蘭舞曲」，即使我們不是那塊土地上的族群，即使歷史的紛爭糾葛早已時過境遷，如今聽來，作曲家所要傳達的情感，依然深透人的心靈。音樂，來自土地與人民，但是，偉大的音樂，卻是超越土地超越人種超越時間與空間的，哪有再屬於什麼「國」、什麼「民」的了呢？

麗子端了一盆用透明玻璃碗盛裝的水果，放在進三面前桌上，是來自台灣的愛文芒果，色澤鮮黃，香氣濃郁，現在正是產季。整盆芒果都已經去皮切塊處理妥當，這種享受「削好的水果才食用」的服務，是麗子的賢慧，也是進三不知燒了幾輩子香才換得的福報。

週五晚間，最近開始進入劍道密集特訓的凡一還在道場，雖然放暑假了，一家三口平時還是各忙各的。

「今天的座談會怎麼樣？」進三問的是麗子受邀參加共同通訊社所主辦的國際情勢專家對談。最近由中國倡議主導成立的「亞洲基礎建設投資銀行」（AIIB），竟然取得英、德、法等歐洲國家的支持加入，對於跟隨美國腳步採取消極抵制立場的日本而言，在民間輿論上造成了一大話題。作爲政治評論家的麗子，今天參與的座談會主題就和此有關。

「還滿有意思的，你知道，我的看法通常和一般人不太一樣，所以，討論起來就會比較有趣。」

「怎麼說呢？最近不是有些媒體痛罵總理內閣和外務省政策錯誤失算，說沒有參加會被孤立、被邊緣化嗎？」

「國家之間的合縱連橫哪有這麼簡單。我願意上媒體，其實就是想藉由傳播的力量提醒日本國民，對於國際事務不能只看局部，更要看整體；不能只看表面，更要看本質；不能只看短期，更要看長遠。以這次ＡＩＩＢ的事情為例，問題不只是ＡＩＩＢ，更重要的是中國所提出的『一帶一路』經濟發展戰略。而，一帶一路的背後，是中亞到克里米亞半島之間的歐亞勢力版圖重建，以及，連接太平洋西側與印度洋之間的海洋通路控制掌握歸屬布局。也就是說，從整體來看，這是牽涉到地緣政治之間，歐亞板塊摩擦以及太平洋板塊異動與否的問題。」

「這是整體，那麼，怎麼看事情的本質呢？」

「國際事務的本質通常和國家戰略的動機有關，而，這些動機，往往來自於自身感受到的威脅或企圖實現的目標。以中國的一帶一路戰略為例，它真正的、本質的目標是什麼？其實最重要的動機是希望藉此解決中國內部的經濟問題，為近幾年過度投資所造成的產能過剩找出路，避免泡沫經濟急速瓦解崩壞。其次，是透過基礎建設的施作，對地緣政治的結構投下改變的能量。例如：如果能夠從昆明經越南東部打通到緬甸找到出海口，那麼未來從印度洋、波斯灣、地中海運送來的能源及原物料，就不需經過麻六甲海峽，如此一來，新加坡的戰略地位重要性就大幅降低了，中國的海上生命線受制於人的部分也就大幅縮短了。最後，則是中國企圖利用強勢經濟力，去構築一個以它自身爲主的『友好關係圖』，實現『中國夢』啦、『新大國關係』啦，這些類似日本戰前軍國主義時代『大東亞共榮圈』的霸權思想。」

「既然如此，那些歐盟國家都是老牌的帝國主義國家，他們不會看不出中國的意圖，怎麼還會加入ＡＩＩＢ呢？」

「因爲敵人的敵人就是朋友，這是國際戰略上不變的守則。許多人不知道，去年俄羅斯付出那麼大的代價併入烏克蘭的克里米亞，眞的只是因爲烏克蘭過度傾向西歐而已嗎？事實上，有很大的因素，是中國介入烏克蘭造成的。本來，普丁的歐亞戰略布局，是將烏克蘭作爲未來成立以俄羅斯爲首的『歐亞共同體』一份子，是其中位於最西端、和歐盟對接的『衛星國家』。烏克蘭西部是糧食供給基地，東部則是重工業地帶，俄羅斯的黑海艦隊則駐紮在克里米亞半島。誰知道近幾年來，中國和烏克蘭的關係日益深化，中國第一艘航空母艦遼寧號就是烏克蘭以廢鐵價格賣給中國的。接連不斷地，烏克蘭和中國簽訂協議，把前蘇聯時期所累積下來的戰機生產製造技術、核子武器技術，甚至彈道飛彈技術都悉數移轉給了中國。

最令普丁震怒的是，二〇〇八年左右，中國以支援解決環境問題爲名義，替烏克蘭東部的廢棄礦山、工業用地進行汙染處理，轉換爲可耕地，取得了長達三十年、廣達三百萬公頃農地的租借權利。三百萬公頃的土地等於福島加上岩手兩個縣的面積總和，非常廣闊。並且再以爲了輸送這些土地所生產的小麥爲由，在克里米亞半島西岸中央鄰接海域，推動建設大型貨輪專用深水碼頭的『新深港』計畫。如此一來，中國海軍就能以『護衛』本國商船爲口實，正式『進出』克里米亞半島。這就是爲什麼一帶一路戰略的所謂海上絲路，是從中國本土經過新加坡、緬甸、巴基斯坦、敘利亞、希臘、土耳其，終點設在克里米亞半島的眞正原因了。」

「這麼說來，歐盟國家加入ＡＩＩＢ，打的是『聯中制俄』的主意囉？」

「是的，畢竟英、法、德這些國家和中國距離遙遠，對他們構成威脅的是俄羅斯，不是中國。但是，我們日本是和中國鄰近的國家，雙方在亞太區域的競爭甚至衝突，幾乎是不可避免的。特別是中國的企圖心愈來愈強之後，更是明顯。」

「那韓國呢？東協各國呢？這些中國周邊國家不也都參加了ＡＩＩＢ嗎？」

「對中南半島經濟發展遲緩的國家而言，如果有人願意花錢幫忙新建基礎設施，當然不會拒絕。何況，大多數的東協國家，除了越南、菲律賓之外，從一九六〇年代的萬隆會議以來，在國際外交政治就已經和中國建立起了相當深厚的關係。至於南韓，走的是『聯中制日』的路線，他們將日本當作競爭對手乃至假想敵的心態，有時已到了幾近無理取鬧的地步。特別是這一任女性總統上台後，治國無方，反而在對日關係上，更是變本加厲地亂搞。」

「既然大家各自的目標和策略都很清楚，那我們自己又該如何呢？」

「我們不能妄自菲薄，日本仍然是世界第三大經濟體，而且，擁有最尖端的科技，最高素質的國民，最穩定且進步的社會。我們想要走出所謂的『戰後體制』，成爲一個正常的國家，當然，就應該對應我們的國力，在亞洲地區和國際事務上，善盡應有的責任義務，並且擁有相當的發言權和影響力。以日本的實力，再加上和美國聯手，不要說在亞太地區，即便在全世界，也很難找到對手。這次參加由中國主導的ＡＩＩＢ有五十七個國家，可是別忘了，由日本作爲最主要出資國，有六十七個國家參加，歷任總裁一向由日本人出任的亞洲開發銀行（ＡＤＢ）早已既存多年了。我認爲，在因應ＡＩＩＢ的問題上，日本可以有三個策略選擇方案：一、倡導成立一個新的『亞洲基礎建設基金』（ＡＩＦ），以基金爲主體，而不是以國家爲主體，推動投入各國的基礎設施建設；二、一九九七年時日本就曾提出比照國際貨幣基金（ＩＭＦ）模式，成立亞洲貨幣基金（ＡＭＦ），當時美國擔心日圓以及日本經濟主導性因此坐大而反對。如今，日美兩國要聯手抗中，這個構想，可能有機會重現希望。三、強化ＡＤＢ的運作，增加投資金額，以日本在戰後提供龐大無比的ＯＤＡ（海外援助）經驗以及累積下來的Know how，相信絕對可以做得比中國主導的ＡＩＩＢ更好，更受到開發中國家的認同和歡迎。」

「這是針對ＡＩＩＢ的回應，是被動的，另外，還有更積極主動的戰略嗎？」

「那就是TPP（跨太平洋戰略經濟夥伴關係協議）了，上星期美國參議院已經通過白宮所提出的TPA（貿易談判授權法案），就看接下來締結成立的進程能不能順利推動了。TPP等於是在制定未來三、五十年亞太地區的經貿遊戲規則，日美二國將會是最大的受益者，太平洋周邊唯一沒有加入的只有中國，這樣的情勢影響將是非常深遠的。不過，美國即將進入總統大選熱戰，民主共和兩黨的總統候選人對TPP是否支持，現任總統能否在成爲跛鴨之後的剩餘任期內，讓國會批准通過，都還不明朗。看起來，TPP的未來，還眞是前途未卜呢！」

眼前整盆愛文芒果已經被進三消滅，他突然想起問道：「那台灣呢？」

「每個國家都有他的策略目標，只有台灣讓我看不懂。說要加入AIIB，申請了卻被中國拒絕。台灣政府領導人發言鼓勵追隨中國的一帶一路，反而對加入TPP不太積極。說不定他們的戰略太深奧了，超乎我的理解。至於日中二國的未來，在雙方的意圖都愈來愈強烈之後，免不了要不斷地碰撞了。」

麗子在分析日中關係本質和整體圖像之時，沒有想到的是，一場日中兩種不同文化記憶體的碰撞，即將於明天出現在凡一的集體潛意識之中。

凡一的催眠診療紀錄9

【時間】二〇一五年七月四日，星期六，上午九時。

【地點】京都市洛北區北山車站社區大樓，美麗彩虹工作室。

【方式】為進行診療效果的期中評估，首先進入個人潛意識狀態，與當事人進行深度對話，以掌握目前的心理癥結。此診斷評估結論，記錄在以下增列的「評估」欄位中。又，本日的診療再次進入集體潛意識狀態後，因出現複數記憶體同時互動，且當事人亦能妥適與之溝通，因此診療師決定採取觀察者角度，以便形成「三方對話」模式。下列「概要」部分，即以每個個體第一人稱立場，記錄此三方對話的過程及內容。

【評估】

一、催眠診療至今效果顯著，語言及文字表達能力俱已恢復。

二、集體潛意識所出現的記憶體，其傳遞的訊息或表現的情緒，並未對當事人產生負面影響。

三、當事人內在的衝突及解離現象仍然存在，導致有時會出現記憶流失，記憶斷層或腦中一片空白、失神等症狀。又，不定期會發生心情低落、沮喪挫折、自我質疑否定，以及悲喜落差大幅起伏、情緒難以持平穩定等情形，研判均是前述內在衝突解離所造成。

四、從個人潛意識狀態可知，慾望渴求投射驅動無法獲得滿足，肇因於執著對少女的愛戀所衍生的各種矛盾困擾。

【概要】

志賀直哉：凡一，我是志賀直哉，這個名字你應該不陌生吧！

凡一：啊？真的假的？你是直哉？何止不陌生，我們國文教科書裡就有你的文章，簡直是大名鼎鼎到不行好不好。不會寫你名字的人中學畢不了業啦！

志賀直哉：眞的嗎？我有這麼偉大嗎？

凡一：何止偉大，你是日本文學史上一致公認的「小說の神様」耶！古代的不用說，從明治維新國家現代化到現在一百多年來，我們日本出了多少厲害的小說作家，早期的夏目漱石、太宰治；後來的三島由紀夫、芥川龍之介，曾獲諾貝爾文學獎的川端康成；當代在世也曾得到諾貝爾文學獎的大江健三郎，還有早就該得但至今還沒得獎的村上春樹，沒有一位可以和你相提並論。這麼多高手代代相傳，人才輩出，可是以小說而論，只有你——直哉老師被尊奉爲「神」耶！

志賀直哉：這是你的看法，還是老師教導的？

凡一：是日本文學評論大全集裡寫的。

志賀直哉：那你自己喜歡我的小說嗎？

凡一：說實話，還好。（凡一不好意思說，自己比較喜歡村上春樹。）

志賀直哉：我可是寧願受到你這位讀者的愛好，更勝過獲得評論家權威的讚賞喔！言歸正傳，我早就想出現和你聊天了，因爲前面那些人都是有事請託，就讓他們先。我呢，單純只是因爲我們是「同好」，想和你分享我的經驗而已。

凡一：什麼樣的「同好」？我又不會寫小說。

（？）：等一下等一下，既然要講同好，大家一起來講才過癮啊！

凡一：請問你是？

（？）：俺是春秋時代中原齊魯之間人氏，單名一個「跖」字，汝等應該都不認識我吧。

志賀直哉：是不是中國先秦古籍記載，曾經和孔夫子意見不合辯論，後來又率眾打劫搶奪，被稱爲「盜跖」的那位黑道大哥？

跖：嘿！不愧是明治時期學習院高等科畢業的，不過俺要糾正汝，孔老頭不是和俺辯論，是被俺大大駁斥一番。哼！自己賣身做官就算了，還滿口國家社稷仁義道德。

凡一：好吧！這位跖大哥，還有直哉老師，你們要講的同好到底是什麼啊？

志賀直哉、跖異口同聲：就是青春美少女啊！（七嘴八舌，爭先恐後）我先講、俺先講、我先講、俺先講……。

凡一：停！是直哉老師先出現的，請你先講。

志賀直哉：今年席捲日本偶像文化的 AKB48，在年度歌曲排行榜裡面把第一到第五的 Top5 全部包辦了，所謂「十代（十至十九歲）少女狂熱」的「蘿莉控」成爲風潮。我要告訴你的是，日本早從明治時代開始，就是一個蘿莉控之國了。明治時代的日本就已經存在偶像文化，那是一種叫「娘義太夫」的少女藝人，她們通常搭配一名三味線演奏者，組成一個二人團體，在各地的曲藝場即席演出。明治二十年，一位叫作竹本綾之助的十二歲娘義太夫，成爲超人氣偶像藝人，此後，十代前半的少女陸續登場大肆流行。當時的青年對這些少女藝人只有一個詞可以形容：癡戀。什麼才藝內涵都不重要，採取「容貌先行主義」，外表最重要。那時候，一百多年前喔，追星族就已經超級瘋狂了，寫信的、送禮物的、守在家門口的，都算是稀鬆平常。在八卦小報上投書散布各種小道消息的，成立粉絲團互相攻擊的，更和你們現在用臉書傳播訊息差不多。迷戀娘義太夫這種少女偶像藝人幾乎是明治到大正時代的男生全民運動。而且，不只是小男生，連成年男人也紛紛節操不保。例如：夏目漱石三十九歲時，在曲藝場見到一位小他至少二十歲的娘義太夫，就情不自禁地展開情書攻勢。學生時代的岸信介（後來出任日本首相，他的孫子就是兩度擔任首相的安倍晉三），曾經天天跑曲藝場，就爲了看他愛慕的娘義太夫美少女。可見，蘿莉控，是創作文學或參與政治的日本男人最大的動力來源。」

凡一：那麼，直哉老師你自己呢？

志賀直哉：我……，還是讓我們先聽聽跖大哥的說法，免得他翻臉！

跖：看來，汝們日出之國的男人其實滿純眞的啊。能像汝們這樣把喜歡的人當作偶像崇拜追逐，不虛情矯飾，說不定是一件幸福的事。比較起來，俺的故事就沒那麼開心了。俺喜歡的女孩叫作「童娲」。從名字就知道，是女神，有著女神般清麗絕倫的容貌，而且，還是一個少女的女神。她如果活在現代，那些AKB48算什麼？AKB4800都不夠看啦！一見到童娲，俺就愛上她，一愛她，俺就決定要娶她，一決定娶她，俺才發現，她已經有婚約了，許的是俺的親哥哥。原來，那幾年俺出外遍訪名山大川、求學尋道，初始長成的少女童娲就和哥哥訂了親。哥哥爲人正直耿介，咱兄弟倆從小感情就很好，他的名字在中國歷史上也流傳下來了，叫作「惠」，大家稱呼他「柳下惠」。

志賀直哉：就是那位有名的正人君子，成語「坐懷不亂」歷史典故的主角嗎？

跖：沒錯。這個故事是千眞萬確的。廢話！若汝的夢中情人宅男女神，被汝娶回家當老婆，就算其他庸脂俗粉在汝大腿磨蹭，汝也亂不起來了啦。

志賀直哉：可是對你而言，道德禮法男女之防這些東西，不是嗤之以鼻的糞土垃圾嗎？既然俺喜歡，有什麼不可以，不是嗎？

蹈：非也非也！俺瞧不起的，是那些包裝在虛僞藉口下的規範，尤其是利用禮教來壓迫人，利用道德來統治人，那是欺凌弱者的手段工具。但是，人和人的感情，以及最根本可貴的人性，卻是俺非常重視珍惜的，像是信任、承諾、犧牲，都是很難得的，否則人與禽獸何異？哥哥對俺的情感，怎麼可以被慾望左右而背叛呢？俺做不到又忘不了，所以一輩子痛苦。

凡一：是因爲這樣，你才更加地張狂叛逆，甚至不惜打家劫舍集盜成匪，和所有的體制對抗嗎？因爲在愛情上，你已經絕望了？

蹈：凡一小友，汝是兩千五百年來第一個對俺說出這番話的人，小子有才，深得俺心啊。讓俺休息一下喘口氣，換直哉兄講他自己的故事吧。

志賀直哉：我的故事雖然沒那麼轟轟烈烈，但是卻埋下了影響一生的種子。明治三十七年，日俄戰爭揭開序幕的那一年，我二十一歲，正是學習院高等科的學生。有一次和同學不經意地去曲藝場觀賞演出，沒想到從此一發不可收拾陷入無法自拔的境地。讓我沉溺無我夢中的娘義太夫，是當時十五歲的豐竹昇之助小姐，她和姊姊，彈三味線的昇菊，組成一個團體，令我一見之下驚爲天人，一天沒見到我的「auf」——我私下用德文「昇」的同義字「aufgehen」爲這位夢幻偶像取的暱稱——就魂不守舍、坐立難安，連考試都不去了。每次看完她的演出，日記裡都是「宛若女神」、「天女妙音」之類的絕贊感想。我還動員朋友，幫我蒐集auf昇之助的照片，貼滿了房間。甚至，有個同學的朋友的同學的朋友，住在昇之助家旁邊，我就拚命叫這位同學的朋友的同學的朋友，幫忙打探所有相關情報：脾氣好不好？早上睡到幾點？喜歡吃什麼？還有，嗯……胸部大不大？

凡一：眞的假的？直哉老師，這不是變態宅男在做的事嗎？

志賀直哉：唉！事到如今也沒什麼好隱瞞的，反正這些事情現在都讓後世的文學研究者從我的日記裡發掘出來了。只是，這些學者可以重塑我的行爲，卻探觸不到我的情感與靈魂啊。

凡一：我想，這段癡戀娘義太夫昇之助美少女的經驗，必定對直哉老師一生的文學創作產生很大的影響吧！

志賀直哉：凡一小友，你是百年來第一個對我說出這番話的人。小子有識，深得我心。

跖：別學俺講話！

志賀直哉：凡一說的完全正確。那段狂熱的愛慕追逐期，我每天只陷溺在想著一件事：「一旦和我的女神見面了，我要說什麼？」單單這個主題，我可以模擬出千萬種場景，想像出千萬種情節，創造出千萬種開場和結局。在好幾年的時間裡，年輕的我，心靈思緒中，就只充滿這一件事而已。直到後來，很久很久以後，我成爲著名文學家了，才知道，這股能量，可以稱之爲「妄想力」，而妄想，正是我創作小說生命的原點啊！

凡一：直哉老師有部小說《被侵蝕的友情》，故事是說兩個好朋友在路上遇到自己愛戀的偶像藝人跌倒而加以施救的過程，就是您妄想之後的成果嗎？

志賀直哉：是的。先妄想自己怎麼打動心愛偶像，再妄想如何以文字打動閱讀自己作品的讀者。對象雖不同，妄想則一致。

凡一：沒有癡戀，哪來的妄想？就是這樣的妄想，才造就了日本最偉大的「小說之神」囉！

志賀直哉：美少女青春偶像居功厥偉，不是嗎？跖大哥，你呢？失戀後的你，難道就自暴自棄了嗎？

跖：俺的名聲和形象，都是被孔老頭的儒家文化徒子徒孫抹黑汙名化的。的確，俺反體制，聚眾割據，不和任何政權妥協，其實是追求沒有權力拘束的自由。俺打家劫舍，橫奪財物，其實搶的都是富人的財產，這叫作「社會資源重分配」，是爲了實現公平正義。更重要的是，追隨俺的這些群眾和弟子們，除了認同俺的理念和生活方式之外，其實是組成了一個教學研究團體，是拜俺爲師，來跟俺學本事的。

凡一：你們能夠在自己的土地上自由自在、自給自足，很像是十九世紀的無政府主義或是烏托邦社會主義的理想公社耶！那跖先生，你吸引眾人跟隨學習的本領是什麼呢？

跖：俺的本領可大了，上知天文下知地理不算什麼，比較算是俺獨創絕學的有三門學問：第一種，是利用人爲力量改變時間空間的配置狀態，比如，運用一些岩石花木擺設的陣法，就可以將能量、感官與知覺的反應，在原有時空環境中達成截然不同的情境效果。所以，儘管孔老頭的朝廷稱咱們爲盜，卻永遠消滅不了俺。因爲一進到山裡，官軍根本看不見咱們在哪？這套學問，學得最好的是後來戰國時代的徒孫叫作鬼谷子，他教了兩個有名的徒弟，一個叫孫臏，一個叫龐涓。不過就是把時空轉換配置的技巧，應用在軍事作戰上，當然能夠戰無不勝。這門學問鬼谷子這小子再流傳下去，叫作奇門遁甲，有一部分原理運用在居家環境布置上，就是堪輿風水了。

凡一：好像很厲害的樣子，還有呢？

跖：什麼好像、樣子，是眞的很厲害。只是後代子孫不爭氣，把好好的學問弄成騙人的把戲或迷信。第二種學問最令俺生氣，是質能互換、能量轉移和頻率波動轉化爲實體力量的學問。這套知識，和西方的煉金術有相通之處，都是以意念加上符號咒語作爲轉動能量的關鍵。所以我才說：「修法修道首在修心。」就是這個道理。誰知道，徒弟們誰也沒能體會其中奧妙眞諦，都只學到皮毛技術。一代不如一代傳下去，到了唐朝，有個徒孫的徒孫，人稱什麼張天師的，把這門學問做了一些簡單的整理，在江西龍虎山這個地方開宗立派，這套知識就淪爲被人誤會是無稽之談的茅山法術了。至於煉丹養氣，則是由宋代王重陽這個小道士成立了全眞教繼續傳布下去，不過，後來也沒出什麼了不起的人物。第三種學問，是文學，用你們現代的用語來說，叫作寓言式文學以及自然主義文學，鼓勵天馬行空不受拘束的想像力，表達咱們心中愛好自由的思想和理念。這一方面，傳到戰國時代一位天資聰穎才華洋溢的徒孫莊周身上，他發揚光大寫了一些滿不錯的文章，倒算是爭氣。所以，這小子在老婆死時，故意拿個盆子邊敲邊唱歌，故作瀟灑實爲矯情，本該打屁股的，俺也就算了。

志賀直哉：跖大哥，不，跖大師，原來中華文化中，這些卓越的科學、文學和人文思想的原創者就是您。不過，這些學問後來沒能好好繼續發展，實在太可惜了。

跖：這就是儒家思想造的孽啊！禮教不但迫害個人，虛僞的道德政治連整個民族文化都傷害了。結果，俺創始的這些學問，都在主流價值的排擠之下，成了旁門左道，甚至淪爲江湖術士的伎倆。凡一小友，之前不是有個西方人把盧恩符文這玩意教給汝嗎？對俺來說，天下的學問知識都是相通的，盧恩符文何神奇之有？不過爾爾罷了。最近有人在新疆考古發現了一座「鹿石塚」，發掘出許多和盧恩符文記號相似的古老文物，在材質和造型上都極爲相像，以爲是盧恩符文從歐洲流傳而來的證據。殊不知，那是俺的徒子徒孫留下的，和歐洲人根本沒關係。

志賀直哉：跖大師，您的執著精神和學問成就的確值得欽佩，不過，我覺得最難能可貴的是您身上一股不屈不撓反抗體制的意志，讓我忍不住想要引用這段文章來向您表達敬意。這是出自寫於一三三〇年的《徒然草》，本書是日本三大古典隨筆之一，作者吉田兼好是日本最傑出的古代散文家。這段話是這麼說的：「世間禮儀皆難避免。若不能忽視俗世禮儀，必欲遵行，則願多身苦，而心難閒。一生勢必爲小節所拘，徒然度過。日暮途遠，吾生已蹉跎，當是放下諸緣之時。不必守信，不必拘禮。不識此心者，謂之癲狂，可也；視爲昏昧無情，亦無不可。毀之不以爲苦，譽之亦不足以聞。」這樣超脫世俗物外的風範，也只有您堪稱實至名歸了。

跖：《徒然草》，這文章寫得好！原來日出之國東瀛之島，也出過這般高人。直哉兄的稱讚，雖然俺的確是實至名歸，不過聽了還是很高興、很感謝！俺也引一段孔老頭沒刪修成的《詩經》句子回贈予汝吧：「于嗟士兮，無食桑葚。女之耽兮，猶可說也。士之耽兮，不可說也。」耽，是耽溺之意，也帶有受迷惑、上當的意味。全文是說：「男生啊！不要吃桑椹。女生上當了，還有話可說。男生上當，可就無話可說了。」意思是，不要偷嘗禁果，不然被騙上當可就糟糕了。俺看汝這麼純情，這幾句話贈汝正好。

凡一：你們兩個老師都互贈詩文了，那，要送我什麼詞句呢？

志賀直哉、跖異口同聲：蘿莉控，萬歲！青春美少女，萬歲！蘿莉塔同好會，萬歲！

第十一章

高加索星空下公主的眼眸

位於奧飛驒山脈的溫泉旅館「深山莊」，是藤原家每年七月盛夏之時必定造訪的避暑勝境。從JR京都車站搭乘早上八點鐘左右的新幹線到名古屋，轉乘行經高山本線以富山為終點的飛驒號特急列車。這列飛驒號從名古屋出發，先是倒著開，約莫半小時，進入岐阜站，再從岐阜啓動時，就是正常向前進了。從此開始，列車一路沿著溪谷爬升，行走在山澗、河流、巨岩、林木之間，景色變換、美不勝收。溪流永遠是綠的，可是遠近圍繞的森林從青到黃，從紫到紅，顏色的渲染，沒有一個季節、沒有一個高度、沒有一個視角，是相同技法下的作品。這段兩小時的車程，稱為全日本最美的溪谷鐵道，完全當之無愧。中午時分抵達高山車站。高山市，是岐阜縣內的古都山城，有「小京都」的別稱，自古以來就是控制進入山區各地要道的戰略重地。直到今天，不管是前往飛驒山脈或是黑部立山，或要轉至加賀溫泉以及以合掌屋聞名於世的白川鄉，都必須以高山作為中途轉折點才行。高山市內街道建築古典優雅，每年十月份的高山祭，是日本三大神社祭典之一。藤原一家下了飛驒號特急列車，月台上豎立著迎接他們的是標示高度海拔一二〇五公尺的看板，吸一口新鮮冷冽的空氣，氣溫只有攝氏二十度左右，舒適宜人。

這已經是固定行程了。每年寒暑假各一次，夏季避暑，冬天賞雪，總是同一班新幹線，同一班飛驒號特急。抵達高山市，先解決午餐再說。出車站右轉不到五十公尺處，這家叫作「飛驒の里」的燒肉專賣店，是固定的行程中必不可缺的一部分。來到飛驒，就等於來到牛肉的故鄉。飛驒の里的飛驒牛，品質之優越、價格之低廉，會讓人忍不住覺得即使從國外搭飛機來吃都划算。麗子大塊朵頤不亦樂乎，至於該店特製的紫蘇大根漬物，則是她回程必買的珍品。

從高山市到奧飛驒深山莊，還得一個多小時車程，藤原家熟門熟路，早已預約好當地的租賃車行擔任接送。繼續往飛驒山脈前進，又是一路的爬升，沿途盡是大小不一的溫泉聚落。整個飛驒地區，溫泉鄉不下十餘處。

這家坐落於奧飛驒的深山莊，顧名思義，位居飛驒山區的最深處，孤零零的單獨一家，附近沒有任何鄰里，最近的聚落至少也要二十分鐘車程。更厲害的是，要到這裡，車子只能開到一條溪谷上的單人吊橋爲止，人員必須下車，拎著或拖著行李走過吊橋才能抵達旅館。也就是說，只要吊橋一斷，就與世隔絕，形成推理小說世界中天然的「密室」環境。一看就覺得，正是橫溝正史、松本清張或東野圭吾用以寫作「雪夜山莊ＸＸ事件」的最佳場景。也的確，幾年前富士電視台就曾經借用來拍攝推理劇，是由淺野溫子主演的。這裡的高度約海拔一千八百公尺，冬天積雪動輒幾公尺，到戶外活動必須穿戴旅館提供的全套雪衣雪褲雪鞋才行。溫泉風呂，不只是露天，根本是在野外；不只在野外，根本就在溪邊，距離溪床只有一石之隔。非假日的七月初，雖然正值暑假，只有藤原家一組客人。一家人得以獨享的，除了整個野溪溫泉風呂，還有山谷間的水聲、風聲、鳥鳴聲，以及，難得的寧靜。

進房，放下行李，換好浴衣，藤原一家不疾不徐地走進溪畔溫泉，在天然岩石堆疊成的風呂浴池中各據一隅。一起泡湯，是藤原家最愛的家庭活動之一。在奧飛驒深山莊溪畔溫泉之中，抬頭看見的，是日本著名的穗高連峰中最雄峻奇偉的高山：槍岳。身浴溫泉，觀看山景，還有比這更愜意的嗎？

「凡一，上次催眠診療結束後，我查閱了一下志賀直哉和跖先生兩人互贈的詩文，直哉引用的《徒然草》出自第一一二段，完全無誤，一字不差。可是跖先生送給直哉的《詩經》文句，就大有出入了。」進三似乎以為，此時此刻，討論詩文話題，比較不煞風景。

「眞的？有什麼問題嗎？」倒是麗子的好奇心好像比凡一還強。

「《詩經》的原文應該是：『于嗟女兮，無食桑葚。士之耽兮，猶可說也。女之耽兮，不可說也。』是在提醒女生不要上當，不然就無話可說了。可是，跖先生送給直哉的詩句，卻將男、女對調轉換過來，變成是在提點男生了。」

「我想，跖先生絕對不會記錯的，他是故意講反了，一方面是調皮作弄直哉，叫他不要偷嘗禁果以免受騙、百口莫辯，另一方面，或許跖先生也是在表達對《詩經》原文那種『男人沒關係，女人就不可以』不平等觀念的反諷吧。他眞的是一位具有超越時代思想的人物耶！」凡一在集體潛意識中認識跖的記憶體之後，對這位古怪又有趣的性格者產生了相當程度的敬佩與認同。

「說來好玩，桑椹這種植物果子，在東西方文化中都被拿來和男女情事扯上關係。之前是希臘神話裡皮拉姆斯和緹絲碧在桑樹下殉情的故事，現在是中國《詩經》用桑椹來比喻親密行爲。」麗子說道，又問：「那麼，這場日本近代小說之神和中國古代奇人異士的跨時空對話，有著什麼樣的意義？提供了什麼樣的啓示呢？」

「我想，這應該由凡一來回答。這場三方對談，我只是一個旁觀者，從頭到尾都沒有介入參與。」進三說道。

凡一默不作聲，整個人浸泡在溫泉裡，直到池水覆蓋過頭頂。憋了好一陣子氣，起身，跨越隔開風呂池和溪流的大岩石，一腳踩進冰涼的溪水中，躺下，讓山上融雪冷泉匯集的清流沖刷全身。直到每一個毛細孔都收縮倒豎了，再回到溫泉。如此在溫泉與溪水之間反覆，天底下沒有哪個三溫暖可堪比擬。

第N次的反覆冰熱九重天之後，凡一終於回答了：「直哉是將妄想力轉變成爲創作力，然後充分發揮創作力，成就文學的境界。跖先生是把癡戀化作叛逆激情，然後以叛逆激情挑戰體制規範，開拓出自由的領地、自由的生活以及自由的思想。」凡一接著說：「而這份妄想也好，癡戀也好，都是緣起於同一個因素。」

「愛慕一位青春美少女？」進三 follow up。

「不只是愛慕而已，還要愛慕不到、愛慕不成，他們的人生才能產生這麼大的動力。」凡一說，「從他們的身上，我好像更了解自己一些了。」

「那真要感謝這兩位老師了。」麗子說，一邊想著，晚餐還要多久。深山莊有著很棒的時節野山菜，夏季的香魚用鹽烤的，再加上飛驒牛肉小石燒，想著肚子就咕嚕叫了。

● ○ ● ○ ● ○

凡一的催眠診療紀錄10

【時間】二〇一五年七月十一日，星期六，上午九時。

【地點】京都市洛北區北山車站社區大樓，美麗彩虹工作室。

【方式】本次診療直接進入集體潛意識狀態，出現了新的記憶體，因為所陳述的歷史背景、種族關係和宗教衝突等事實較為龐雜，因此，採取第三人稱立場及角度敘述並進行記錄，必要時，再將該記憶體的個人意見及觀點以第一人稱方式呈現。

【概要】

這是一段發生在一次大戰前後的生命歷程。出現在凡一集體潛意識的記憶體，是這個史實故事的女主角。米麗安．繆拉。從她的名字，我們可以推斷她應該是位天主教徒。米麗安，在《舊約聖經》中是摩西姊姊的名字，她同時也是基督教的一位女性先知。繆拉家族的遠祖，是來自於卡拉巴赫地區舒夏城的亞美尼亞人。兩千三百年前，亞歷山大大帝率軍前往波斯時，曾經經過這個地方，途中一座至今猶存的石橋，據說就是亞歷山大下令興建的。當時的卡拉巴赫名爲阿哥華，後來稱爲蘇尼克，亞美尼亞人定居此地之後，才改名卡拉巴赫。舒夏，則是卡拉巴赫地方最重要的城市，海拔五千英尺，亞美尼亞人與伊斯蘭穆斯林散居其間，千年來，扮演著聯結高加索、波斯與土耳其的角色。

舒夏城，被群山、森林與河流圍繞，景色美麗動人。六萬人口，十七間教堂和十間清眞寺。出城往東，是塵土飛揚的亞塞拜然草原，從那兒吹來沙漠的炙風，燃燒的是拜火教教主查拉圖斯特的火焰。城的南邊，是亞美尼亞美好如《聖經》的應許之地，是耶和華子民的樂土。卡拉巴赫人認爲，基督文明只有兩千年，但上帝提早了三千年就啓示了卡拉巴赫人。宗教生活在這裡，彼此之間

在《彩虹麗子》裡，她們
不只是最有影響力的女人，
還是岩崎麗子的友人與閨密，
更是各個數字的典範與化身！

而你／妳的
彩虹數字
是多少呢？

（隨書附錄〈彩虹數字學簡介〉）

（文承第3頁）

資金和技術援助，協助它加強安置照護難民的能力條件之外，明年一月起，日本船舶振興會的第一個行動計畫，就是每年提供一百億日圓創造接納二十萬難民名額移居日本的方案。日本是一個封閉保守、對外來移民十分排斥抗拒的國家，但是邁入高齡少子化社會之後，接受移民的人口活力，已經成為挽救日本社會免於覆滅的唯一方法了。」麗子顯然已經通盤地想過了。

「太好了！麗子，妳真是我認識的人裡面最有智慧、最有才能、又最有魄力的。有了日本作為典範，我就可以去說服更多國家學習日本的做法。尤其是引入民間非政府、非營利組織的力量，不倚靠那些政客和官僚，也可以做出成效來。等妳要正式對外公布計畫方案的時候，我再來日本和妳共同召開記者會，好不好？到時候，還要來妳家吃烤魚喔！」裘莉開心地想用力擁抱麗子。

「沒問題，等過完新年假期，那時候是最冷的季節，北海道有一種魚叫作喜之翅，好吃得不得了，用烤的最棒，我會事先準備好，如何？」

「一言為定！」這次，裘莉真的給了麗子一個大大的擁抱。這個大女孩，還真是有力氣，麗子心想。

「這個女孩，真是不簡單。在五光十色的演藝生涯中，能夠保持純真的赤子之心就已經不容易了，更何況還付出那麼多心力在幫忙苦難的人們身上。」麗子和裘莉的會談，進三下午作為主廚兼侍者，全程旁聽但一句話也沒插嘴。

「我記得除了到處關懷難民，安潔莉娜．裘莉和布萊德．彼特還收養了好幾位來自戰火地區或貧困國家的孩子？」

「沒錯，她自己親生的有三個，收養的也是三個，分別來自柬埔寨、越南和衣索比亞，全家就像個小小聯合國一樣。」

「那這種類型的典範，是不是也有對應的數字呢？」進三問道。

「裘莉是數字3的女人，主命數33／6，有兩倍的3、又有6愛心的能量。數字3的能量特質就是展現宏觀的角度和視野的高度，生命的課題是從任性善變到變化革新，從脫線木訥到創造溝通。初階的3是

難不倒這位符號學專家的。

所有的特質特性中，最重要最核心的要素，就是「美」。《麗妲與天鵝》的題材，可以說是希臘神話中一切訴求「美」的極致了。故事的情節，你還記得嗎？」麗子又出題考進三了，不過，希臘神話的題目總是難不倒這位符號學專家的。

「麗妲的故事在希臘神話裡出現的篇幅很短，可是這個角色卻非常重要。她是斯巴達國王廷達瑞斯（Tyndareus）的妻子，因爲實在太美麗，美麗到廷達瑞斯娶了她之後，天天樂陶陶，忘了向阿芙蘿黛蒂，也就是維納斯祭祀。這位人格有偏差傾向的美神維納斯，於是懷恨在心對廷達瑞斯夫妻展開了報復。廷達瑞斯怕麗妲被發現，將她安置在一個與世隔絕的小島上，麗妲也就天天在島上過著裸泳日光浴的天體營生活。誰知道維納斯故意讓自己化身爲老鷹去追擊色膽包天化身爲天鵝的宙斯，將這隻色天鵝追趕到麗妲所在的天體之島上空。一切都在維納斯的預料中，宙斯一見到麗妲，啥也不顧了，立刻緊急降落，對這位據說美麗到浪花不敢向她飛濺，和風不敢向她吹拂，森林不敢發出聲音，花朵不敢盡情綻放的超級大美女熱烈求愛。當然，也順利地得逞了。」進三對宙斯的所作所爲總是十分不屑。

「達文西的這幅畫作，就是裸身的麗妲在湖邊擁著一隻等身大的天鵝，即使兩者手頸纏繞，麗妲的臉部表情卻是平靜的微笑，不見激情。在她腳下，有兩顆蛋，誕生出了四個嬰兒。不管是不倫關係或是人鵝相戀，都不會令觀者產生一絲的不舒服或厭惡，畫面中呈現的，依舊是唯美的。這幅畫作，和數字3女人的對應關係，首先是美麗。麗妲的美，是不自知的，是極度女性化但又具有母性的。這一點，雖然和裘莉的陽剛開朗之美有所不同，但是麗妲本質內在純然的良善之美，和裘利數字3純眞的美麗人生境界，又有異曲同工之妙。其次，故事中的麗妲身爲人妻又和天鵝男子搞劈腿，這就符合數字3任性、善變、愛跳入三角關係，受不了小三或小王引誘的天性了。你應該也很清楚，畫作中這四個嬰兒在希臘神話裡的重要地位吧！」麗子對於畫作的詮釋，不僅從形式、具象，更進入到象徵、隱喻，以及背後的文化精神意義。

★完整精采故事，請看《彩虹麗子》★

「美人魚」之稱，是秋刀魚中的極品。搭配烤魚的白飯，則是新瀉縣從既有的越光米之中再精選出來的特A級產品，推出了新的品牌叫作「新之助」，每一顆米粒都飽滿渾圓散發閃爍光澤。最好的魚配上最好的飯，此爲用心之三。

果然，裘莉一開動之後，手口就沒停下來，藤原家的黑檀木筷子在她手上運作得靈活敏捷，完全不像出自一位西方人，使用筷子的功力和直呼「おいしい（好吃）」的發音一樣標準。

◊　◊　◊

該是進入正題的時候，麗子輕啜一口靜岡縣產的日本煎茶，說：「安，自從二〇一一年敘利亞爆發內戰，幾年來，超過半數的敘利亞人民被迫離開家園。冒險渡海的人，到現在，死亡人數已經達到二十二萬人。我知道，妳曾經多次到敘利亞難民營，做了很深入的訪察，能不能把妳看到的狀況讓我知道？」

「我曾經十一度走訪敘利亞難民營，他們的處境令人心痛。每當閉起眼睛，我會想起最近在伊拉克難民營遇見的一個母親。她可以告訴我們：當年輕的女兒被武裝分子擄走、淪爲性奴之後，還要嘗試活下去的感受是什麼。我會想起住在黎巴嫩帳篷裡的哈拉（Hala），她是六名孤兒中的一位，可以告訴我們：母親死於空襲，父親失蹤，年僅十一歲卻要餵飽家人的責任，是什麼狀況。我又會想起艾門（Ayman），一位來自敘利亞北部城市阿勒坡的醫師，當一艘超載百人的偷渡船沉沒時，目睹妻子和三歲女兒墜落地中海，他可以告訴我們：在戰區中所有選項都無法保護所愛的人，最終只能在絕望的賭注裡失去他們，那是什麼樣的掙扎。」裘莉說道：「我認識的每一位敘利亞人，都可以更生動地描述這場戰爭衝突。即使與這場衝突毫無關係，卻有將近五百萬的敘利亞難民成爲無辜受害者，被污名化、遺棄、還被當作是負擔。」

「知道妳要來，對這個議題我倒是認眞地準備了。解決難民問題最根本的方法是停止戰爭衝突，這不是妳我個人能達成的。降低難民擴散比較有效的方式是，支持難民發生地的周邊國家採取照顧、保障難民生活安全的措施，這樣一旦局勢穩定了，人們才能迅速地回返家園。目前，扮演這個角色最關鍵的國家是土耳其。最後，才是提高各國永久性收容難民的意願和數量。我想，除了建議日本政府提供土耳其更多的

（文轉第6頁）

2017

最具特色的華文創作小說

彩虹麗子

女力X數字X名畫

這是她們的生命密碼，也是你我身上的不凡力量

與先生藤原進三、獨子藤原凡一，一同生活在日本京都的岩崎麗子，出身著名財閥，不只承襲了家族祕傳的彩虹數字學，更是熟稔國際情勢的時事評論者，以及備受歡迎的藝術史專家。

而就在與家人的日常談笑間，手持一把把神祕數字鑰匙的麗子，引領我們開啓多位與她熟稔的國際著名女性的心靈門扉，看見她們或自律或狂放的性情，剖析她們或運籌帷幄或奮進追夢的生命基調。同時，還透過一幅幅寫滿故事的世界名畫，從《龐巴度夫人》到《維納斯的誕生》再到《蒙娜麗莎的微笑》，對照出無限遼闊的心靈宇宙。

繼穿越時空界限與虛實藩籬的《少年凡一》後，
藤原進三又一部難以定義、無法歸類的小說創作。

好奇寶寶，什麼都想嘗試，注意力跳來跳去，玩心重，既跳 tone 又隨性，不按牌理出牌，健忘又不善言語，一開口就說些很白目的話。中階的3，會從好奇晉升爲敏銳，有十足的創新創意，變得能言善道，改革力量很強。高階的3，則是會以對話的方式進行溝通，也會運用超然的觀察敏銳度形成一股充沛的創造力；至於到達終極進化階段的3，將成爲新時代新觀念的說法者，具有未來性，引導人類朝向更美好的未知領域前進。總體而言，數字3最核心的價值特質就是：「美。」3的最高境界就是「美麗人生」，有著赤子之心的生命情操。而且，適合從事的工作，也是「美麗型事業」，像是美姿、美容、整形、美髮、造型、攝影、時尚；或是「藝術型事業」，比如：音樂、唱歌、廣播、演藝、娛樂、甚至廣告設計、室內設計、服裝設計、造型設計以及畫家、藝術家。「美」這個重點，印證在裘莉身上，可說是絲絲入扣、分毫不差。她人美心也美，工作也是美得不得了的電影明星，眞是太適合數字3的她了。最特別的是，數字3代表點、線之間能量的跳脫和躍升，所以在運動方面很行，特別適合和跳躍動作有關的運動。」麗子分析道。

「太準了！難怪裘莉演出的角色，都是像《古墓奇兵》系列那種飛簷走壁、跳高竄低，動作俐落高難度的最強女打仔，原來是數字3造成的。」進三大呼神奇。

「數字3還有一個特點，就是有小三，三角關係，喜歡俊男美女，喜歡談情說愛，有新戀情一定跳下去，勇於劈腿。這股特質，我想每一位偶像型的明星都必須具備，才能吸引眾多粉絲熱烈追逐。另外，就是成爲啓示未來的說法者，這個終極進化的角色身分，倒是充分展現在裘莉身上。她擔任聯合國難民署特使的工作，正是將這一數字3的生命課題，做出最淋漓盡致的發揮。」

「那麼，數字3的女人，表徵的畫作是哪一幅呢？」進三已經很習慣將人物、數字、繪畫三者結合的討論模式了。

「剛才我就一直在思索這個問題。有一幅畫，外型特徵和裘莉的形象不是非常契合，不過，卻相當能代表數字3的意涵，而且，背後的故事，也頗能和裘莉的人道精神相互呼應，就是文藝復興三傑之一的達文西在一五〇六年根據宙斯化身爲白天鵝向麗妲求愛的故事所創作的《麗妲與天鵝》。我覺得，在數字3

認識作者　藤原進三（筆名）

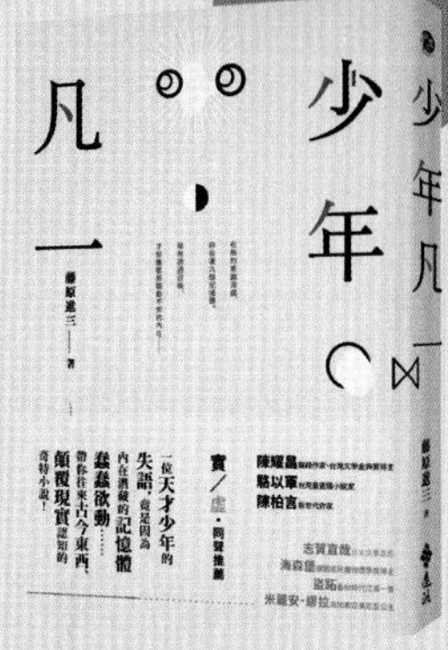

台灣人。留日法學博士。
工作及專長領域多在國家安全戰略規劃、地緣政治分析。
職業生涯曾寫了數百萬字的政策研究報告。
目前正於監獄服刑中。
甫出版小說《少年凡一》。

陳耀昌說藤原進三

作者像文字魔術師，在他筆下，古代與現代之間，異想與現實之間，西方與東方之間，如穿越劇，來去自如。
他處於一個無法使用網路的環境，無 Apple、 Google 及 Facebook，甚至無書店、無電腦、無綜合圖書館。他竟然能寫出無所不包，無所不精，又似論述，又似神話的小說。我真的不知他是怎麼做到的，只能說天縱英明吧！

（摘自〈無邊際作家的無邊際作品〉，《少年凡一》推薦序文）

■ 陳耀昌，醫師作家，台大醫學院名譽教授。著有《福爾摩沙三族記》、《傀儡花》、《島嶼 DNA》等，曾獲台灣文學金典獎等。

藤原進三給讀者的話

作品生成、離開我之後，就好像變成我的好朋友一樣。讀者要怎麼看待它們，如何和它們互動交往，應該產生什麼樣的關係、感覺，都不再有我說話的餘地了。頂多頂多只能提醒一下：這兩部作品，都只是在說故事。對於故事，喜歡或不喜歡可能是比較重要的。喜歡就好好看看，不喜歡就看看就好。當然，我還是衷心期盼，讀者們會喜歡我的作品，喜歡這兩位我的朋友。

（摘自〈故事，等著我們將它說出來：藤原進三的寫作 Q&A〉，《少年凡一》、《彩虹麗子》附錄）

很喜歡這位蘇聯出身的畫家，前年蘇富比有一幅要拍賣，我叫布萊德搶標，他竟然說，花五億美金買一幅畫，還不如去訂一架新的灣流式私人飛機。氣得我三天不跟他說話！」裘莉興致高昂地欣賞著藤原家的羅斯科畫作……。

「裘莉，我要糾正妳的話，第一，請叫我麗子，不要稱呼我什麼理事長；第二，羅斯科確實是出身蘇聯、成名於美國的藝術家，可是他是出生於拉脫維亞的人喔。我們家掛的都是由佳能（Canon）高科技掃描顯影列印技術所製作的『高精細複製品』，在視覺上產生的效果，已經達到肉眼難以區別和眞跡有所差異的程度了。我可沒有五億美元去買羅斯科的眞跡，如果有這筆錢，我也要拿來訂私人飛機！」

「OK，麗子，妳也別忘了，上次就跟妳說過，叫我『安』就行了。裘莉是影視記者和聯合國那些官僚在叫的。大老遠叫我來妳家吃飯，準備了什麼款待我啊？肚子餓了啦！」裘莉和麗子在一起，自在得就像個鄰家大女孩一般。

「別以爲我會爲了招待妳這個大明星，就把米其林三星主廚找來家裡外燴，什麼特別準備也沒有！我們家原本要吃什麼，妳就和我們吃一樣的。今天的午餐是：烤秋刀魚配白飯，就這樣而已。烤魚是我老公的專長，他在廚房忙，應該已經弄好了。」

「Fish and Rice？太棒了！我好像聞到味道了，好香啊！」裘莉愛吃的程度不在麗子之下，這兩個女生會成爲好朋友不是沒道理的。

雖說沒有特別準備，麗子爲了這一餐，也是頗費苦心的。秋天，正是秋刀魚最肥美的季節，以「旬之食材」待客，此爲苦心之一。秋刀魚是最能夠代表日本庶民飲食生活的料理。從前的日本，平民吃肉的機會非常少，魚類是這個海洋國家人民最重要的蛋白質來源。而秋刀魚，又是近海沿岸最容易捕獲、百姓餐桌上最常見的廉價魚類。對日本人來說，秋天來臨之際，從某戶人家傳出、飄散於長屋巷弄之間的烤秋刀魚香味，就是故鄉的感覺。所以，「秋刀魚的滋味」就是「家的味道」同義詞。以這樣的庶民料理款待裘莉，此爲麗子的用心之二。更難得的是，今天的秋刀魚，產自東北地方宮城縣的女川，每一尾都挺直漂亮得有

彩虹麗子
選摘
精采故事搶先看

數字3 美的大使 安潔莉娜・裘莉

2015.10.17.

藤原家今天來了一位客人，一輛沒有任何標誌的黑色禮車停在門口，沒有任何隨行陪同的人員，顯示這是一次純屬私人情誼的拜訪。幸好行程沒有曝光，否則蜂擁而來的媒體恐怕要塞爆修學院離宮周邊交通。來訪的人，叫作安潔莉娜・裘莉（Angelina Jolie）。不過，今天她的身分，不是好萊塢知名女星，而是聯合國難民署特使，更重要的是，作爲藤原家女主人岩崎麗子的朋友而來。

裘莉以聯合國難民署特使身分要求安排和麗子會面，是因爲麗子已經獲得理事會決議通過，將於明年一月起出任「財團法人日本船舶振興會」理事長。這個機構是日本戰後以來組織最龐大，財力最雄厚，影響力最深遠的非營利公益團體，專門從事日本對海外各國，特別是第三世界開發中國家的各項援助計畫。

裘莉的到訪，是爲了和麗子商討難民援助一事。兩年多來，葬身地中海的偷渡者，對世人而言，只不過是不斷累積的抽象數字，截至二〇一五年九月，就已經有二千七百四十八人被大海吞噬。不久之前，一位敘利亞男童科迪溺斃趴臥海灘上的照片席捲全球，其猶如熟睡天使的安詳臉龐、瘦小身軀、衣裝得體、五官精美接近西方人，讓世人感到「此亦人子」，也終於喚醒了全世界對於敘利亞難民的關注。當裘莉聯絡麗子提出會面要求時，麗子的回應是：如果要討論如何提供實質協助，就不要在公眾場所商談，乾脆來我家吃飯。裘莉一口就答應，於是有了今天的造訪。

從進了大門開始，裘莉就對藤原宅邸庭院日式風格的一草一木展現出高度的興趣與讚嘆，走入玄關，進到室內，她的目光又被牆上一幅幅畫作吸引。

「Oh！My God！岩崎理事長，妳家掛的全是馬克・羅斯科（Mark Rothko）的作品，太美了！我也

麗・i・子
彩虹
藤原進三——著
2017年
6月上市
TWO
VIER
IX
遠流出版公司

從不曾有問題。舒夏城曾出現一位亞美尼亞裔的法軍元帥，就是米麗安的先祖。繆拉元帥在童年時期即前往法國，他的輝煌戰功，讓卡拉巴赫在法國普爲人知。

身爲亞美尼亞貴族，擁有公主頭銜的米麗亞，她的繆拉家族在十九世紀後期即已遷居小亞細亞的安那托利亞。事實上，自從西元三一二年拜占庭羅馬君士坦丁大帝開始採用索里達（solidus）金幣以來，安那托利亞地區就是羅馬帝國最主要的黃金供應來源。直到近代，自從亞美尼亞人大規模定居之後，繆拉家族就一直是安那托利亞地區實力最雄厚的礦藏資源掌控者。總而言之，米麗安的家族，因戰功而貴，因黃金而富，而她，則是這個顯赫家族中閃耀的明珠。她的美，是傾國傾城的，是無與倫比的，是所有亞美尼亞人引以爲傲的。

時代剛剛爲二十世紀揭開序幕，年方十四歲的米麗安被送往亞塞拜然的巴庫就讀中學。當時的巴庫，在〈土庫曼恰伊條約〉簽署之後，已經從一個隸屬波斯的省分變成了俄羅斯統治管轄的城市。繆拉家族是深具國際觀的家庭，雖然事業主體在鄂圖曼土耳其境內，但是，接受有著相同天主教信仰背景的俄羅斯所教授的現代化教育，是許多亞美尼亞上層階級必然的選擇。而巴庫，理所當然是最便利的地方了。位於外高加索地區的巴庫城，自古以來歸屬於波斯，但是一直同時居住著高加索的三大民族：喬治亞、亞美尼亞，以及穆斯林中的什葉派信徒。巴庫的居民，既是歐洲人，也是亞洲人。這個城市承襲東西方，也延續了兩方的文化。在這裡受教育的年輕人，必修的語言課程是：拉丁語、俄語、波斯語加上土耳其語，四種都要學，否則畢不了業。在巴庫，文化是互相了解而互相欣賞的。例如，十八世紀亞美尼亞的吟遊詩人哈路勇・沙雅揚（Harutyun Sayatyan），就曾因其情詩之偉大，而被以波斯文封上沙益・諾瓦（Sayat-Nova）的尊稱，意指爲「詩歌之王」。而這位詩人最重要的作品，竟是讚揚喬治亞人愛的情操。

民族薈萃，是巴庫的傳統，但是總體上來說，不管是人口或是信仰，這仍是個什葉派穆斯林占大多數的城市。米麗安就在這個城市，邂逅了她一生唯一心愛的男人，她未來的丈夫，她將爲之魂縈夢繫直到生命盡頭的戀情。那一年，一九〇一年，她十五歲，他十八歲。她是亞美尼亞裔天主教徒，他則是伊斯蘭教什葉派穆斯林。他的名字，叫作哈珊・阿里・納斯爾丁。

從哈珊的名字也能夠推斷出他應該有著不尋常的家族背景。的確，絲毫不比米麗安遜色。納斯爾丁，代表他的先祖曾經是波斯國王的近親，爲波斯王征戰過印度，抵抗過蒙古帖木兒大軍，分封到亞塞拜然的土地而成爲世襲的諸侯。〈土庫曼恰伊條約〉簽訂後，家族分裂，各效其主。有些回歸波斯的家族成員繼續爲波斯蘇丹作戰，征討土庫曼和阿富汗。留在巴庫成爲俄國人的家族則爲沙皇在克里米亞戰爭效命，並且參加對土耳其、日本的戰爭，獲得了財富、勳章和俄國皇室統治者因族群、信仰歧異而戒心防範之下的行政任命授權。

哈珊・阿里是納斯爾丁家族的獨子，聰明、優秀、文武兼備、英俊挺拔。最重要的是，他對眞主阿拉的虔誠以及身為一位穆斯林的驕傲。哈珊打從心底感謝眞主，讓他得以降生在巴庫這個什葉派穆斯林的城市。在這裡，有著穆斯林聖者沙第的智慧箴言，有著德沙法教長的信仰沿襲。城內處處可見奇異神蹟，哈珊熱愛這些奇蹟，也熱愛在清眞寺內午後的靜默冥想。但是這一切，都在哈珊見到米麗安的那一刻天搖地動了起來。眞主憐憫，這個足以奪走哈珊生命力量的青春少女，是個慣用刀叉而不是以手指抓飯、穿著絲質短襪而不配戴頭巾蒙面的基督徒。米麗安皮膚雪白透皙，高加索民族才擁有的深邃眼眸，充滿了溫潤盈盈的笑意，她的美貌，在其他歐洲或亞洲女子的身上都找不到。和她說話，會在驚訝她的慧黠的同時，了解到那句流傳於德黑蘭的古諺「女人的頭腦猶如雞蛋的毫毛」完全是無知的偏見。剛進中學的米麗安和隔年就要畢業會考的哈珊很快地互相傾慕、陷入熱戀。但是，一個穆斯林可以娶基督徒為妻嗎？哈珊找上了出身聖城馬什哈德的清眞寺伊瑪目。

「我想要迎娶的女人是基督徒，可以嗎？或者應該要她改信伊斯蘭教？」

「何必呢？女人既無靈魂又無才智，所以不會有信仰，她們只要守住道德規範、繁衍子嗣就夠了。只要你們的孩子是什葉派信徒就可以。」

「確定沒問題嗎？」

「異教徒女子是先知應許給信徒的戰利品，聖書上的先知說：『去，娶之為妻』，這是伊斯蘭進步之所在。」

既然聖書、先知以及博學的伊瑪目都支持，管他是不是產生於錯誤歧視下的支持，哈珊隨即展開熱烈的求婚行動。求婚的對象，不是早已芳心暗許的米麗安，是她的家族，她的父親。繆拉家族到舒夏城避暑度假，哈珊也到舒夏避暑度假。冬季米麗安回到安那托利亞過基督徒的耶誕節，沒耶誕節可過的穆斯林哈珊也到安那托利亞登門作客。無奈何，最後臨門一腳的提親求婚，還是功虧一簣。原因無他，問題不在哈珊的家世門第或人品條件，障礙只有一個：宗教信仰。千百年來，繆拉家族從不曾破例和異教徒通婚。

求婚不成，如何是好？幸虧高加索地區的祖先早已留下優良的傳統習俗：用搶的。這眞是具有高度智慧的傳統，以這個習慣，解決了此一宗教和種族高度複雜地區，勢必發生的婚姻與愛情難題。搶到就是你的，有情人得以終成眷屬，而那些守禮教愛面子的家長們也不必背負准許子女異教通婚的羞恥。米麗安十七歲中學一畢業，哈珊就趁著晚宴結束將她擄走，一口氣跑到喬治亞的首府提比里斯（Tbilisi）去。搶人的、被擄的，都很開心。在提比里斯這個美麗寬廣到處是教堂的歐洲城市整整住了三年，直到孩子誕生、滿週歲、會走路了，才在繞經舒夏拜見米麗安的父母取得諒解接納之後，回到位於巴庫的哈珊家。

婚後的哈珊，從不干涉米麗安的自由。米麗安得以在一個穆斯林家族中，快樂無拘地不戴頭巾，用刀叉吃飯，過著她的歐式基督徒生活。然而，這幸福的一切，卻在一九一四年全然地崩潰瓦解。

那一年，俄羅斯沙皇向德皇、奧皇、巴伐利亞王、普魯士王、維騰堡王、匈牙利王以及許多小國君主宣戰。和俄羅斯站在同一陣線的，是英國、日本、印度、塞爾維亞、比利時和法國。鄂圖曼蘇丹和伊朗蘇丹起初表示，這是異教徒的戰爭，和阿拉眞主的信徒無關，採取中立觀望立場。然而，戰端一起，整個高加索地區因爲位居歐亞要衝，立即陷入戰爭風雲之中。沒有人可以預知自己的未來，一切都處在毀滅的陰影之下。

沒多久，鄂圖曼帝國的蘇丹穆罕默德五世決定攻打異教國家，宣布聖戰開始，要解放被俄羅斯奴役的穆斯林。巴庫首當其衝，俄羅斯統治者開始嚴加戒備土耳其軍隊進攻亞塞拜然。就在氛圍日益緊張的時候，驚人的噩耗傳來，土耳其人在安那托利亞展開了對亞美尼亞人的大屠殺。一九一五年，位於安那托利亞東部及東南部的亞美尼亞民族，有半數，約一百五十萬人，遭到土耳其集體的、大規模的屠殺。亞美尼亞人稱之爲自己民族歷史上的 Great Catastrophe，大災難。這場巨大的悲劇，起因是鄂圖曼帝國擔心親俄羅斯的亞美尼亞人，會在自己的國土境內形成武裝威脅，或是支援俄軍提供各種協助，決定「清理」居住在安那托利亞的亞美尼亞人，要求他們全數遷移到敘利亞去。在遷移的過程中，大量受害者因爲疾病、飢餓、嚴寒，以及土耳其軍隊各種不人道的對待而喪生。繆拉家族也未能倖免於難，她的父母、兄長幾乎全數在這場悲慘事件中犧牲，娘家原有的龐大產業也一夕之間化爲烏有。

瞬時成爲孤兒的亞美尼亞公主，幸好有一個穆斯林的夫家。不過，這個家也處在風雨飄搖之中。巴庫城內的什葉派穆斯林精英，開始爭論是否應該期待、甚至協助遜尼派的土耳其穆斯林軍隊攻下這座城市。部分什葉派信徒認爲，遜尼派殺害了先知的子孫，篡奪了穆罕默德的繼承權，兩方的血海深仇，千百年來可說不共戴天。如今，什葉派子弟怎麼可以幫忙遜尼派的哈里發打仗呢？這樣的論點，從信仰教義的立場而言，哈珊無可反駁。但是在情感上，他實在很不願意接受俄國的統治。他主張：「土耳其人和我們都擁有突厥的血脈以及共同的語言，難道，我們應該以穆罕默德之名，去膜拜沙皇的十字架，對抗哈里發的彎月刀嗎？」

這樣的爭論，持續不了幾天，哈珊就被捕了。其實，俄羅斯統治當局早已監視他許久，一旦確認哈珊有可能成爲俄國的反抗者，就立即將他逮捕監禁。這時，納斯爾丁家族的親俄背景和家世關係也派不上用場了，統治者的殘酷就是這麼地現實。可憐的米麗安，尙未走出家破人亡的傷痛，卻又陷入丈夫入獄營救無門的慘境。多方打聽，好不容易才知道哈珊被送到了提比里斯的米特奇堡。這個城堡，從市郊大衛山修道院遠眺，一片陰森景象。從前是喬治亞國王的皇宮，現在是俄國專門用來囚禁高加索地區政治犯的地牢，是傳聞中令人不寒而慄的酷刑城堡。

米麗安隻身趕到提比里斯，在這個十多年前和哈珊快樂私奔而來的地方，夫妻倆擁有過最幸福的歲月。如今人事全非，景色也不再依舊，命運造化眞是作弄人啊。米麗安只能每星期到米特奇堡監獄打探哈珊的消息，看能不能有機會見上一面，或是送些東西用品進去。每次的探視，只是累積失望，所送物品也不知道能否交到哈珊的手上。就這樣，米麗安不懈不棄地在監獄外頭陪伴著哈珊。不管實際情況如何，她就是相信，哈珊會知道她的堅定支持。這樣的相信，是彼此共同等待對方的希望。

希望終於來臨，隨著戰況急轉直下，俄羅斯爆發革命，尼古拉二世皇帝遭到人民推翻，俄軍勢力退出高加索地區。身心重創的哈珊重獲自由，回到巴庫時，由英國在背後支持的亞塞拜然民主共和國已在醞釀成形。沒多久，土耳其軍隊進駐巴庫，共和國成立。新的國家，新的內閣，哈珊獲邀出任內政部長。

哈珊在就職典禮時這麼說：「我們是伊斯蘭什葉派國家，不管是對俄羅斯，或是對鄂圖曼帝國，我們的要求都一樣：我們希望獨立，我們有權利管理自己的事務，享有充分的自由。我們有財富和油礦，更有信仰和傳統。我們需要世界，世界也需要我們。」這一刻，哈珊心底誠摯地以爲，他找到了自己民族和信仰的最佳出路。這一刻，一九一八年，哈珊三十五歲。

哈珊心中定義的伊斯蘭國家，是指文化意識與心靈信仰層面上的多數，而不是律法上的、制度上的、政治上的以及政策上的指導原則或行爲規範。哈珊以職權擘劃了亞塞拜然這個國家的種族與宗教群體之間的關係，是自由的、開放的、相互理解與欣賞的。尊重每一種文化、信仰、族群背景的生活方式，而不是隔離開來就相安無事，也不是刻意融合導致既有傳統淪失。哈珊的施政理念是，形塑一個寬鬆自在的環境，讓所有人都能悠然地生活在一起。他相信，不同族群、信仰的孩子如果從小就一起玩耍、學習，若干年後，就可以看見亞美尼亞和穆斯林的老人，坐在泥土茅屋前分享同一管水煙的景象。這樣的思維，奠定了亞塞拜然族群關係的基礎，對這個國家後世的發展影響深遠。

在歐亞大陸交界，民族之間的殺伐是一個永不止息的循環：俄羅斯人殺害土耳其人、土耳其人殺害亞美尼亞人、亞美尼亞人殺害什葉派穆斯林、什葉派穆斯林殺害俄羅斯人，恰好形成一個迴圈。在這一個迴圈之中，遜尼派穆斯林的土耳其人和什葉派穆斯林之間又有著累世的仇恨。把哈珊和米麗安的人生遭遇，放在這個殺伐循環的背景下檢視，更突顯了個人命運在種族宗教衝突中的荒謬和諷刺。米麗安出身的亞美尼亞民族是非常親俄的，土耳其人則是對他們進行種族屠殺的世仇。哈珊作爲一個穆斯林，他的立場是反俄的，什葉派的亞塞拜然精英，得到遜尼派土耳其軍隊的支持，才得以建立獨立國家。換句話說，哈珊的同志，正是滅絕米麗安家族的凶手，而米麗安的亞美尼亞民族盟友俄羅斯，正是哈珊等所有穆斯林共同的敵人。眞正的悲劇，總是荒唐的。可是，身處荒唐歷史悲劇中的每個人，又能有多少自己的選擇呢？

米麗安的選擇就是義無反顧地支持哈珊，這，是當初哈珊將她擄走的那個夜晚，就已經下定的決心。

隨著哈珊在政治新舞台上發光發熱，米麗安也稱職地扮演起她應盡的角色：從一再探監遭拒的犯人家屬變成炙手可熱的部長夫人。部長夫人頭銜所附加的光環，其實還不及她原先就擁有的亞美尼亞公主身分。特別是當眾人聽說她的曾祖是法國的繆拉元帥，更增添了幾分驚訝與好奇。出席各種外交場合，她的機智美麗與優雅談吐，讓各國使節大臣尊崇備至。

時代動盪，所以人世無常。在光鮮亮麗的政治風采中，誰又能夠預料到，另一場的人生悲劇，正在哈珊和米麗安的命運前方等待著他們？

來自米麗安的歷史敘述暫時告一段落。最後，她引用歐瑪爾．海亞姆（Omar Khayám）的一首詩，作為回顧心路歷程的總結：

以日夜爲軸之棋盤，
乃命運與人博弈之處，
命運布局舞弄於棋盤上，
再一一收入虛無。

——轉引自庫邦・薩依德《高加索玫瑰》

歐瑪爾・海亞姆，是十一世紀的波斯詩人，也是數學家與天文學家。因精通天文學，海亞姆的意思就是「天幕製造者」。他撰寫了許多天文與數學著作，並留下波斯文學最偉大的經典《魯拜集》。

到底，米麗安和哈珊後來的人生遭遇如何呢？命運還將施予這對戀人更多的苦難和試煉嗎？米麗安以一位女性身分的記憶體，出現在凡一的集體潛意識中，有什麼意義與目的，要傳達什麼樣的訊息呢？米麗安留下海亞姆這首詩之後就不再說話了。不過，她應允凡一，下次會把後面的事情說完。

且耐心等待吧。

第十二章

種竹子的女孩出現了

如果說〈奇異恩典〉是禮讚上帝的聖歌，那麼〈玫瑰〉（The Rose）應該可以算是歌詠愛情的神曲吧。藤原家起居室現在播放的〈玫瑰〉是女神卡卡（Lady GaGa）在《羅曼死》（Bad Romance）這張專輯中收錄的演唱版本。麗子始終很欣賞女神卡卡，她能夠理解，在驚世駭俗的搞怪誇張裝飾自己身體的背後，這位女藝人其實有著獨特原創的美學意識和自我風格的挑戰精神。尤其是，即使剝去所有視覺效果，單單閉起眼睛聽其歌聲，女神卡卡嗓音的魅力和超越精準到位的演唱技巧，放眼當世，能達到這種功力的屈指可數。難怪在東尼．班內特（Tony Bennett）和女神卡卡的雙人演唱會中，班內特特別以他的成名曲〈Sophisticated Lady〉獻唱予女神卡卡致敬。

聽取了亞美尼亞公主米麗安的半生故事之後，藤原家三個人各自的心中都頗受震動。在那個飄蕩的時代，種族與信仰的紛爭，將愛情推到了最激昂的境地。

「二〇一五年四月十二日，現任梵蒂岡天主教教宗方濟各，在禮拜彌撒中，針對土耳其施加於亞美尼亞人的行爲發表了正式談話。教宗指出，亞美尼亞人的悲劇，是二十世紀初最早的『集體屠殺犯罪』，是人類歷史上前所未見的三大悲劇之一，是史達林大規模整肅異己和納粹德國滅殺猶太人的先行開端。教宗強調，這個『事實』不能隱藏也不能否定，否則傷口將永遠無法癒合，鮮血將永不止息地繼續流出。」麗子說。她是現今日本政治評論領域中，最熟悉歐亞大陸情勢的專家。

「教宗這番話，會不會讓人覺得偏袒天主教徒啊？」凡一問道。

「亞美尼亞人信仰的是『東正教』，有沒有覺得很受用不得而知，倒是伊斯蘭教的信徒反應激烈。此話一出，土耳其立即召回駐梵蒂岡大使，表示對教宗以種族滅絕——genocide 這個詞來描述當時的事件，無法接受。土耳其政府反擊的正式官方說法是：『宗教人物的立場不應該以缺乏根據的主張來強化彼此之間的怨恨與憎惡。』在土耳其，對亞美尼亞人的虐行事件，是一項敏感的歷史禁忌，一般傳播媒體都不敢輕易使用 genocide 這個詞，甚至非不得已必須用到時，就以『那個 G 開頭的字』（the G word）來代替，由此可見這個議題在土耳其的敏感程度。」麗子回答。

「可是，在亞美尼亞方面，他們認爲這件大災難，已經充分構成了一九四八年聯合國所定義的『種族滅絕』（genocide）行爲了。歐巴馬曾經兩度以『massacre』（大屠殺）一字形容土耳其的行爲，加以嚴厲譴責。二〇一五年四月二十四日，亞美尼亞在首都葉里溫舉行了大災難受害者犧牲一百週年追悼儀式，普丁和法國總統歐蘭德也都出席了。」進三問道，「這不就表示將這個事件定位爲一項罪行，已經是國際社會的共識了嗎？」

「問題就在這裡：以基督教國家爲主體的西方社會並不等於國際社會的整體，對於歷史事件的事實認定和解釋認知也各自歧異。從土耳其的立場來看，這是一件犧牲者的數目，以及過程、內容、行爲都仍不十分明朗的歷史疑案。雖然亞美尼亞人強調受害人數達到當時居住於安那托利亞人口的半數，一百五十萬人。但是，實際的死亡人數眾說紛紜，從五萬七千人到兩百零六萬人，各種說法差異很大。比較中立的最新研究結果估計大約是六十四萬兩千人，這是根據當時鄂圖曼帝國的行政文書，加上廣泛蒐集生還者回憶紀錄進行統計後得到的數字。」麗子說，「土耳其覺得西方國家一面倒地站在亞美尼亞的陣營指控土耳其，只會加深基督教世界和伊斯蘭世界這兩大文明之間的衝突。」

「難道他們就抵死不認錯嗎？」凡一問道，「我想，已經高度世俗化的土耳其穆斯林也不會完全不講道理吧？」

「土耳其人當然有他們的考量。現在的土耳其國民，是一次大戰後，在鄂圖曼帝國崩解破滅的過程中，逐漸形成的國家意識共同體。對於百年前鄂圖曼時期他們的曾祖父那一代所做的事，要求現代的他們去謝罪、賠償、負責，心裡是排斥的。土耳其人並不否認亞美尼亞人的受害者身分，可是，自從鄂圖曼帝國瓦解以來，土耳其也受到很多西方帝國主義的侵略以及殖民主義的壓迫，難道土耳其就不是受害者嗎？所以他們的政府主張，應該由兩國政府針對此一歷史事件聯手展開調查研究，釐清並還原當時的眞相，才能依據事實界定責任歸屬，因爲，也有很多土耳其人在事件過程中喪生了，受害的不只是亞美尼亞人。」

「所謂的歷史認識，應該是像這樣以事實爲原點來建立才對。最近日韓、日中又爲了歷史教科書問題爭吵不休，台灣連中學生都紛紛站出來抗議政府教育當局對歷史教科書的不當修改。土耳其和亞美尼亞的歷史紛爭，提供了一個很好的反思例證。」進三有感而發。

「海耶克說過：從經濟統計得出的『數據』，從來都不是個人眞的從整個社會『獲得的』，這些經濟數據對個人沒有意義，經濟社會對個人的意義永遠無法從統計數字得出。我覺得，歷史事件的統計數字，比經濟數據更沒意義。不管調查研究最後得出的數字是多少，都改變不了繆拉家族全體覆滅的悲慘事實，任何事後的補救措施，謝罪也好，追悼也好，都止息不了她所承受的傷痛。」凡一說道。

「雖然說，歷史眞相的發現是爲了指出人類未來的方向，所以才稱呼這是一門『回到未來』（Back to the future）的作業。但是，多數的歷史論爭，都是爲了現代人們的權力需求而產生的。『不變的未來，有著變動的過去。』古希臘哲人早就說得很清楚了。」麗子說完，話題恰好告一段落時，門鈴聲響起。暑假期間，學生登門造訪是常有的，只是很少沒有事先預約就跑來。

正覺得奇怪，凡一已經自動自發應門去了。只是怎麼去了好一陣子，還不見反應，麗子走出玄關，隔著偌大庭院探問仍站在門口的凡一：「誰來了？」

「送竹筍來的。」

「快請人家進來啊。」麗子這才想到，在同志社大學附屬高中教授國文的松田老師，是跟隨她學習彩虹數字的學生。松田老師的老公是大地主的後代，繼承了奈良縣天理市周邊大片的土地，山林、平野都有。近幾年來松田先生撥出幾十畝土地，種竹子。竹子的品種，除了日本傳統的孟宗竹，還特別從台灣引進麻竹、桂竹、綠竹等種苗，成功地在天理復育栽培，如今已有數十萬株的規模。桂竹比較細，做掃帚用的就是。麻竹最粗，可以搭棚架籬笆。綠竹最漂亮又好吃，夏天梅雨季節一結束，綠竹筍紛紛冒出來，是唯一可做涼筍沙拉的竹筍。不像春天清明後的桂竹筍，或是秋天的麻竹筍，必須或滷或燉或曬乾或醃漬。綠竹筍只要燙熟冷卻冰鎮，就是一道鮮脆甘甜的高纖美食。本來日本是沒有生長綠竹的，松田先生是引進試種的第一人，每年到了綠竹筍產出的季節，就會送給藤原家品嘗。可是往年不是都請宅配送達嗎？今年怎麼不是？

只見凡一帶路領著一個提著好大簍子的修長身影，穿越庭院來到玄關前。這個裝滿綠竹筍的揹簍，怕不下十幾公斤重。

「天氣這麼熱，趕快先進屋來。凡一，怎麼不幫忙抬一下，還讓人家提進來，不好意思。」麗子說。

「是她自己說不用的。」凡一略有委屈地說。

待進到屋內，藤原家三個人眼睛都發亮。

從簍子裡取出的是一根根有著雪白切面的帶殼綠竹筍，仍然聞得到清新的泥土味道。這種生鮮、未經冷凍冷藏保存的綠竹筍，在日本一般蔬果販賣通路是找不到的。松田竹林產量有限，每年都早早被高級料亭或星級餐廳主廚預約訂購一空，是有錢也買不到的限量季節食材。進三非常喜歡冰鎮綠竹筍的滋味，配啤酒，只要沾一點陳年醬油就好，笨蛋才會把這種極品拿去加美乃滋。鮮嫩的綠竹筍，讓進三的眼睛忍不住發亮。

那一只裝竹筍的揹簍，從進門之後，麗子就不停地默默打量著。這個不僅看來不起眼，簡直就是古舊老朽的簍子，其實是稀世珍品啊！這是用山葡萄藤編織而成的東西。山葡萄，不是普通的葡萄，是一種生長在本州北方山形縣特有的藤蔓類植物。它的生長速度非常緩慢，一枝藤莖長到直徑一公分得要二十年時間，所以質地異常堅韌結實，用來製作籠簍袋箱這類裝物器具，比任何材質都來得耐用。防水耐雪抗熱擋風，撕不破摔不壞敲不爛撞不變形，一「咖」抵其他無數「咖」，一代可以傳給下下下一代。山形縣自古以來就流傳一句諺語：「山葡萄，百年。」可見耐用強度深入人心。可這山葡萄藤，人工無法栽種，野生的植株珍貴稀少，而且，只有清明春雨時節採割的藤蔓，才能作爲編織器物使用。所以近年來，使用新藤蔓製成的產品已經日益罕見了。更特別的是，山葡萄藤製成的東西，時間愈久愈美、愈有味道。這是因爲藤蔓枝莖裡蘊藏了紅色的葡萄鐵質色素，經過日積月累的接觸撫摸之後，會逐漸展現在表層。新藤是黃褐色的，紋理清晰可辨。二十年藤是紅褐色的，開始泛出光澤。四十年藤是酒紅色的，閃爍歲月的亮度。這咖裝竹筍的揹簍，可能有六十年了，藤面是紫紅色的，觸感柔滑平順。新藤難尋，老藤更難得。現在山形縣內還有一兩家老鋪的老師匠，有本領將老藤拆開重新編成具時尚感的肩揹包或手提袋，那種經過時間積累、天然成分沉澱而形成的存在感，是任何精品名牌包望塵莫及的。這個山葡萄藤揹簍的藤蔓，拆解來重新編成二大一小三個新包包應該不成問題。麗子一邊眼睛發亮地盯著這其貌不揚的簍子，一邊心裡盤算著。

「伯父、伯母好，打擾了。這是今年第一次採收的綠竹筍，今天清晨才從土裡挖出來的，我爸媽要我趕緊送來，所以才突然打擾，眞是失禮了。」顯然受到良好教養、禮貌又大方的談吐，讓進三和麗子的注意力瞬時集中到這好聽聲音的主人身上。

是個女孩，有一張輪廓很深的異國臉龐，乍看會以爲是西方人或混血兒。年紀大約在十五到十七歲之間，一頭柔順的直髮垂在背上，手腳纖細，身材高䠷但不至於凹凸有致。沒有上妝的素淨臉蛋，將她的天生麗質和柔嫩身軀所散發的清新氣息，襯托得更爲出色。穿著T恤短褲，露出白皙無瑕的肌膚和一雙令人豔羨的長腿。一路負重揹著竹筍所形成細微的汗珠，在額頭和鎖骨隱隱浮現，像在宣示著她的個性。

「哪裡，我們才不好意思，讓妳大老遠跑一趟，趕快喝杯冰麥茶吧。」

女孩接過杯子，咕嚕咕嚕灌下一整杯，呼了一口氣，說：「眞是好喝，太感謝了。我還有工作，要趕回去天理，就不叨擾了。伯父、伯母，再見！」欠身行禮致意後，女孩揹起簍子就走。麗子送到大門，請她一定要代爲向松田老師夫妻表達謝意。回到屋內，看見凡一仍然眼睛發亮地望著已消逝於門外的身影，才赫然驚覺：「啊！竟然忘了問那女孩叫什麼名字。」都是山葡萄藤害的，「凡一你知道嗎？」

「根本沒有問。」

「那，就先叫作『竹取リ女』（取竹之女）好了。」麗子說。

「太老氣了，應該叫作『Ta-ke Girl』，竹子（take）女孩吧。」進三建議。

「什麼竹取リ女、Ta-ke Girl，難道她是晚上會發光的月光姬嗎？要知道名字還不簡單，打電話去她家問不就好了！」凡一懷著破釜沉舟的心思說道。

「好啊！電話號碼給你，自己打。」麗子和進三異口同聲，相視而笑。

●○●○●○

【時間】二〇一五年七月十八日，星期六，上午九時。

【地點】京都市洛北區北山車站社區大樓，美麗彩虹工作室。

【方式】本次診療，因為當事人與記憶體之間，承接上一次以第三人稱所記錄的生命歷程後，彼此展開比較密切的互動溝通，因此採各自以第一人稱角度發言，以準確記錄此一對話的過程。

【概要】

米麗安．繆拉（以下簡稱「米麗安」）：我的故事，上次說到哪裡了？

凡一：說到妳的丈夫哈珊擔任新國家的內政部長，可是，卻還會發生不幸事情的樣子。

米麗安：哈珊的部長職務，只擔任了幾個月的時間，也就是說，亞塞拜然民主共和國這個獨立新國家的眞正壽命，其實也只有幾個月的時間。起初，這個國家是在鄂圖曼土耳其軍隊進駐巴庫之後支持成立的，沒多久，土耳其前線戰事失利，危及鄂圖曼帝國的存亡，負責停武談判的海軍總長胡笙．羅夫．拜依，在英國的巡洋艦阿加曼農號上簽署了條約，將亞塞拜然納入英國管轄的勢力範圍。土耳其人離開，英國人以及各國的歐洲人來到巴庫，繼續支持亞塞拜然這個國家形式上的獨立自主。

凡一：這段歷史我大致知道，一次大戰結束，簽訂〈凡爾賽合約〉，各國列強重新劃定勢力範圍。土耳其原來的領土，因爲鄂圖曼帝國滅亡，統治的區域大幅減少。那麼，亞塞拜然又是如何呢？

米麗安：歐洲各國在口頭上承認亞塞拜然的獨立地位，但是，原本駐軍在此的英國卻在戰後立刻將軍隊撤出，形成了三不管的眞空地帶。亞塞拜然自己的軍隊防衛能力弱得可憐，沒多久，邊界就傳來新成立的蘇維埃政權已經集結了三萬名紅軍部隊，情勢非常危急。哈珊卻不願離開巴庫，最後，只有我帶著十三歲的孩子，坐上最後一列開往提比里斯的火車。

凡一：爲什麼他不和你們一起走呢？

米麗安：哈珊告訴我，他必須留下來，爭取和俄國人簽訂和平協議的機會，要我們從提比里斯轉往法國，他會在巴黎和我們母子會合。誰知道，從此之後，天人永隔。俄國軍隊包圍巴庫，亞塞拜然國會決議投降。來不及逃走的政府首長全部遭到逮捕，多半遭到處決，死屍被綁上石塊沉入大海。紅色政權，比沙皇朝廷更是殺人不眨眼，根本不給亞塞拜然任何協商談判的機會。國家，就這樣滅亡了！

凡一：哈珊呢？也被處刑了嗎？

米麗安：沒有，我了解他的個性，決不願讓俄國人監禁第二次。他率領了一小批自願軍和俄國激戰，最後在齊齊安納施偉利城門英勇陣亡。據生還脫逃的同袍戰友說，哈珊身中六槍才氣絕。這些事是多年之後，和哈珊並肩作戰的同班同學找到我，我才知道的。這位叫作塞納．

亞丁的朋友，替我帶來哈珊生前寫下的最後一封信，你想聽聽看內容嗎？

凡一：當然要，請告訴我。

米麗安：我記得很清楚，信是這麼寫的：

我最最親愛的米麗安公主：

在仰望著高加索天際無盡星辰的這一刻，我心中浮現的，是《魯拜集》的美麗詩篇：

「除非清眞寺與學校被摧毀殆盡，我們永不停止追求眞理；

除非信徒與異教徒合而爲一，否則人類在眞理上永遠無法眞正成爲穆斯林。」

在這個當下，我突然完全領悟了。九個世紀以前，偉大的詩人海亞姆，應該和我一樣，看見這樣的星辰，才能創作出這樣的詩篇吧。俄國人、土耳其人、亞美尼亞人，還有我這樣的波斯民族，相互趕盡殺絕，又有何用呢？每個民族都認爲，自己敬拜的才是眞神。現在我知道了，智者話語中啓示的上帝，都是同一位上帝。我們由同一位眞神所生，所以我們敬拜耶穌、佛陀與穆罕默德這些先知。我們靈魂深處所渴求的眞神，都是一樣的，是我們創生的來源，也是我們回歸的處所。世界既無黑、亦無白。因爲黑中自有白、白中自有黑。所以，你我在每個人當中，眾人亦在我們的裡面。

我突然領悟了，這世界最珍貴的，就是米麗安公主明眸的笑意。這雙眼睛在哪裡笑過？是在巴庫的城牆邊上。我仰望夜空，嗅著巴庫清澈的沙漠氣息，混著大海、黃沙與石油的味道，我刻骨銘心地體會到，這是上主賜我出生的地方。我屬於巴庫，屬於老城牆。唯有在老城牆的邊上，米麗安公主的雙眸才會綻放笑意的光芒。

我是沙漠之子、黃沙之子、豔陽之子。我在這土地上出生，也冀望死在這裡。而妳的眼睛，將是天際永恆的星辰。

哈珊・阿里・納斯爾丁

於齊齊安納施偉利城牆邊

凡一：聽起來，哈珊早已預知自己的命運，甚至可以說，他早已決定了、選擇了自己的命運。說這是一種幸福好像不太恰當，不過，哈珊在生命結束前夕深刻地領悟到信仰的眞諦以及愛的恆久，應該已經沒有遺憾了吧。所以，妳也不應該太傷心難過才是。

米麗安：你這小子還滿會花言巧語安慰人的，應該都是追女朋友訓練出來的吧。

凡一：不、不，我是眞心這樣想的。那米麗安公主，妳自己又是怎麼看待這一段波瀾壯闊的生命歷程呢？

米麗安：我從未困惑。那些宗教啊、種族啊、國家政府啊、貴族頭銜啊，我都不在乎，也不想弄懂。我只是一個女人，一個具有愛情至上、純潔忠貞的好女人臉譜的女人。或許有人會質疑，這種剛毅堅烈、從一而終，是不是另一種沒個性的俗不可耐？是不是另一種自我解消的符號表情？對我而言，我從不覺得要刻意去維持這些正面的資質和形象，因爲，這就是我，我就是這樣，不必去推論眞假、不必去揣度行爲動機，經由這一生對哈珊的愛，我已經活出了自己獨立的存在。

凡一：很佩服！聽起來好像從青春美少女進化到聖母瑪利亞的樣子喔。

米麗安：謝謝。希望我和哈珊的故事，能夠對你的成長有所助益。

凡一：我才要謝謝妳，也要謝謝現在存在於宇宙之中某一個角落的哈珊。對了，上星期遇見妳之後，我有稍微去檢索一下亞塞拜然和亞美尼亞的近況喔！這兩個國家在一九九一年都分別從蘇聯獨立出來了。巴庫在石油資源的掖助下，已經建設成一個充滿現代化氣息的都市，雖然是信仰伊斯蘭的國度，卻沒有濃厚的伊斯蘭色彩。海景美麗宜人，舊城區的歷史遺跡也保存得十分良好。亞塞拜然最近一次轟動國際的事，是二〇一三年她的國家主權財富基金，要求把存放在倫敦摩根大通銀行的儲備黃金運回巴庫的亞塞拜然中央銀行，也算是對當初放棄撤守巴庫的英軍背叛行爲小小出了一口氣。至於亞美尼亞，首都葉里溫古老的教堂、修道院傳達出一種感人的哀傷，但是人民是樂觀而勤奮的。亞美尼亞的食物和民族音樂，讓各國遊客流連忘返。安那托利亞的悲劇發生百年後的現在，這個民族在覺醒中已經走上自立自主的道路了。

米麗安：這樣很好，衷心祝福這兩個國家以及所有居住在高加索地區的人們。我後來定居巴黎，獨身到終老。我們唯一的兒子米榭・阿里・繆拉，先在法國高等師範學院念哲學，後來到美國芝加哥大學取得歷史學博士學位，在關於文明衝突的理論發展上算是小有成就。聽他說過，他是進行穆斯林社會信仰規範和西方世界理性啓蒙的比較研究。我是不太了解啦，只知道他小時候在巴庫學的波斯語、土耳其語、俄語、拉丁語，加上後來讀的法語和英語，還有我從小教他的亞美尼亞母語，對他的學術研究很有幫助。米榭歸化美國，我也入了法國籍，國家、民族與宗教對我已不再那麼重要了。只有前半生在高加索學會的詩文、歌曲與音樂，還會讓我莫名地感動。或許，那才是我靈魂深處眞正的聲音吧。

第十三章

真正的亞利安主義者

進三下樓來到起居室，才發現麗子和凡一正一起聆聽著一首唱腔別具一格的女聲歌曲。

「咦？你們怎麼會聽這個？」進三疑問。

「凡一說想要聽演歌，我就先讓他聽聽看這一首。」麗子回答。這是沖繩出身的歌手夏川里美所演唱的〈淚光閃閃〉。夏川固然為現役一代演歌歌姬，但嚴格說來，〈淚光閃閃〉應該算是沖繩民謠，不是一般創作的演歌作品。

「為什麼突然對演歌感興趣？問我就對了，我是演歌專家耶。」

「凡一聽說葵（あおい，Aoi）喜歡演歌，所以也想了解一下。」

「葵？是 Ta-ke Girl 喔？她那麼年輕，小小年紀怎麼會喜歡聽演歌？」

「什麼 Ta-ke Girl，人家的先祖是上賀茂神社的神官，才特別將長女取名為『葵』的耶。」在京都，千百年來流傳至今聞名於世的有三大慶典，如今已經成為國家重要文化遺產，分別是平安神宮的「時代祭」、八坂神社的「祇園祭」，以及每年十月舉行的上賀茂神社「葵祭」。每當這三個祭典進行期間，京都市萬頭攢動，熱鬧非凡，已經超越地方性活動的層次，成為代表日本傳統文化的國際盛事。上星期送新鮮綠竹筍來藤原宅邸的松田家女孩，因著家族和上賀茂神社的淵源，才取了「葵」這樣一個好聽又有意義的名字。

「這就有點說來話長了，還是讓凡一自己告訴你吧。不過，葵看起來年紀很小，沒想到其實大凡一兩歲呢。」聽麗子的語氣，似乎對葵的印象很不錯。

「葵的父親、祖父都是繼承松田家家業的長子，所以，終戰之後的一九五〇年代，她叔公那一輩就開始移民到巴西，是戰後第一批到南美洲開墾拓殖的先鋒。幾十年經營下來，不但在巴西北部擁有廣大的農莊、牧場，現在里約熱內盧和聖保羅等大城市最大規模的連鎖超商也是她叔叔建立的。葵中學一畢業就到巴西去，待了兩年才回日本，所以現在念同志社大學附中的國際學部，等於和我同一屆。」凡一有條不紊地娓娓道來。

「嘿！你這小子怎麼一下子就完成身家調查？情報蒐集能力不錯喔。」

「沒有啦！前幾天馬麻叫我送鰻魚去天理葵家作為竹筍的回禮，我順便和她聊天才知道的。」日本傳統飲食習慣在每年七月最炎熱的時令，要吃鰻魚飯來培元固本以抗暑，今年氣候異常導致鰻魚大量減產，所以麗子回贈松田家的鰻魚益顯珍貴。

「去巴西和喜歡演歌怎麼會扯上關係呢？」進三問。

「葵說，她很欣賞巴西，土地很廣，天空很大，東西都很狂獷豪放，人們都很質樸樂觀。可是，住在國外這麼久，對她最大的影響就是，讓她眞正地體會到，日本是一個多麼美好的國家。自然風物的美、文化內涵的美，還有日本人，大和民族的美。她覺得，日本人的善良、合作、勤奮、細心以及創意，是極難得的。到現在，她有時都還會被百貨公司售貨小姐或餐廳服務生的禮貌和周到嚇得不知所措。」

「那演歌呢？爲什麼會喜歡演歌勝於巴薩諾瓦呢？」自詡演歌專家的進三，問題焦點還是放在演歌上。巴薩諾瓦是一種源自於巴西的音樂風格，融合爵士樂的特色和森巴舞曲，形成慵懶浪漫又有點賤賤壞壞味道的獨特演唱曲風。

「演歌就是葵在巴西時，跟著叔叔們和當地的日本人聽，聽到後來愈聽愈喜歡。覺得這種從日本傳統三味線庶民音樂發展出來的流行音樂形式，和西方樂器以及譜曲方式結合之後，產生出屬於日本自己獨特的情感調性。葵說，夜晚在巴西大草原聽著演歌，眼淚會自動掉下來。」

「小小年紀就有這樣的經歷和體會，眞的很不錯。有些不懂的人以爲演歌就是菸啊酒啊、愛啊戀啊、雨啊雪啊，男人女人都很鬱卒苦惱而已，其實不只如此。演歌汲取了日本各地的歌謠曲藝精華，同時，也將詠唱寄情的對象和土地做了深度的聯結。例如，〈浪花節人生〉這歌名中的『浪花節』，就是一種大阪地區特有的曲調名稱。而，將鄉里地名入歌的，更是不盡其數，比較經典的像是

〈津輕海峽冬景色〉、〈長崎今日又下雨〉，將敘事和寫景、將人生和故鄉，巧妙地結合在一起。每個人心中都有著異鄉遊子的那個部分，都會被演歌的情緒感染、打動。」

「爸爸，你說得眞好，會不會是說的比唱的好聽啊？」

「喂，我可是貨眞價實的演歌王子耶！不信你問媽媽。」進三嚴正駁斥，麗子點頭微笑，凡一半信半疑。

「除了演歌，葵還有什麼其他的興趣愛好嗎？」麗子轉移話題。

「她一整個就是對日本特有的文化感興趣，演歌只是其中之一。其他還有古典文學、推理小說和電影。演歌我不太懂，可是其他的就是我的強項了。我和她從日本最古老和歌集《萬葉集》，聊到日本三大古典隨筆《方丈記》、《徒然草》、《枕草子》；從日本最早期偉大歌人『西行』、俳聖『芭蕉』，聊到芭蕉歿後俳偕第一人『與謝蕪村』、曹洞禪僧歌人『良寬』。再從江戶川亂步聊到宮部美幸。最後發現，我們上一次被電影感動到哭的，都是改編自東野圭吾作品的《麒麟之翼》。」

「你看，我不是早就說過，讀書最大的用處就是把妹嗎？一談起把妹，害我都忘了原本是要問你，對於上星期亞美尼亞公主的故事有什麼心得收穫嗎？」

「我覺得，這幾位蘿莉控：跖先生也好、直哉老師也好、哈珊也好，都很偉大。跖先生和直哉是求不得、得不到之後能夠『轉化』，而哈珊是在愛情圓滿幸福之後能夠『超越』，這也是令人十分佩服的。哈珊本來可以選擇和妻小一起流亡，如此，家庭可以保存，愛情可以持續，但是，他卻做出了超越愛情的行爲，選擇獻身予他的信仰和國族。然後，在生命結束的前夕，在夜空的星辰之下，哈珊又再一次『超越』，在領悟了一切都沒有分別的眞義之後，宗教、種族的衝突歧異在心中完全地弭平之後，他赫然發現，最珍貴的，依舊是愛，是米麗安的眼眸。」凡一愈來愈能夠理性細緻地分析這些記憶體的複雜糾葛了。

「很有道理。不過，超越一切之後的哈珊，唯一珍惜的愛，是必須在巴庫老城牆邊才會散發笑意的眼睛，我倒不認爲這是殘留未盡的執著，而是，在超越、洞悉所有事物之後的選擇，是自由的選擇。」進三說道。

「就像菩薩雖然已經到達佛的境地，解脫輪迴了，卻仍乘願而來，一再化身示現於人世間一樣吧。」麗子補充說道。「也讓我爲之動容的是米麗安那一番身爲女性的自覺，堅持愛情信念的告白。那些平時高倡女性主義，選舉到了就急著拍寫眞集的女政客們看了，不知作何感想。」

「大概只會覺得這樣的女人很傻而已吧。卑鄙，是卑鄙者的通行證；高尚，是高尚者的墓誌銘。這是世間最通俗的法則，正是如此，才彰顯出米麗安和哈珊情操的高貴。」進三有感而發。

「爸、媽，我該出門了，我和葵約好一起看小津安二郎導演的《秋刀魚之味》，好不容易才找到重新拷貝發行的 DVD，晚上不在家吃飯喔。」

望著凡一從容自信出門去的身影，進三說：「凡一的療程應該準備結束了，如果葵早點出現，說不定早就完全復原了。看來，什麼催眠診療效果還是不敵青春美少女啊！」

●○●○●○

凡一的催眠診療紀錄12

【時間】二〇一五年七月二十五日，星期六，上午九時。

【地點】京都市洛北區北山車站社區大樓，美麗彩虹工作室。

【方式】本次診療出現的記憶體身分與歷史地位十分特別，經與當事人協商後，該記憶體同意，採取問答方式進行，由當事人提問，記憶體負責答詢。以下紀錄即以此種方式記載雙方對話之內容。

【概要】

海森堡：我本來就不是很愛滔滔不絕的說話，所以這個辦法很好，你問我答，只要你想知道的，我都會盡力讓你了解事實。

凡一：我很喜歡研究歷史，也曾經很投入地學習物理，所以，的確有許多近代科學，尤其是物理學發展上的問題想要請教你。在進入比較嚴肅的話題之前，我可不可以先問一個有點像花絮的傳聞？

海森堡：只要不涉及個人隱私都可以，你該不會要問我的緋聞吧。

凡一：當然不是！全世界都知道你的測不準原理是偷偷帶女朋友去滑雪勝地度假時想出來的好不好！我想問的是，那則你和諾貝爾物理學獎得主布洛克在海邊散步的故事是不是眞的？

海森堡：你先說說看，這個故事被說成什麼樣子？

凡一：就是說，有天，你和布洛克在海邊沿著沙灘散步，天氣很好，景色很美，大概就是什麼秋水共長天一色之類的。布洛克一路不停跟你說著一個有關天空的數理結構新理論，如何演算、如何推論，一直說一直說。你不發一語，聽著聽著，最後終於冒出一句話：「天空是藍的，鳥兒在空中飛翔。」故事就是這樣。

海森堡：沒錯，當時的狀況就是如此。不過，這有什麼特別値得注意的嗎？

凡一：後來的人都用這個故事來表達傳說中的天才有多麼偉大。有的說，這證明了別人都要針對理論思考推算，你完全不用。有的說，你的話是「神回答」，代表你早就達到看透實相的境地。反正，諾貝爾獎得主在你旁邊，就變成很微不足道，很小咖。

海森堡：這麼說對布洛克眞是太不公平了。我是一個很容易被美麗事物吸引的人，一旦專注在美的事物上，就無法分神了。那天也是，因爲風景太美麗了，我根本沒把布洛克的話聽進去，更沒辦法回應他，就是順口把眼前所看到的、心裡所感受的說出來，如此而已。和什麼天才啊、境界啊，根本沒關係。

凡一：原來如此。不過，布洛克的形象在這則故事的籠罩下，恐怕要永遠定型了。我想，一般對現代物理學，特別是二十世紀量子物理學發展略有涉獵的人都會覺得，你是諾貝爾物理學獎歷史上最大的遺珠之憾（**在讀者的宇宙世界中，海森堡是一九三二年諾貝爾物理學獎得主。在凡一的宇宙世界中，海森堡沒能得到這個獎項**），是最有資格卻沒有得獎的人。許多人也都知道，諾貝爾獎沒你的份是故意的，是政治的算計和表態，因爲你爲納粹德國效力，所以，這頂榮耀桂冠才和你無緣。我想，從這個角度切入，可以形成以下的問題群組：

第一：沒能獲頒諾貝爾物理學獎，是否讓你感到遺憾或不公平呢？

第二：爲納粹德國效力，是出於你的自主意願嗎？還是有不得已的苦衷？

第三：最後，你有沒有因爲自己替納粹德國效力而感到後悔或自責呢？

就先請教你這一組問題吧。

海森堡：很好，我喜歡你這種問問題的方式。好的科學家，一定是很愛又很會問問題的人。我先告訴你答案，再來解釋原因。我的答覆是：第一：沒有；第二：沒有；第三：還是沒有。沒得到諾貝爾獎，我沒有遺憾；在納粹底下工作，沒有什麼不得已的原因；留在德國做事，我從來沒有後悔或自責。

凡一：你的回答方式我也很喜歡，眞的是科學家的樣子。請說明理由吧。

海森堡：首先我要釐清你問題中的一項錯誤定義，沒錯，一九四一年二次大戰爆發之後，我的確是留在德國沒有逃到其他地方，不過，「待在德國從事科學研究」並不等於「爲納粹德國效力」。在納粹政權下工作是客觀的事實，但是，並不等同於在主觀意願上、在心理動機上，存在著替納粹政權服務這樣的意念。這一點，你能夠理解並接受嗎？

凡一：可以。

海森堡：我是一個很簡單的人，喜歡美的事物。對我而言，蘊藏數學邏輯的物理世界，或者說，以數學形式所描述的物理世界，是再也無可比擬的美麗事物了。所以我想做的，就只是在科學的研究之中發現那至高無上的美，如此而已。其他的，都不重要。在發現的那一刻，科學的美震撼撞擊打動我，就已經讓我全然地滿足了，是否得到別人的肯定讚揚，有沒有獲得諾貝爾獎，根本不重要。

除了簡單，我也是一個驕傲的人。我以身爲一位亞利安後裔爲榮，以身爲一位日耳曼民族爲榮，以身爲一位德意志國民爲榮。爲什麼，我的國家我的民族被一群愚昧狂妄無知的人綁架挾持控制了，像我這種眞正優秀聰明良善又熱情愛國的亞利安日耳曼德意志國民，反而必須流亡出走呢？我認爲，每一個人，以自己的國家、種族、信仰爲榮，是天經地義的。每一個族群以民族或種族之名，去塑造屬於自己的集體歸屬感和榮譽感，從而朝著更高尚、光明、躍升的層次發展，也是理所當然的。但是，我很優秀並不等於你一定很愚笨，我們很卓越並不等於別人一定很低劣。以希特勒爲首的種族優越論者，在我看來，是既無知又愚昧的，是極度的褊狹導致了極端的錯誤。狹隘的亞利安至上主義，在理論基礎上違反了科學原理，連最基本的機率論或統計學都說不通。無限擴張的日耳曼聖戰計畫，在方法策略上根本背離了數學邏輯。後來不是有人用矩陣方程式求最佳均衡解，去設計出一套叫作賽局理論的嗎？早在德軍越過比利時去攻打法國，我就已經用這種數學模型推演出德國最後走向失敗的機率了。這麼輕而易舉的預測模型，什麼賽局理論，也能得諾貝爾獎？這個獎還有什麼意思？

凡一：你的意思是，你只是爲了研究科學而研究，也只是爲了身爲德國人應該留在德國而留下來，是這樣嗎？

海森堡：完全正確。我知道，納粹德國早晚要覆滅，但是我相信，優秀的日耳曼民族會從一時的集體狂熱中清醒過來，克服歷史的傷痛記憶，去創造一個更文明而美好的國度。政權、獨裁、戰爭、侵略，都是短暫的泡沫，相對地，科學的進展，物理學的新發現、新突破，對人類來說，是永恆而巨大的改變和提升。我不過是恰好有這樣的能力，去找尋物理世界中美好的祕密而已。在什麼地方做這樣的事情，都是相同的。

凡一：雖然你的動機和目的都很單純，可是，世間人心卻很複雜險惡。二戰期間，你得到納粹政權在研究資源上豐沛的支持，不就是因爲希特勒希望你成功發展出原子彈嗎？從這一議題，我想提出以下的問題群組：

第一：你是不是的確領導了原子彈技術研發團隊進行研究？

第二：你知不知道若原子彈研發成功，將具有徹底改變戰爭局勢的能力？

第三：你所領導的研發團隊，是不是在技術上已經達到了成功突破的階段？

這些質疑，是許多世人對你不諒解的原因，也是諾貝爾獎不頒發給你的藉口。

海森堡：針對這三個問題，我的答案是，第一：是的；第二：是的；第三：是的。在那個時代，只有極少數從事尖端粒子物理研究的物理學家，對於核分裂反應究竟有多大的潛在力量，具有約略的、模糊的推測計算能力。大家都不是十分了解，我算是懂得比較多的極少數中的極少數人。作爲一位科學家，我永遠相信，科學的進步，對人類的文明、對地球的生命，是正面而有益的。所有因爲科學而造成的負面破壞，是科學成果的誤用、濫用造成的，錯不在科學，錯的是人心。粒子物理，特別是核反應，包括分裂、融合以及衰變的控制和運用也是一樣。人類從普羅米修斯偷取並學會使用火以來，這是第二次，我們有機會、有方法，掌握足以改變整個世界的力量。有充分的資源和足夠聰明的頭腦提供我進行這項研究，確實是很吸引我的，因爲從這裡，我又可以踏進過去人類全然未知的領域。你知道做一名物理學家的特權是什麼嗎？就是能先看見別人不曾看過的事物或現象。當然，核分裂反應如果作爲武器使用，它所帶來的毀滅性結果，當時我已經了解，只不過，希特勒還不太清楚就是了。

凡一：第一、二個問題的答案明白了，那第三個問題呢？你已經研發成功了，爲什麼率先製造出原子彈的不是德國而是美國的「曼哈坦計畫」呢？

海森堡：日耳曼民族的智商，會不如猶太人嗎？何況，曼哈坦計畫許多成員的觀念、理論、構想，都是從我們這邊偷學的。他們啊，只能算是我們德意志國家物理團隊的二軍而已啦。希特勒那個狂人笨蛋，一心想要一個「像上帝降下天火讓大地焦黑」的武器，我早就完成了，偏偏不告訴他。原子彈要能發揮毀滅性效果，關鍵的技術有兩項，其一，是如何引發、啓動一連串的核分裂反應，而且必須在精確的控制下進行。其二，是使用什麼樣的放射性物質作爲核分裂反應的材料，特別是，如何分離、濃縮出最適合於核分裂反應的精煉比例。這兩個技術瓶頸，我的研究團隊早在一九四三年就已經突破了。分離、濃縮放射性物質的高速離心技術，以德國民族優異的工藝傳統，打造有效可靠的機具設備根本不成問題，從鈽235到鈾238，我們都能順利提煉。我看現在伊朗和巴基斯坦濃縮鈾的技術，就和我們當時開發的模組幾乎差不多。這部分的技術研發，依靠的是團隊合作。至於核分裂連鎖反應的啓動，則是必須以數學方程式處理的理論問題了。牽涉到如何改變原子核中的電子、中子和質子數目，說來比較複雜，反正最後我還是順利想出撞擊原子核的應用模式就是了。

凡一：所以，戰後美國科學家指稱你的團隊研發原子彈失敗，是因爲你在核反應啓動模式的思考方向錯誤所造成的，原來是胡說八道的囉！

海森堡：我是海森堡耶！哪有那麼愚蠢的？

凡一：既然技術研發成功，爲什麼德國沒有造出原子彈？

海森堡：因爲我一直隱瞞技術突破的事實，一直推託進度落後，一直謊稱仍有難題未解。因爲我知道，一旦宣告成功，核分裂技術首先就會被應用在殺人武器上，這不是科學研究的目的。科學，不是用來奪取人類生命的。核子技術乃至於粒子物理理論，在戰爭之外，還有著更多和平而有助於人類生活的用途。你們現在使用的光纖傳送也好，核磁造影顯像也好，都是奠基於我們當時所發現的量子物理理論，更不用說未來核融合常溫控制反應技術一旦發展成熟，在能源的使用上，人類就幾乎可以達到自己控制太陽的地步了。今天就先聊到此爲止囉。

凡一：嗯！我覺得，你才是一位眞正偉大的亞利安主義者！

第十四章

海森堡的科學心靈

藤原家，寧靜的夏夜，BOSE 喇叭傳出的音樂，是「賽門與葛芬柯」（Simon & Garfunkel）這組美國樂壇有史以來最受歡迎的二重唱所構成的完美和聲〈沉默之聲〉（The Sound of Silence）。一九七〇年代達斯汀．霍夫曼主演電影《畢業生》的主題曲，吟詠出屬於那個年代才有的氣息味道。午夜已過，凡一剛剛回到家，破天荒地創下晚歸的紀錄。進三和麗子既不生氣也不擔心，只是很好奇，凡一帶葵出去玩，到底去什麼地方，可以到這麼晚。

「我們就先搭電車到龜岡坐平底木船泛舟啊！」京都市，是被京都府包圍下轄的一個二級地方行政區域，龜岡市同屬京都府，位於京都市北方，鴨川，也就是賀茂川的上游，在此名爲保津川。以這裡爲起點，切穿屏障京都盆地的山脈，沿途盡是峽谷、激流、險灘與湍岩，四周都是森林，各種色彩的原生林木，景致秀麗絕倫。古來，有木造平底船從這裡出發，運送人貨物品進京城。如今，則成爲一項獨具特色的觀光行程，限定夏季行駛。因爲夏天雨量豐沛、水勢充足，木船才能在溪流中進行各種刺激的泛舟動作。航程的終點就是嵐山的渡月橋，整個行程時間大約三、四個小時。

「你還眞聰明，利用泛舟製造英雄護美的機會，的確是把妹的好方法。」進三尋思，我年輕時怎麼沒想到。

「才不是咧！這條路線，據說是千利休遭豐臣秀吉賜死，在生命最後時刻所行經的最後一段旅程。駛過這段水路，這位一代茶道大師、藝術天才就用拌茶的竹木道具自盡了。我是想讓葵體驗一下那種氛圍，感受千利休茶道的『一缽境界』，就是身心一無所有，將整個存在委託造化的心情……」

「有體悟到嗎？千利休的精神，就是『順乎造化，與四時爲友，所見莫非花』的意境啊！」麗子對凡一的「文化把妹行動」深以爲然。

「我也不知道，好像沒有耶。因爲太好玩了，水勢超大，船行駛得超快超驚險，我們全身都濕透，根本把千利休忘掉了。」

「那後來呢？」

「後來想說既然到了嵐山，就去天龍寺看枯山水庭園，葵超感動的，一直叫我解釋那些幾何線條和造型的意義給她聽。其實我也不太懂，就把禪啊空啊當下即刻啊混在一起亂蓋一通。太陽下山，我們又去國立民族學博物館，這就是我的地盤了。我就從鳥居龍藏那一代的探險家講起，談到近代日本最重要的民族學大師梅棹忠夫，以及當代最有名的人類學者梅原猛教授，細數這些前輩，對日本博物學、人種學、民族學與人類學的貢獻。葵眞的被民族學博物館裡龐大豐富包羅萬象的採集藏品嚇到了，直說不可思議，難以置信哩。」

「的確，日本對於大南洋地區，從中南半島到新幾內亞的風土人文研究是世界的先驅，至今無人能及。只是，當初有一部分是以實現大東亞共榮圈的拓殖目的爲著眼點，這倒是我們後代人要謹記在心、引以爲鑑的。倒是葵有你這位『小博士』擔任嚮導兼解說，可眞是幸運啊！」麗子說道。

「如果你還不睏，我們可以討論一下上次你和海森堡的對話。他提到以賽局理論的貢獻獲得諾貝爾經濟學獎的數學家，就是納許（John Forbes Nash Jr.）。納許在數學上的成就，少有什麼人了解。納許對經濟學的影響到底有多大，也很少人知道。可是，納許的故事，自從被拍成由羅素・克洛主演的電影《美麗境界》（A Beautiful Mind），並獲得奧斯卡最佳影片之後，就無人不知無人不曉了。納許在一九五〇年申請普林斯頓大學博士學位的論文只有短短二十八頁，提出『納許均衡』，奠定了不合作賽局的理論基礎。一九五九年被診斷罹患思覺失調症，成了在普林斯頓校園遊蕩的『魅影』長達二十多年。一九九〇年，他的精神狀況竟然奇蹟似地恢復正常。一九九四年獲頒諾貝爾獎。這樣的人生，何止是美麗，簡直是神奇。更令人驚愕的是，二〇一五年五月，他因爲偏微分方程式的創見獲得挪威政府設立、有數學界最高榮譽之稱的阿貝爾獎（Abel Prize），竟然和妻子在受獎返美從機場搭計程車回家的途中雙雙車禍身亡。八十七歲的傳奇科學家，就以這樣傳奇的方式告別了人世。」

進三說。

「海森堡是不是對納許的成就不以爲然呢？」麗子問道。

「應該不是！我覺得，他就是有一股天才的傲氣，想說『這我早就解出來了，沒什麼。』順便嘲弄一下諾貝爾獎。天才，大概永遠都脫離不了孩子氣的純眞吧。」進三不愧是心理學家。

「在海森堡的談話中，最感動我的是他對科學的態度，以及作爲一位亞利安民族的立場。」凡一說。

「相對於海森堡，在研發原子彈這個議題上，我們可以比較一下那個時代幾位重要物理學家的行事作風。愛因斯坦，喜歡說一些乍聽之下很有哲理很有深度的話，可是他其實不是一位粒子物理學家，在理論物理上，他始終質疑量子物理的正確性，所以才留下那句著名的話：『上帝不擲骰子。』終其一生，愛因斯坦對於核子武器的立場其實是很模糊、曖昧的。但是，當初就是他親自寫了一封信給羅斯福總統，力陳發展原子彈的重要性和迫切性，才讓美國政府下定決心全力投入研發。他作爲曼哈坦計畫的催生者，是毫無疑問的。然而，對於催生出核子武器這樣的怪獸巨靈，他可曾表示後悔反省？一九五五年四月十一日，愛因斯坦寫了一封信給他的好友，英國哲學家羅素，簽署了一份宣言，呼籲各國放棄核子武器。那是他最後的一封信，七天後，一九五五年四月十八日愛因斯坦就離世了。

「再來說歐本海默，他不折不扣是負責整個曼哈坦計畫的主持人。試爆加上投在日本共三顆原子彈，從無到有都是在他手中完成的。戰後，歐本海默成爲物理學界反對核子武器最力的科學家。難道，在研發過程中，他沒有從理論模型去推算核子分裂反應的殺傷力嗎？這種恐怖武器發明之後的可怕後果難道不能預見嗎？如果我們不要去責備他缺乏先見之明的智慧，至少，歐本海默是一位勇於反思、勇於承擔的人。至於人稱『氫彈之父』的泰勒，就根本不值得尊敬了。他覺得以核分裂作爲反應方式的爆炸威力不夠大，還進一步發展以核融合製造更具殺傷力的武器，直到可以將地球毀滅幾百次的規模，這樣的罪過，是無可推諉的。科學家，不能以一句『我不做，還是有別人會做』這樣自欺欺人的謊言，把靈魂出賣給魔鬼。」理科背景出身的進三在反核武的立場上十分堅持。

「所以，作爲一位科學家，在純眞之餘，還必須有智慧。除了良知以外，還必須有勇氣。海森堡追求科學的美，是純眞，可是他也有智慧，去預見科學的惡。他秉持科學是用來造福人類利益眾生的理念，是良知，可是在關鍵時刻，在是非正義的抉擇上，他更有足夠的勇氣，採取正確行動不讓終極武器落入狂人手中。對於這樣的人，如果只用是否得到諾貝爾獎來衡量評斷他，才眞的是淺薄無知呢。」凡一說道。

「科學是如此，政治豈不是一樣的道理？美國研發原子彈也成功試爆了，爲什麼不就此收手呢？爲什麼非得投在廣島、長崎不可呢？那個時候的戰局，日本已經注定要敗亡投降了，在完全失去制海和制空權的情勢下，沖繩又已經淪陷，海上生命線徹底遭到封鎖，說什麼爲了避免美軍登陸本州本土作戰的傷亡，根本是事後編造的藉口。兩顆原子彈瞬間奪走近三十萬條生命，除了報復和威懾，沒有其他理由了。可是，在二次大戰末期，美國對日本發動太平洋戰爭的恨，報復得還不夠嗎？東京大轟炸，一次就死了十萬人，不要被數字所蒙蔽，這十萬人都是平民百姓。美軍先在美國本土仿造東京的都市規劃和建築模式，實驗用什麼樣的炸彈可以造成最大的平民死傷，結論是，要能引起大火，火燒得愈大愈久，傷亡就愈高，因爲東京的建物大多是木造的。於是，研發出具有黏性焦油成分的燒夷汽油彈，爆炸後火勢蔓延附著在建材上，直到燒爲焦炭無法撲滅。美軍的 B29 轟炸機，就在不設防的東京以及各大城市，以這種新型炸彈狂轟濫炸。當初負責統籌領導投彈任務的指揮官戰後曾經回憶說，轟炸的目標就是平民。有時候，B29 機群編隊飛抵東京上空，僅象徵性投幾顆炸彈就飛走，讓東京居民以爲警報已經解除，紛紛從防空洞出來回到家之後，才又飛回來大量投彈，以『確保』可以殺死更多平民。這位將軍說：『幸好美國打贏了，不然的話，做出這種行爲，我一定會被以戰犯來審判。』」麗子說道：「戰爭的醜惡，就在於將對付敵人的殘忍行爲視爲理所當然。日本在二戰期間的殘忍行爲，即使已經一再反省、懺悔、道歉，卻仍然得不到部分國家的寬宥。但是，像美軍在東京轟炸，在廣島長崎原爆，以及登陸沖繩作戰，對平民百姓無差別式的大規模屠殺，卻一點不需受到譴責。當罪行不會成爲教訓時，就難保未來不會再發生相同的罪行。」

「海森堡的出現，讓我將思考的層次提升到人類共同的命運，不過，對於科學的本質，尤其是和人文之間的關係，我還有些問題要向他請教。」凡一說道。

「對了，最近人類學期刊上有一篇論文指出，一九九〇年代中期之後在中國黃河流域山東、河南、峽西與甘肅這些地方，以及滿洲地區，出土了西元前三五〇〇年至三〇〇〇年間的古代人類骸骨和遺跡，其中的雕像竟然是白色大理石嵌著藍色的眼睛。考古學家從祭壇、器物與畫作（人物也是藍眼睛）等證據，加上DNA的鑑定，論斷了那是高加索人遺留下來的，和後來的漢民族完全無關。如果距今五千年前中國北方就有高加索民族移居的紀錄，這讓我聯想到……。」進三話還沒說完，聰明的凡一已經想到，脫口而出：「難道跖先生是高加索人嗎？」

「那不就和亞美尼亞公主米麗安是一家人嗎？」麗子說。心裡想著，這麼晚了，到底應不應該吃點消夜呢？

●○●○●○

凡一的催眠診療紀錄13

【時間】二〇一五年八月一日，星期六，上午九時。

【地點】京都市洛北區北山車站社區大樓，美麗彩虹工作室。

【方式】延續上一次診療進行方法，採取問答模式繼續展開互動交流。唯診療至中後段時有另一記憶體介入參與討論，因此順勢轉變為以三方對話形式記錄如下。

【概要】

海森堡：前幾天你和父母間的討論我都接收到了，雖然我並不在乎別人怎麼看，可是你們的評價還是令我很歡喜，原來我的所作所爲還是有人可以理解的，這眞是值得高興。

凡一：自從上次接受你指導之後，我又產生了幾個問題。本來我很嚮往成爲一名物理學家，覺得這個世界好像只剩下物理是唯一有客觀標準，有方法和工具，可以計算和驗證的學問，也是唯一可以逐漸接近眞理甚至發現宇宙最後眞相的學問。可是後來卻隱約感覺到，依賴人類目前所建構的科學體系，可能永遠無法理解這個世間的實相，反而只會被自己所創設的概念架構和工具方法所侷限綑綁住。所以，我要提出的題組是：

第一，你是否是一位「科學至上主義者」？科學主義是不是一種謬誤？你自己是否也會陷入這種謬誤的陷阱而不自知？

第二，科學和人文是否無法相容？甚至，兩者之間先天上就存在著一種 antagonistic（對立的）關係？兩者必得涇渭分明才行？那些號稱科學的社會人文學科，其實本質上都是一種僞科學？

海森堡：好問題。第一個題組含有三個子題，三個子題我的答案都是：「Yes！」是的，我是一位科學主義者；是的，科學主義者有可能是一種謬誤；是的，我的確有陷入這種謬誤陷阱的可能。荒謬矛盾嗎？一點也不！首先，我們必須定義什麼是科學主義。我的定義是：「相信以科學方法去認識、理解、解釋我們所身處的這個宇宙世界，是最好的一種方式。同時也相信，我們所身處的宇宙世界，有許多是無法以人類所建構的科學方法去認識、理解和解釋的。」這個定義包含了兩個命題。前一個命題的相信，是方法論上的意涵，是我身爲一個科學家在能力所及下，最佳的選擇。否則，如果我有別的更棒的能力，說不定可以改行當靈媒或巫師。第二個命題的相信，是在認知上承認未知和侷限。正因爲有很大一部分未知的領域，科學才更有價值、更有意義，不是嗎？這樣的前提定義，你同意嗎？

凡一：所以，你的科學主義，不是極端的，不是絕對的，是相對的。是運用在方法和過程中，而不是作爲權威和唯一永久的結論。就和你所主張的亞利安種族主義一樣，把「至上」二字去掉了。

海森堡：很棒，你完全理解。既然這樣，後面就不必多做解釋了。我所發現的測不準原理，將量子物理學導向建立在機率之上，也可以說因爲這樣，宇宙世界的基礎就是由機率所構成的。既然如此，從機率來看，一般人所信服的科學主義如果沒有在原則上把持得非常嚴謹，變成「唯科學主義」或「科學至上主義」的機率是很高的。而我自己，一不小心落入謬誤的科學主義陷阱，雖然機率不大，也不能完全排除啊。

凡一：只有像你這樣，科學家才能永遠抱持著對未知世界的謙卑，科學也才能不斷的進展。否則，納粹的亞利安至上主義也宣稱他們的主張是「科學的」。那麼，第二組問題呢？

海森堡：第二個群組包含了四個子題，我的看法是統統都「No！」科學和人文，不必然無法相容，不必然存在 contradiction（矛盾對立），不一定是界線分明的。甚至，有些人文方面的研究，也是符合科學方法準則的。從邏輯實證的角度來說，只要可以舉出一個科學和人文結合的例證，就得以將這個群組的四個子題都證明為：「No！」我就試著用這個方法來舉證說明吧。一四四〇年，義大利的語文學家瓦拉（Lorenzo Valla）揭穿了以拉丁文撰寫的〈君士坦丁獻土〉這份文獻是偽造的。天主教教會利用這份文獻，把他們掠奪西羅馬帝國土地的行為合法化。瓦拉採用了歷史、語言學和文字學的證據，利用反事實推論，揭穿了這份文獻的虛偽。其中最強力的證據之一是，在語彙和文法上，這份文獻使用了一些在西元四世紀初君士坦丁大帝在位時，不可能使用的字詞和語句結構。例如用到 Feudum 這個拉丁文，指的是封建制度，這是中世紀才發明的詞，西元七世紀以前並不存在。在此，瓦拉使用的就是科學方法啊。他提出假設，以理性思考，運用抽象推理，以文獻之中的現象事實作爲證據，爲文本語文學奠定了基礎。事實上，後代的DNA分析所依據的方法就是文本語文學！所以，人文和科學的結合，只是回到十五世紀的歷史根源傳統而已，最早的實證方法就是那時發明的。從這個例證來看，答案是不是一清二楚了呢？

凡一：非常清楚。這麼說來，抽象推理、理性實證以及懷疑論，不專屬於自然科學，人文科學也同樣應用、發展，甚至曾經發明它們。接下來，我想提出最後一個問題，有點個人的，希望你別介意。能否請問：你對於希特勒所主張的信念，是不是曾經接受或被說服，而心動嚮往過呢？

海森堡：希特勒執政之前，甚至在掌權一段很長的時間之後，幾乎沒有人料想得到納粹黨後來竟然會發展成屠殺機器、戰爭機器、文明滅絕機器。當時的德國，想從一戰的失敗和恥辱中爬起來，眞的是民生凋蔽百廢待舉，眞的是需要有人鼓舞民心士氣，並且堅定卓絕地領導統御。我必須承認，現實上，直到二戰爆發前，對於政治我是沉默的，只專心進行研究，活在物理的世界裡。我也必須承認，在希特勒的主張中，有一部分，是我一度心嚮往之的。例如他在自傳《我的奮鬥》裡提到：「日耳曼民族的終極理想就是從劣等民族手中爭取生存空間，然後令亞利安青年帶著十三至十五歲少女至新天地墾拓。」你聽，多吸引人啊！當時年輕的我也是一個蘿莉控，看到青春美少女就很振奮，哪想到去向所謂劣等民族搶土地，其實是很殘酷的事。直到後來，慢慢地我才醒悟，雖然都是亞利安主義，我和希特勒在本質上是不同的。我是「柏拉圖式的亞利安主義者」，而希特勒，應該歸類爲「馬基維利式的亞利安至上主義者」才對。

薩摩第：說得好，咱們亞利安民族有你這樣的人，人類就一定有希望。

凡一：啊！薩摩第老和尚，你怎麼出現了？海森堡博士，跟你介紹，薩摩第大師是西元前三世紀著名的佛寺住持，也是亞歷山大大帝的辯友。對了，薩摩第是北印度人，亞歷山大大帝是馬其頓人，你是德意志人，算起來你們三位都是亞利安民族耶。

薩摩第：說不定你也是啊，凡一小友。我是聽到你和這位物理天才在談論什麼科學和宇宙實相眞理，才忍不住跑出來湊熱鬧。作爲一位佛教徒，我當然認爲佛陀所教導的佛法是最能夠指引我們趨向眞諦的。不過，佛陀在世時也一再強調，對所有的見解，都要先存有懷疑，經過不斷辯證確認無誤之後才能相信，包括祂親自傳授的道理也不能例外。同時，佛陀也要求弟子們，要盡可能吸收各種知識，培養理性分析的能力，這和一般人以爲佛教是反智的，只要打坐呼吸就好的錯誤刻板印象是截然不同的。佛陀最常稱呼弟子的用語就是：「你們這些有智慧的善知識們。」

凡一：所以，您是想來和海森堡博士切磋學問知識嗎？佛法VS.量子物理，好耶！一定很有趣！

薩摩第：切磋較量是不敢，只是聽說量子物理學的理論和觀察很奇妙，就想說兩者是不是可以互相印證、互相對應呢？

海森堡：我很樂意，可是要怎麼進行呢？

薩摩第：不要弄得太複雜，這樣，我提出一段佛法上的見解，看你能不能找到量子物理理論或現象中可以印證對應的觀念或觀察，好嗎？

海森堡：好啊，就來試試看吧。

薩摩第：先從最通俗的《心經》經文說起：「色即是空、空即是色；色不異空、空不異色。」色是有形的、物質的、可接觸的。空是無形的、非實體的、沒有固定樣態本質的。

海森堡：波粒二元性。所有事物都同時具有波和粒子兩種特性，可以說既是波、也是粒子。同時是波、又是粒子。粒子是有質量、占據空間的實存物體，像是「色」。波是一種震盪的頻率，能量以傳導的形態進行，是沒辦法固定於哪一位置的，比較接近「空」的狀態。不過，《心經》經文中的「空」似乎有著更深奧的意義，不只如此而已。

薩摩第：不愧是天才的心智，一下就掌握到佛法中最精妙的核心要義，你如果出家修行一定成就非凡。第二個佛法觀點來囉：「此有故彼有、此無故彼無；此生故彼生、此滅故彼滅。」意思如同字面，很明白，應該不需多加解釋了。

海森堡：量子糾纏。任何兩個粒子只要曾經接觸過，那麼，一個粒子的狀態將會同時對另一個粒子發生影響，不管這兩個粒子的距離有多遠。這是很奇怪的，這個現象打破了光速是宇宙中不能被超越的定數，而這卻是愛因斯坦相對論最重要的基礎假設。在量子糾纏現象中，兩個粒子「同時」知道對方在幹什麼，這種資訊傳遞的速度比光速還快，很不可思議。如此一來，時間就能被突破，未來就能夠影響現在，現在就能夠影響過去，建立在線性時間上的因果律就可能被推翻了。佛陀在兩千五百年前就看到這種現象，實在了不起。如果來從事理論物理研究，一定成就非凡。

薩摩第：不好笑！不過經你這麼一說，從這種量子糾纏現象，來印證佛陀所教示的要義，確實是更加清晰具體了。你說這種奇妙的現象，是科學上已經證實的觀察結果，但仍然不明白原因，是嗎？

海森堡：是的，很多量子物理世界所發現的現象，違反人類的直覺、直觀以及經驗法則，但卻是無可否定的事實，而且，在理論上仍然找不到合理的解釋。

薩摩第：嗯！在佛法的教義中，也有許多知其然不知其所以然的部分。畢竟，佛陀也不過在世八十多年，不可能將所有的事物現象解釋說明完畢，況且，有些眞義實相又不是用語言文字可以解析清楚的。接下來，第三段的佛法取自《金剛經》：「應無所住而生其心。」意思是不能執著於任何的「相」，因爲一切的相都是虛幻的，都是既存在又不實存的。所以我們的心，也就是人的意識、注意力，不應該依附在這些虛妄的假象上運轉，更毋須爲假象而貪戀癡愛。

海森堡：我猜，佛陀這句話是要提示萬物無常的眞諦。任何事物都沒有不變的本質，都在不停地變動，這在量子物理學之中已經是入門常識了。目前的圖像是在一個「量子泡沫」中，有最小的次原子粒子「夸克」和它的反物質粒子「反夸克」會不斷地產生並湮滅，再加上一種像幽靈一般出現又消失的「膠子」負責把夸克束縛起來。這種變動而又複雜的內部狀態，是怎麼創造出來的，一樣，沒人知道。不過，事物最根本、最微觀的奇特組態，的確很符合佛陀所說的這句話，一切都「應無所住」。

薩摩第：那麼「緣起性空」呢？一切事物本來是在沒有本質的空無狀態下變動著，因爲緣起，也就是相互影響，才產生了貌似實存的暫時狀態或是貌似不變的存在物質。有適合用來對照這種見解的物理理論嗎？

海森堡：應該可以把「希格斯場」論和「量子詭異現象」結合起來看吧。前者是指出宇宙之中存在著一種由看不見的粒子叫作「希斯格粒子」所遍布形成的能量場，存有這種能量場，宇宙中的萬物才會有質量，因爲這些又稱爲「上帝粒子」的希斯格粒子會傳遞作用力，產生物質的質量。否則，萬物就眞的完全是「空」，連質量都沒有了。後者又稱爲「疊加與塌陷」現象，是形容宇宙間的粒子本來同時存在著許多不同的狀態，什麼可能性都有，也就是處於一種「疊加狀態」；當我們的意識去介入、干預、觀察、度量時的那一刻，才強迫粒子進入固定的單一狀態，就是「塌陷現象」。這種由疊加和塌陷構成的量子詭異現象，不正是從性空到緣起，依緣生起而化成萬物萬象的過程嗎？

薩摩第：雖然不是很了解，不過聽起來眞的很有意思，最後，還是《金剛經》的經文：「一切有爲法，如夢幻泡影，如露亦如電，應作如是觀。」

海森堡：哈哈，這不就正好印證了我的測不準原理嗎？我們永遠無法同時確知粒子的動量和位置，一切總有不確定性存在。

凡一：喂！你們兩位亞利安民族的大師聊得這麼開心，就讓我用一句也是亞利安民族的詩人泰戈爾的詩來附和你們吧：「它，已映照在死亡中，映照在不死不滅中。」

薩摩第、海森堡異口同聲：讚！我們一致同意，凡一也是亞利安民族。

第十五章

「風」捎來的信息

凡一的催眠診療紀錄14

【時間】二〇一五年八月二日，星期日，下午二時。

【地點】京都市洛北區北山車站社區大樓，美麗彩虹工作室。

【方式】本次診療的主要目的設定於為當事人的療程效果進行總體性評估，於進入個人潛意識後，引導當事人展開深度自我剖析。從精神、意識、心理、情緒等側面，分別由本我、自我、超我等層次，以衝突、問題的角度，系統性地搜尋、定位、判斷當事人目前之狀態。相關評估結果，綜合歸整為「生命議題清單」形式，記錄於以下概要部分。

【概要】

凡一的生命議題清單——

一、欲望中的掙扎：爲著無法克制的性欲、食欲、情欲、自我滿足欲等欲望衝突而懷有深切的罪惡感。試圖採取禁制的行動卻又一再無法克服，始終徘徊在發洩與禁欲的挫折懊悔之間。

二、陷入失去意義的苦難：找不到生命的意義，覺得一切都很無趣、無聊。自我和社會既有的語言與價值體系發生解離現象，出現溝通不能的情形。拿手的事物，不用怎麼學習就很厲害，例如：文史哲方面。不靈光的東西，再怎麼認眞也不行，像是數學或綁鞋帶。於是覺得大腦已經把多巴胺等神經物質傳導效應運作到極致了，沒什麼可以再學習、再進步了。沒有意義的人生，再努力也只是失敗的人生，完全是一場苦難而已。

三、處在瀕臨錯亂的邊緣：心很亂，覺得下一刻之後的未來始終像一團迷霧。不知道自己是爲（ㄨㄟˋ）了什麼而存在，也不知道這世界是爲（ㄨㄟˋ）什麼而存在。感受到時空整體結構是分崩離析的，因爲從零到無限，每一個選擇都有無限個可能在向自己招手，反而讓自己不知道什麼才是眞實的，甚至不知道自己是沒瘋掉還是已經瘋了而以爲自己沒瘋。

四、自主意志不存在：自己的想法並沒有「自我」的參與，無法控制自己的行爲，所以，就覺得毋須爲自我行爲負責。腦中不斷湧現記憶的泡沫，是散落般的紛紛碎片，沒有完整性也沒有聯結性。如此，反而處在一種極度不自由的狀態中，產生強烈的自我否定。

五、對時間無感：一小時變成一分鐘，一分鐘變成一小時。理智上很珍惜時間，認爲它是少數甚至是唯一的客觀現實。但是在認知上卻呈現失調現象，失去以時間衡量或聚焦於時間經驗的能力，導致周遭事物變化和事件行爲朦朧化、模糊化，無法正確理解把握。

六、認爲一切都是虛無，都是空：想要追求宇宙世界的一貫性，將所有一切各不相同的事件、各自獨立的價值體系，統整在一個連續一體化的概念架構之中，就像是以抽象的數學去歸納所有具體事物背後的一致性一樣。但是卻一再發現自己做不到，只能不斷地在思考過程中湧現各種的聯想，混亂無序地無窮無盡地衍生。於是覺得宇宙世界只是不停地在change（變化），但是根本不會transform（轉換），它的本質就是亂，亂得一塌糊塗，所以一切都是枉然，一切都是虛無。既然虛無是最根本的結論，那麼所有事物都是空，都沒有意義，沒有價值，包括自我，也包括「愛」。已經無法知道，什麼是「愛」了。

晚餐時間，藤原家餐桌上布置著精巧細緻的竹器盛盤，所要迎接的料理是一人一份笹卷壽司。笹，是矮竹的意思。笹卷壽司，就是用竹葉包覆捏製的握壽司。不過就是用竹葉捲成的飯糰嘛，有什麼稀奇的，何必這麼慎重呢？會讓藤原家以禮賓待遇慎而重之的食物，肯定大有來頭。這份笹卷壽司，是京料理名店「瓢正」的名物。瓢正位於京都最精華地段的四條和木屋町通交會轉角處，就在高瀨川小運河旁。小小的招牌，只寫著店名二字。門口小小的暖簾，上方牆壁以抽象寫意的線條勾勒出一筆葫蘆造型（瓢，日文葫蘆之意，和中國古語「簞食瓢飲」用意相同），毫不起眼的外觀，一不小心就會錯過。推門而入，只有十個吧台位子，小得不能再小的空間。就是這樣一家小料亭，代表著現代京都「食」的文化，而且，在日本文學名著之中占有一席之地。瓢正創立於一九五二年，目前的板前主人，是傳承第二代的森住文博師傅。他的理念是，每天只面對十個客人，才能眞正以料理和每一位客人「決一勝負」。瓢正的風格和口味，受到京都文人雅士的欣賞，被許多文學作品寫入其中，最有名的就是川端康成代表作《古都》。書中描述著川端這位昭和時期最偉大的文豪，總是獨自一個人來到這家小店，默默寡然地品味料理，然後，靜靜地一個人踏上歸途。看！這樣的場景，多麼京都啊！

瓢正的笹卷壽司正式在文學作品中登場的，就是二〇一四年逝世的小說家渡邊淳一所撰寫以京都祇園老鋪料亭三姊妹作爲主角的《化妝》了。笹卷壽司一定要瓢正的，是這三姊妹從小到大的觀念。在次女未婚懷孕被母親逐出家門的那一刻，大姊追上拎著行李的二妹，手中遞出一包東西說：「這，媽要我給妳的。」「媽媽，給我什麼？」「瓢正的笹卷壽司。」看！這種在生活中伴隨人生的食物，在生命轉折時刻代表親人之間不言可喻的意味，是多麼的京都啊！

瓢正的笹卷壽司，在嫩綠鮮翠的日本特有種矮竹竹葉包裹下，僅僅撒上恰當的鹽而已。從瀨戶內海漁港明石捕撈的鯛魚，和醋飯捏合而成的壽司，每一顆都是剛好一口的 size。瓢正堅持只選用關西當地頂尖的食材，像是明石的鯛、丹波的松茸。森住師傅說：「準備最好的素材，調味只要撒一點鹽，所有的注意力就都能夠集中了。」看！這種對食物懷著尊重敬意，以最愼重而單純的方式創作料理，是多麼的京都啊！

瓢正的笹卷壽司如果不事先預定，不可能讓顧客打包外帶。今晚藤原家的這三份，是凡一帶回來的。這幾年來，瓢正笹卷壽司使用的竹葉都是松田家在天理竹園栽種的。每一片竹葉，都被要求必須一樣小巧玲瓏、一樣晶瑩剔透、一樣碧綠鮮嫩。爲求新鮮即時，每隔一天就要有人將剛採下來的竹葉從天理送到京都。問題是，這和凡一有啥關係？原來，自從凡一認識葵之後，兩人無話不談，十分契合投緣。可夏天正是竹筍盛產的旺季，竹園極缺人手，葵大部分時間都在竹林幫忙，凡一也就義無反顧地自願前往協助，已經一個星期都住在天理了。今天適逢週末，返家前先送竹葉到瓢正，剛好順道拎了三份笹卷壽司回來孝敬進三和麗子。

「竹園生活怎麼樣？會不會很累？要做哪些事？晚上住的地方習慣嗎？三餐有吃飽嗎？」凡一離家務農，最捨不得的是麗子，又不敢太常打電話關心，況且，凡一是那種連自己的手機都沒有的怪小孩。好不容易等到凡一回家，她竟然破天荒地還沒吃東西就先問起話了。

「還不錯啊。早上天沒亮就要上山。採竹筍其實並不簡單，要判斷還埋在土裡的竹筍在哪裡，靠的不是視力，是經驗直覺。老農夫超厲害的，筍尖還沒冒出地面，不可能看得見，他們一刀砍下去，就正中目標。而且這樣的筍子最嫩最好吃。我找不到竹筍，只能幫忙挖。挖起來的竹筍要從山上以人力揹下來，一簍三十公斤，我一天可以來回二十趟，六百公斤喔！」凡一頗得意。的確，不但曬黑了，也壯多了。「晚上就睡在山上竹林的農寮，雖然有水有電，可是沒有電視也沒有冷氣。天黑之後上就在風吹竹動的聲音裡泡茶，和老農夫聊天。剛開始他們都講很道地的關西話，我有些還聽不太懂，不過慢慢就習慣了。」的確，凡一本來只會學校教的東京腔標準語，現在說話的用詞和語調，已經有著濃濃的關西弁味道。「本來還有點被睡覺時爬到床上的螞蟻超多給嚇到，後來覺得也沒什麼了。只是，親身體驗到，務農的人眞的很辛苦，他們的年紀都大了，要付出那麼多勞力，所得卻是那麼地微薄。」的確，在體力勞動磨鍊以及與基層人們共同生活的洗禮之下，凡一似乎更能夠將他關心與思考的範疇，從自我的、抽象的、唯心的，拓展到更爲社會的、具體的、實務的面向。短短一週，在一位青少年的身上，已足以產生深遠的影響與變化。

「那葵呢？你們常在一起嗎？她已經成爲你的女朋友了嗎？」進三問，他關心的方向顯然和麗子不太相同。

「我們每天都會一起散步聊天啊。天理附近可以看的地方還眞不少，除了天理教的總本山和天理大學以外，還有好幾處繩文時代的考古遺跡呢。不過我們不是男女朋友的關係啦，只是在一起很開心而已。葵說，她給自己下了一個決定：上大學之前不能有男朋友。所以我們就是好朋友，會不會變成男女朋友，以後再說囉。」凡一像在談論別人的事情般地，很超然自在，毫無滯礙地談著自己和葵的關係。

「這樣很好。對了，上一次診療將你心理意識的內在矛盾整理成一份生命議題清單，我希望你保留一份作參考。作爲一位心理學家，我一直不認爲應該用『正常』或『健康』這樣的人爲價值標準去判斷一個活生生的『人』。沒有任何一位擁有獨立人格的生命個體是『不正常』的。但是，現實中的確有些行爲上的界限，如果超越了，會給自己和別人帶來麻煩或造成傷害，站在世俗共同利益的立場，最好不要發生。除此之外，任何一個人要怎麼想、怎麼做，都沒有什麼不可以的。唯一的差別是，你是不是知道自己在做什麼，也就是說，你對生命的處境，包括衝突和矛盾，是不是覺察覺知。從這個觀點來看，凡一是很ＯＫ的。以你最近的顯意識行爲表現評估，診療應該可以結束了。可是之前媽媽從彩虹數字判斷有九個記憶體，現在只出現八個，我想，再進行一次看看，如果沒有就到此爲止，好嗎？」

「那就明天吧。然後我就要再去採竹筍了。」也許，勞動也是一種有用的診療。

就在進三和凡一對話之際，麗子已經將她那一份笹卷壽司迅速解決了。嗯，果然名不虛傳，鯛的口感入口即化又彈牙，鹽味，將魚的甘甜芳郁推升到極致，在醋飯的搭配下，宛如一場美妙的四重奏。這種最普遍的庶民料理，反而是考驗師傅功力最大的挑戰。不過，一份才四顆，實在令人意猶未盡。幸好，廚房裡還有北阿爾卑斯山脈白馬高原的蕎麥所做成的信州蕎麥麵，是老店「肴七味屋」生產的絕品。再來一盤蕎麥涼麵就滿足了，麗子心想。

凡一的催眠診療紀錄15

【時間】二〇一五年八月八日，星期六，上午八時。

【地點】京都市洛北區北山車站社區大樓，美麗彩虹工作室。

【方式】直接進入集體潛意識層次，出現新的記憶體，其動機、目的尚未明確，且表達陳述較為零亂，缺乏主軸及系統性。因此，視其所傳達之內容所需，隨時調整採取第一人稱或第三人稱角度記錄，若有必要，亦得以對話方式進行。

【概要】

Bewhui（以下簡稱「風」）：嗨！我是Bewhui，這個名字，我的祖母告訴我，在我們歐及布威（Ojibwe）族語言中的意思就是「風」。祖母說，我是風帶來的孩子，所以當初幫我取了這個名字。說不定，老人家早就知道，後來我的一生也會像風一樣的，吹到很遙遠的地方去。什麼意思？等我說完我的故事，你就知道了。

凡一：歐及布威，聽起來像是美洲原住民族的發音耶。

風：厲害！我們正是北美洲的原住民族，直到現在，美國明尼蘇達州北部仍有極少數我們族人的後裔生活在那裡。我要說的故事，分成好幾個部分，你要有點耐心一個接一個聽下去，才會明白我的出現到底是爲了什麼喔。首先，你聽過安德魯．傑克森（Andrew Jackson）這號人物嗎？

凡一：好像是美國早期歷史中某一任總統的樣子，不過，傑克森這個姓和安德魯這個名字，完全是英語系國家的菜市場名字，就像我們的田中太郎或是渡邊武夫。所以，叫作安德魯．傑克森的，也可能是某個毒犯或搖滾歌手吧。

風：眞的很厲害。我說的這位安德魯．傑克森是一八二九年到一八三七年之間的第七任美國總統。很多美國上流階層精英的WASP（White Anglo-Saxon Protestant，白人盎格魯–撒克遜新教徒），到現在都還很崇敬他，覺得他很偉大。在歷史上，他是美國政黨政治得以成型的奠定者，在他之前，美國的政黨是不成熟、不成氣候的；他是美國清廉政治的創始者，在任內整飭內政、杜絕貪汙舞弊，爲後代立下良好的傳統；甚至於，他也是美國憲法以總統爲主導的三權分立體制實踐者，是第一位動用否決權推翻國會決議以實現國家政策目標的總統。可是，傑克森總統卻是我們美洲原住民族最痛恨、唾棄的美國歷史人物。一八三〇年，他上台沒多久，就制定、簽署了一份「西部開拓法案」。依據這部法案，他強迫超過五萬名新的移民家庭從東岸向西部拓殖，從此，開啓了北美洲原住民族遭受大規模屠殺的悲慘命運。從紐約州出發，不管是奧克拉荷馬、密西根直到太平洋岸的奧勒岡，全都染滿了北美洲原住民的鮮血。美國政府的騎兵部隊，配合移民拓墾者自行組建的武力，動輒以成千上萬的數目，一次性地殺害仍停留在使用弓箭長矛這種冷兵器時代的北美洲原住民族。而且，不分年齡、性別、身分，男女老幼一律格殺勿論。到如今，北美洲原住民剩下殘留的只不過是用來點綴美國「多元文化」的人類學保存活標本而已。

凡一：我想起來了，最近美國發行一款新的二十美元面額鈔票，上面的人頭肖像就是這傢伙，引起很大的爭議和反彈。許多人抗議用他的圖像印在鈔票上，覺得他沒有這個資格。不過，他和風先生你的故事有什麼關連呢？

風：繼續聽下去，你就知道了。先提示你，我就是生活在安德魯．傑克森擔任美國總統那個時代的北美洲原住民喔。他的事蹟先說到這裡。接下來介紹第二位歷史人物，聽過的人就很少了，一樣是美國人，叫作約瑟夫．史密斯（Joseph Smith Jr.），我想你不可能知道的啦。

凡一：這姓名又是菜市場名字中的菜市場，而且是生意最好的那一攤。不過，假設這個人是和風先生你同一時代的話，倒有一位同名同姓的，是摩爾門教的創建者，不曉得對不對？

風：這……這……這……，凡一先生，連約瑟夫．史密斯是誰你都猜得出來，你這不是厲害，是太神奇了。沒錯，他就是摩爾門教，也就是正式名稱爲「耶穌基督後期聖徒教會」的創始人。將近兩百年前，在新大陸的移民潮中，有一個帶著八個孩子的蘇格蘭家庭，定居在紐約州韋恩市的帕米納鎮。當時的歐洲新移民，生活艱困、工作勤奮、信仰虔誠。史密斯家的大人小孩，都加入了長老教會。唯有約瑟夫，直到快十八歲了仍不肯上教堂。他有自己的想法，他渴望自己找到一個眞正的神，而不是別人告訴他、給予他的神。一八二三年，約瑟夫十八歲，一件改變他命運的奇怪事情發生了：一名叫作摩羅尼（Moroni）的天使來到他面前，告訴他，離他住處不遠的一座叫作克謨拉（Cumorah）山裡有一些寶物隱藏在祕密岩洞中。這些寶物，包括一本印在金色版子上的書，一片胸鎧上附著兩個石頭，叫作「烏陵」（Urim）和「土明」（Thummim），可以用來解讀金色書版裡的文句。另外，還有一個「神聖的指南針」。

約瑟夫就依照這位奇怪天使的奇怪指示，去尋找那些寶物。嘿！眞的讓他找到了。約瑟夫沒想到的是，待他伸手去取寶物時，立刻被一股力量衝擊得暈過去。一次，兩次，三次，連續被震暈三次之後，奇怪的天使摩羅尼又出現了，告訴他：時候未到，以後每年的同一天都要來寶物岩洞報到，待時機成熟後，寶物才能屬於他。四年後，一九二七年的同一天，摩羅尼終於將這些寶物交付給約瑟夫。

凡一：聽起來好像是一套密碼文本和解碼翻譯機喔。

風：的確差不多是這樣。今日的《摩爾門經》就是翻譯那些神祕金屬版的內容寫成的。版子有二十四塊，包含了〈以太書〉和〈尼腓書〉。據說，當時見過版子的人總共有十一位，但是翻譯工作結束後，摩羅尼天使就把這些寶物搬到一個安全的地方，保存給後代子孫了。這就是摩爾門教創立的開端。

凡一：風先生是北美洲原住民，約瑟夫．史密斯是蘇格蘭裔的新移民，你們兩個人怎麼會發生聯結關係呢？

風：問得好！說來說去，這段奇特的命運，你們東方人叫作緣分是嗎，是安德魯．傑克森統治的美國政府濫用權力造成的。《摩爾門經》蘊涵了許多人類前所未有的知識，經文中也不斷提及基督宗教的創建者耶穌。《摩爾門經》中的「主」說，因為基督教的發展不如預期的好，朝著錯誤的方向進行，所以，祂，也就是上帝之子，才會來到美洲建立眞正的新教會，因此，才會稱爲：耶穌基督後期聖徒教會。在當時的美國，即使有許多不同的新教派，即使是爲了追求信仰的自由才跨海來到新天地，唯一允許存在的，依然只有基督宗教。所以，〈以太書〉和〈尼腓書〉裡那些違反正規基督教義的思想，不只受到社會的排擠，甚至遭到政府的迫害。安德魯．傑克森的聯邦政府，不但運用公權力騷擾、羞辱、逮捕信仰摩爾門教的平民百姓，更使得許多年輕的摩爾門教徒，在監獄中度過一生，包括創教者約瑟夫．史密斯在內。可敬的約瑟夫在取得聖物的十七年後，一八四四年，才三十九歲就去世了。

當時的我，正是安德魯．傑克森政權的頭號敵人。從明尼蘇達的沼澤到北卡羅萊納的草原，從鳥不生蛋的內華達到連鳥都沒有的猶他，我率領我的族人伏擊如潮水般湧向祖先土地的拓墾者。他們不但占有土地，還掠奪天然物產。他們不但屠殺我的同胞，還造成野牛、水鹿幾乎絕種滅亡。他們不但剝奪我們的生命，連我們的靈魂也侮辱踐踏。雖然千百年來我們是這麼和諧地與自然共處，是如此地愛好和平、彼此尊重，面對安德魯．傑克森政權的恐怖暴力，反擊，是我們最卑微無奈的吶喊。雖然我知道，即使是民族滅絕之前最後的吶喊，也是無聲的，沒有人聽得見的。但是，我們還能有其他選擇嗎？

一八四三年，我在一次伏擊行動中遭到騎兵軍團的反埋伏圍捕，大多數的弟兄犧牲了，我和少數族人戰士被俘虜，我們被押解到肯塔基州高度戒備的監獄準備受審。就在那裡，我遇到了約瑟夫。約瑟夫大概知道自己已經無望走出牢房，所以盡其所能地將傳說中上帝的金屬版所記載的祕密全部傳授給我。他所傳達的教義，並沒有改變我的信仰，但是他虔信的熱情，卻令我完全地接納他的人格和友誼，並且，終究爲此而改變了我後半生的命運。

同房相處了八個月之後，約瑟夫被移往伊利諾州終身監禁監獄，而我，則在處決判刑確定後的第三天，帶著同族的勇士們成功越獄脫逃。在這之後我再也沒見過約瑟夫，沒有他的任何音訊，不過，在這之後我所做的每件事，都是爲他而做的。

凡一：我想，不只是因為他告訴你的祕密很吸引人，更重要的是，他和你之間的情誼，讓你覺得有一份責任必須去完成他想做而未能實現的事情吧！

風：完全正確。不過，他告訴我的事也的確很有趣就是了。注意聽喔，擔任上帝使者的那位將金屬版等寶物送交給約瑟夫的摩羅尼是誰？他就是《摩爾門經》中最重要人物摩爾門的兒子。那摩爾門又是誰呢？他是《摩爾門經》所講述的雅列（Jared）人的後代。根據金屬版的記載，雅列人是在建造巴別塔時被上帝接走了的子民。上帝首先指引他們進入叢林，接著讓他們搭乘八艘「密封得像盤子」的無窗小船，經過三百四十四天不見天日的航行，漂洋跨海來到了美洲大陸。這批數千年前雅列人的登陸地點，是南美洲的太平洋海岸。而約瑟夫用來翻譯出《摩爾門經》的金屬版和其他寶物，就是他們遠渡重洋帶來的。這些情節，在《摩爾門經》〈尼腓書〉中的許多段落都有描述，尤其對金屬版的敘述更是細膩真實。

雅列人帶著刻了古老經文的原始金屬版子登陸南美洲之後，一面由南向北遷移，一面開始製作新版子記錄他們在美洲活動的歷史。這些金屬版，被盡職地隱藏起來。依據《摩爾門經》的記載，就是由摩羅尼負責保存這些紀錄，並將其中一部分提供給約瑟夫公諸於世的。

凡一：其中一部分？你的意思是，除了約瑟夫翻譯成《摩爾門經》的那些之外，還有其他金屬版囉？

風：約瑟夫所得到的金屬版，像一本黃金薄片打造的書，十五公分寬、二十公分長、十五公分厚。能打開的部分只有三分之一，二十四頁。其他的部分被熔合在一起密封住了。可是，這並不是唯一的一部金屬之書。從〈尼腓書〉的經文敘述中可知，在「主」的指示下，新的金屬版不斷增加。雅列人來到美洲後，利用他們所取得的金屬材料，在神的「技術指導」下，數千年間，複製了成千上萬塊的金屬版。也就是說，摩爾門教徒的祖先們，極有可能建立了一座龐大的金屬藏書庫，來永久保存其中的資訊。

凡一：如果眞的有這回事，怎麼從來沒有人發現呢？難道風先生後來就是跑去找寶藏嗎？這樣的故事，太像三流奇幻冒險小說情節了吧。

風：哪這麼沒水準？我越獄之後，開始了美洲大逃亡的生涯。在亡命過程中，我可是對摩爾門教的生存發展，做出了很大的貢獻喔。遵照約瑟夫在獄中交付我的指示和預言，他的教派領袖位置，後來交給了一位叫作楊百翰的信徒繼承；楊百翰就像幾千年前帶領猶太人出埃及的摩西一樣，在我的引導和協助之下，率領摩爾門教徒逃避美國政府的迫害，不斷地流亡奔波，最後，聽從我的建議，才落腳定居於猶他的鹽湖地帶。摩爾門教徒，比摩西這群猶太人更可憐，但也更刻苦奮發。摩西他們尚且有上帝應允的、流著奶與蜜的迦南之地可以快樂過日子，摩爾門教徒躲避壓迫的棲身之處，是荒涼、酷熱、除了土礫石頭什麼都沒有的嚴苛地域。但如今，在摩爾門教徒的經營之下，他們所建立起來的鹽湖城這個城市，是全美國科技最先進創新，就業與成長生活環境名列前十位的城市。約瑟夫是一位有遠見和智慧的領袖，他當時就預見了美國的強大，指示後世信徒一定要努力融入美國社會，成爲美國聯邦體制的一部分。這些指導方針，我都明確的轉達給他的信眾們。經過長久的努力，摩爾門教才終於獲得美國主流社會的接納，成爲美洲本土最後一個加入聯邦政府的州。本來，聯邦政府還一直以猶他州憲法允許摩爾門教徒一夫多妻制違反美國聯邦憲法爲由，拒絕承認猶他州的合法性地位，逼得他們修改猶他州憲法確認一夫一妻制之後，美國國旗才肯多畫上一顆星。

凡一：摩爾門教安身立命了，那風先生你呢？

風：我，依然是美國政府的頭號敵人啊。全國通緝要犯，死活不拘、格殺勿論的惡性重大之徒啊。我知道，如果接受摩爾門教徒庇護，只會連累害了他們，所以我很快就離開猶他鹽湖，繼續我的美洲大逃亡生涯。只不過，這下子，我跑得更遠，美國政府再也抓不到了。接下來的故事，下次再說。不過我可以先給你一個提示，和一位叫作「以諾」的人有關。至於摩爾門教、黃金之書的金屬版和以諾有什麼關係，相信連你這個小博士也猜不出來。哈哈哈，下次見！

第十六章

尋找「以諾」

好不容易過了一個星期，終於等到凡一從竹園打工休假回家，麗子特別準備了兩種夏季消暑冰品供凡一享用。一樣是加上酸漿果 confiture 的優格，這種酸漿果是二十年前在秋田縣小阿仁村試驗栽培成功的。果實呈現柑橘的顏色，味道揉合了番茄和水蜜桃的甘酸和香甜，只有在夏季才得以鑑賞其味。酸漿果做成 confiture，這個字一般字典翻譯爲蜜餞，其實是將果物和砂糖一起熬煮而成，接近果醬的形態，加在冰涼的優格裡吃，是天下無雙的搭配。另一樣是用號稱「夢幻李子」（honey rose）做成的冰淇淋，honey rose 是稀有品種，只在每年六月中旬到下旬短短兩週時間可以採摘。相對於一般李子，honey rose 甜度高、酸味低、果肉厚軟多汁，但是能夠生鮮品嘗的期間實在太短了，所以才有「夢幻李子」的封號。熊本縣玉東町是全日本產量最大的地區，以此素材做成冰淇淋，混合了新鮮果肉，微酸的果香，爽口芳郁，吃得凡一津津有味。這兩項果物製品產量很少，再加上季節限定，託凡一的福，進三才得以一嘗這稀罕珍品的滋味。

起居室，現正播放的是〈You Make Me Wanna〉，來自田納西州的「亞瑟小子」（Usher）一九九七年的白金單曲。凡一一回到家，就給麗子出功課：下星期葵生日要到了，該送她什麼禮物才好呢？麗子建議就送這首歌曲的CD專輯，因為一九九七年正是葵出生的年份，而凡一的英文名字正好就叫作亞瑟（Arthur），況且，歌名也頗能傳達出一種盡在不言中的感覺。凡一聽了也覺得滿喜歡的，就決定用它當禮物了。

「這首歌還有一個特點喔，它是《告示牌》（Billboard）的『世紀百大熱門歌曲排行』正好入選為第一百名的單曲。」麗子對美國流行音樂也是知之甚詳的。

「什麼是世紀百大熱門歌曲排行？」凡一問。

「這得從頭說起。《告示牌》是從一九四〇年開始製作全美流行歌曲排行榜的。從一九四〇到一九五八年間，排行依據的是蒐集全美國各地的唱片銷售數字整理而成。自一九五八年開始，則綜合了唱片銷量和全國各電台的播放、點播次數，建立起一套龐大而精準的統計分析系統，形成了具有公信力的《告示牌》排行榜。二〇一四年，《告示牌》設計了一組加權演算程式，可以評估出每一首歌曲的影響力和價值，從而歸納出重要性程度。根據這個評估系統，《告示牌》將一九五八年至二〇一三年這五十五年之間，所有出現在美國流行音樂領域的歌曲，全部予以彙整、統計、分析，最後，按照得分高低產生了最重要的前一百首歌曲排行榜。能夠入選的每一首歌，都是不得了的，都代表了它是流行音樂歷史中永恆的記憶，擁有不可動搖的一席之地。」麗子解釋得很清楚。

「這種分析統計眞的是大工程耶。除了亞瑟小子，入選的還有哪些歌曲呢？」進三也對這個話題很感興趣。

「一百首呢，怎麼說得完？舉幾個有意思的例子。有一位教鋼琴的女老師，恰好搭飛機時無意中聽到一首歌。她覺得自己可以唱得更好，於是回家用卡式錄音機錄下自己所唱的詮釋，寄到唱片公司去。這一錄，錄出了一首白金單曲，一座葛萊美最佳抒情歌曲獎。那就是，一九八二年的冠軍單曲〈一曲銷魂〉（Killing me softly with his song）。又例如，二〇〇三年，一位 rap 歌手因爲好朋友在街頭被槍殺了，想要表達內心的想念，就用警察合唱團（The Police）的暢銷曲〈我會一直想你〉（I'll be Missing You）改編爲一首紀念朋友的饒舌歌。這一改，改出了一張六白金單曲和一座葛萊美最佳嘻哈歌曲獎。這位 rap 歌手，每次只要演唱這首歌就流淚，我從來沒聽過那麼深沉，甚至可以用『安靜』來形容的 rap 歌曲。」麗子信手拈來，如數家珍。

「另一個有趣的例子是大西洋唱片公司的總裁有一天心血來潮，要求部屬非得將自家公司的一首鄉村歌曲〈我發誓〉（I Swear）改爲流行音樂不可。公司找來一個加州的合唱團『合而爲一』（All in One）重新發行了這首歌。這一發，發出了一張十一白金單曲和一座葛萊美最佳流行樂合唱團獎。可見，除了歌曲本身，演唱者的因素也是非常重要的。最厲害的像是〈今晚你寂寞嗎？〉（Are You Lonesome Tonight?）這首歌，是一九二六年創作的作品，近一世紀以來被許許多多歌手演唱過，但是，歷史上唱得最好的，非貓王艾維斯．普里斯萊莫屬。一九六〇年，貓王重新演繹這首經典之作，不用什麼白金唱片、葛萊美獎的光環加持，只要他拿起麥克風唱出那句 Are you lonesome tonight?，全美國從十六歲到一〇六歲的女人都會紛紛舉手回應：Yes! I'm lonesome! 而這幾首歌，在《告示牌》的世紀百大熱門歌曲排行榜之中，都還只排名在九十之後呢。」

「實在很厲害！一九二六年，滿洲事變尚未發生，日本還沒有走上被軍部控制的軍國主義道路呢。美國人不只會研發高科技武器而已，他們創作流行音樂的力量絲毫不比做武器遜色。二戰後，美國流行音樂對世界的影響之巨大，說不定也不比它的軍事力量來得小。透過搖滾的形式注入音樂之中的，不只是現代文化的創新，更有著反抗和叛逆的精神。」承繼了麗子的愛好，凡一從小就愛聽音樂，也有欣賞與理解音樂的天分。

「你知道嗎，最近有兩個國家在年輕女孩常用的網路社群中，流行起了自創的 rap 歌曲，一個是越南，一個是阿富汗。前者雖然經濟開放，但在言論表達與政治社會參與上，仍有許多不自由；後者更不用說了，對女生在受教育、工作以及家庭地位上，仍然存在高度的歧視壓抑與限制。於是，女孩們就利用 rap 唱歌罵人，表面上罵的是生活周邊的人事物，實際上卻是露骨地影射政府、父權、不平等的制度、封建落伍的傳統等等。說不定有一天，這股力量，會在繼突尼西亞的『自由與尊嚴革命』、中東的顏色革命之後，形成一波新的 rap 革命呢！」麗子說。眼見酸漿果優格和夢幻李子冰淇淋都吃光了，接著端出日本綠茶來，是今年春天的宇治玉露茶。

「爸爸，上次那位北美洲原住民勇士『風』最後提到『以諾』，這個名字，我在《舊約聖經》中看過。除了基督教《聖經》之外，還有其他記載或文獻紀錄嗎？」凡一問。

「以諾，Enoch，是一個謎。我在研究文化人類學的過程中，以及在探索符號學對宗教的意義時，經常會碰到他。每次遇見以諾，就好像撞到一堵牆，再也無法向前進，一切到此爲止的感覺。以諾，是一個人的名字，也是一本書的標題。必須分別從這兩方面來說明。從『人』的角度來說，以諾是誰呢？如同你所讀到的，基督教《舊約聖經》〈創世紀〉之中有五個地方提到以諾。大洪水爆發以前，世界上有十位統治者，以諾是其中之一。《聖經》說他『與神同行三百年』，共活了三百六十五歲，後來神將他帶走，他就離去了。除了基督教《聖經》簡短的敘述之外，其他古老文明和宗教，記載到以諾其人其事的，多到令人驚嘆。首先是猶太教。在猶太人的古老傳說中，以諾是『所有人類的國王』，統治長達兩百四十三年。在希伯來語中，以諾這個名字代表著『開創者』、『洞察者』和『能巧者』。猶太教的根本經典《妥拉》（Jewish Torah）和《猶太舊約》，對此都有載明，並且指出這位大洪水前的第七位國王最後是『升入天堂』的。」進三這一個星期以來，針對「以諾」下足了功夫，他繼續說道。

「在埃及，以諾是最大金字塔的建造者。十三世紀的偉大歷史學家也是古埃及文明的權威麥格里奇，這位大師有一串長得足以和他學術成就相匹配的名字：Tagi al-Din Ahmad ibn Ali ibn Abd al-Qadir ibn Muhammad al-Maqrizi，塔基丁・阿哈默德・伊本・阿里・伊本・阿卜杜勒・加迪爾・伊本・穆罕默德・麥格里奇。他寫了一本和他的名字一樣偉大的書《希坦》（Khitat），詳細且清晰地描述了史前時代直到金字塔時期，尼羅河流域的歷史。他指出：不同民族對以諾有不同的稱呼，在當時北非地區以及地中海周邊，名叫索里德（Saurid）、赫墨斯（Hermes）、依得里斯（Idris）的人，指的都是和以諾同一個人。《希坦》書中記載，索里德，也就是以諾，透過星星位置的變換，預測洪水將會到來。之後，以諾建造了金字塔，將財富、知曉古今知識的書，以及所有可能被沖走的東西藏於其中，以使這些東西完好保存。麥格里奇在《希坦》中明確描述，以諾替東面的金字塔，也就是『基奧普斯金字塔』進行了內部裝修，他『用了由天空和行星製成的天篷』，並且，將『關於星星的書、恆星、日常生活以及過去發生的事』，放在金字塔中來保護這些書流傳下去。」

「幾乎一模一樣的故事，在古代蘇美人的遺物之中，也可以得到印證。〈蘇美王表〉（Sumerian King List）『WB444』是一塊刻了楔形文字的石碑，現存於倫敦大英博物館。上面記載，在神創造天地到大洪水爆發之前，約四十五萬六千年之間，有十位國王，其中第七位國王被天神選中，學習了書寫和預知的能力。後來，這位國王的結局，也是『被神帶走』，和基督教《聖經》、猶太教經典的敘述幾乎一致。這些楔形文字的內容，是人類救贖升天最早的文字紀錄。」進三不失學者本色地，區分並比較不同文物的記載後，向凡一和麗子說明。

「上個月，以色列考古局和美國肯塔基大學的科學家合作，將已經嚴重碳化的羊皮紙卷，外觀像一支木炭的〈恩吉迪古卷〉（En-Gedi scroll），以3D電腦斷層掃描技術，運用數位影像軟體將古卷內容『虛擬展開』，並且成功地把裡面的文字影像化，結果發現是《舊約聖經》〈利未記〉的獻祭儀式。這份〈思吉迪古卷〉是一千五百年前的手抄本，和〈死海古卷〉一同被以色列考古局收藏保存。我想，西元前三世紀的〈死海古卷〉和五世紀的〈思吉迪古卷〉如果能夠完整解讀，說不定可以找到更多有關以諾的證據。」麗子說。

「很有可能。不過，以色列當局對於可能衝擊影響猶太經典教義的事情，大概不會太有興趣吧。剛才談的都是關於以諾這個『人』的記載，接下來要談以諾這本『書』了。我們都知道，現在通行的基督教《聖經》版本，是西元四世紀時教會神職編輯依照教會的『政策』標準所編撰的。事實上，在那個時代，《聖經》的文本非常多。《新約》的部分，用類似流水帳的方式，記下耶穌所說過的每句話和做過的每件事，這些紀錄被稱爲『原始文本』（the urtexts）。耶穌死後，一大堆人都宣稱自己手上的紀錄是原始本文，又經過不斷地複製謄寫，再複製再謄寫，矛盾誤差就愈來愈多。最有名的例子就是一八四四年在西奈山腳下的聖凱薩琳修道院發現的〈西奈鈔本〉（Codex Sinaiticus），它和〈梵蒂岡鈔本〉（Codex Vaticanus）同樣寫於西元四世紀，但是兩者之間差異，竟然高達三千個以上。版本差異現象，在《舊約聖經》也非常嚴重。許多沒有被教會採納的文本內容，另外集結了起來，被稱爲『舊約聖經之外的僞經』，其中有一部就是《以諾書》。當時一個非正統的旁支教派位於非洲阿比西尼亞的教會，將《以諾書》改編爲正典聖經，但是，在正統教會視之爲異端邪說的打壓下，這部經典就從人類歷史中消失了。」進三說，喝了半杯宇治玉露茶，再繼續說下去。麗子和凡一都聚精會神地聽著。

「十八世紀中葉，發現《以諾書》的消息傳到歐洲，引起了宗教文化界的震撼。一位蘇格蘭的探險家詹姆士．布魯斯（James Bruce）在非洲進行探勘，不但發現了尼羅河的源頭，還帶回了三本《以諾書》的抄本。從此以後，對於《以諾書》的研究，成爲神學、史學乃至於科學的重要主題。說也奇怪，自從探險家布魯斯發現這份被稱爲『衣索匹亞手稿』（Ethiopian manuscripts）的《以諾書》文本之後，各種不同文字和不同流傳承續版本的《以諾書》就紛紛出土面世。接在衣索匹亞手稿之後發現的是斯拉夫語版的《以諾書》，經過嚴密的學術比對，赫然顯示兩個版本內容高度相同到只有一個可能——出自同一位作者之手。根據希伯來專家的分析，『衣索匹亞手稿』寫成的時間在西元前五至二世紀之間。而斯拉夫語版的《以諾書》，使用了五種不同的中世紀保加利亞拼字法，其中一種具備俄羅斯南部的手寫風格，專家們甚至可以查出這種字體的發源地，是寫於『波爾塔雅』（Poltaya）這個城市，一所據傳是耶穌升天之地的修道院。兩個版本的時間、地點相隔這麼遙遠，內容卻完全一樣，實在難以解釋。此外，後來又陸續出現了塞爾維亞語版、俄語版、希臘語版，以及最特別的希伯來語版。用希伯來語編著的《以諾書》，是以猶太人拉比以實瑪利（Rabbi Ishmael）的親身經歷作爲書寫藍本，成爲猶太教神祕主義傳承的一部分，長久以來和諾斯底教派（Gnostic）混爲一談而爲人所忽略。Gnosis 這個字，原本就是神祕的知覺或是靈界知識的意思。」進三說到這裡，將剩下的茶一口氣喝完。

「那麼，《以諾書》的內容記載了什麼呢？」凡一問道。

「這就是有趣的地方了。每一版本的《以諾書》，基本上都是從以諾第一人稱角度來描述他的親身經歷。許多專家認爲，這些記載的作者就是以諾自己，要不然，至少也是以他的口傳敘述作爲文本內容的。在『衣索匹亞手稿』的文本中，《以諾書》的前五章宣稱有某種『最後審判』，上帝帶了眾多天使來到人間；六到十六章敘述叛變天使（apostate angels），違背上帝戒命的天使們和人類行苟且之事以後，將各種知識傳授給人類，包括：法術、種植方法、占星術、雲的知識、地的知識、太陽的知識、月亮的知識等等超出當時人類理解範圍的知識；十七到三十六章是描寫以諾到世界各地和遙遠星球的旅行經歷；七十二到八十二章最厲害，是關於『天文學』，講述以諾被『神』教導了各種天文知識，例如：太陽和月亮的軌道運行、閏年的計算方法、行星重力牽引和天體力學原理等。以諾被神教會寫字，並且將他聽到的知識寫成書，這個傳授任務由上帝指定的一位天使普拉維爾

（Pravuil）代替上帝口授上課。普拉維爾於是給了以諾一支『能快速書寫的蘆葦』，以諾用這支蘆葦寫下：『他告訴我宇宙、地球和海洋如何運作，所有他們掌管和具備的要素，還有雷鳴聲、太陽和月亮、星體的運轉和變化，以及一年四季、年份、天數、時間、風的形式……，他講了三十個日日夜夜，一刻也沒有停。』以諾抄寫了三十個日夜，將這些口授知識記錄爲文字。換句話說，以諾獲悉了宇宙的奧祕，以諾經歷了星際太空旅行，以諾也預言了洪水的爆發，並且爲後代子孫留下了這些來自上帝的知識，提示兒孫們：『要好好保存這些從汝父手中傳下來的書，世世代代相傳。』《以諾書》的內容大致上就是這樣，我手上有一份『衣索匹亞手稿』的德文翻譯版本，是京大圖書館典藏的，等凡一以後學了德文可以印一份來看。」進三拿起桌上的《以諾書》文本，他已經詳細讀過了。

「經過爸爸的解說，以諾和《以諾書》的來龍去脈以及重要性就一清二楚了。可是，Bewhui，也就是風先生爲什麼要我們去了解以諾呢？以諾和摩爾門教有什麼關係呢？這些問題還是沒有答案。」凡一說道。

「我覺得，這背後似乎有著很深遠奧妙的用意，和人類的知識起源，甚至，和人類與宇宙的互動關係，是有關連的。我在教授藝術史的課程中，當講完埃及金字塔的高度和地球到月亮、到太陽的比例，和地球赤道一周長度的比例，以及塔頂永遠指向永恆不動的北極星方向等，種種神奇的建築成果之後，每次問學生：這些精密準確的天文、地理、測量和數學計算知識從何而來，學生總是異口同聲一致地回答我：『外星人！』但是，這些知識傳授給人類的過程是怎樣的呢？如今，終於發現，原來在《以諾書》中可以找到解釋。」麗子既開心又期待地說。

「對了，你不是要幫葵過生日嗎？要不要我幫忙規劃安排慶生約會呢？」生日禮物麗子已經建議了，進三也想要有點貢獻。

「才不必咧，我早就計畫好了，星期天晚上和葵一起去看英仙座流星雨。今年八月十二日之後，北半球就進入最佳觀賞期了。」凡一說。

「又不一定看得到，如果沒看到，豈不是很掃興，這種計畫太冒險了吧！」

「哈哈！馬麻早就幫我準備了由京都的友禪（絲綢）老鋪『千總』，和九州的花火工匠共同開發的夏季限定線香花火了。是用宮崎產的松煙混合火藥，以觸感柔緻的楮樹和紙捲覆而成的稀有產品，會在空中描繪出牡丹、松葉、柳絮、雛菊這些形狀纖細的火焰，而且這還是清水寺最有名的結緣祈禱指定使用緣起物呢。看不到流星，我就放花火。」凡一胸有成竹。

「哎，還是媽媽厲害。」進三投降。

●○●○●○

凡一的催眠診療記錄16

【時間】二〇一五年八月十五日，星期六，上午九時。

【地點】京都市洛北區北山車站社區大樓，美麗彩虹工作室。

【方式】與上一次診療進行方式相同，記錄方式亦同，可參見上次之診療紀錄所載。

【概要】

風：嗨！昨天你們家人關於以諾和《以諾書》的討論，我都接收到了，眞的很不錯。你們東方人不是有一句話說什麼虎子無犬父嗎？你這麼博學多聞，果然，你爸爸也不簡單，把以諾和《以諾書》的資料調查得這麼詳盡，省得我再從頭講起。總之，以諾就是人類文明和知識起源，最早也是唯一的目擊證人。他不但親身見證了那個過程，還被上帝指定為知識傳遞者、記錄者和保存者。

凡一：那麼，以諾和摩爾門教之間，有什麼關係呢？

風：關係可大了。先從記載的內容談起。《以諾書》敘述的大洪水，除了基督教《舊約聖經》以外，在好幾個比基督教更古老的人類文明紀錄中都有相同的情景描述。《以諾書》和《摩爾門經》在記載內容上的交集，就是大洪水，並且仔細講述神如何教導什麼都不懂的人類造船，以逃避洪水浩劫。這樣的故事，在巴比倫的創世史詩〈埃努瑪．埃利什〉（Enuma Elis）中也有著和《摩爾門經》〈以太書〉相同的記載，描述這種神指導建造的船，是密封的，可以迴轉和下潛。還有，古代蘇美語寫成的〈吉爾伽美什史詩〉（Epic of Gilgamesh）也是在描述大洪水，主角得到天神的警告，才開始建造防水、防風雨的船隻逃命。所以說，《以諾書》和《摩爾門經》在內容上的一致性和可信度，不但可以從兩者的比對中發現，更可以從其他人類古文明的記錄中得到印證。

凡一：這是內容的關連性，你說，還有『人』的關連性是嗎？

風：是的，我們之前說過，摩爾門教徒，是雅列人的後代。雅列人，是雅列的後代。那麼，雅列本人是誰呢？他就是以諾的父親！這樣子，歷史和人物的關係就完全可以串接起來了：天神，或是上帝，或是其他具有高度智慧的生命，將以諾帶到天上，教會他寫字，給他一支快速書寫的蘆葦，口述了各式各樣的知識，讓以諾記錄下來。以諾在快被天神（或上帝，或其他高等智慧生命）帶離開地球時，將這些文字記錄的『書』傳給他的兄弟和兒子，交代他們好好保留給大洪水之後的後代。大洪水爆發前，天神指示雅列人，也就是以諾的後人，建造出不是經由『人類的方式』建造的高性能密閉船，經歷三百四十四天的航行，抵達南美洲海岸。這批雅列人，帶著刻在金屬版上的古老文字紀錄，從南到北，一邊遷移，一邊製作更多金屬版來記載他們到美洲之後的生活歷史。十九世紀，約瑟夫·史密斯受命翻譯了一部分的金屬版內容，就是現行的《摩爾門經》，從此創建了摩爾門教。但是，這些金屬版又被使者摩羅尼收回了。所有的金屬版，都被妥善地保存在隱密的地方。這樣的歷史觀點，不但可以從西方世界的文明遺產中得到佐證，就連馬雅人的聖書《波波爾．烏》（Popol Vuh）都有明確的陳述：「從太陽昇起的地方橫跨海洋到達這裡的人，他們活了許多世代，在最好的時候死去。他們被稱作『上帝的僕人』，他們跨海帶來圖拉（Tula）的文本，其中記載了他們全部的歷史。」圖拉，指的就是那些金屬版啊。

凡一：風先生，這個從以諾到約瑟夫．史密斯，從《以諾書》到《摩爾門經》的故事聽完了，我仍然不明白，你出現的目的是什麼？你要傳達的訊息意義是什麼？或是，你有什麼建議和要求呢？

風：不要急不要急，等你聽完後面的故事就知道了，還沒說到我的亡命生涯呢。

凡一：好吧，請繼續，上次說到你和摩爾門教徒分手了。

風：對！美國政府可說是布下天羅地網，不顧一切代價要追捕我。在美國本土我實在很難找到安穩的藏身之地，再加上，從約瑟夫那兒聽來摩爾門教的祖先幾千年前就從南美洲一路遷移到北美，給了我啓發和決心：我為何不到南方去呢？為了躲避緝捕，我從我們歐及布威族的老家明尼蘇達出發，先朝北方移動，讓聯邦政府的保安官以為我的目的地在北邊。到了加拿大的亞伯達（Alberta），我消失了，一切足跡身影都不見了。從那兒開始，我折返向南，先攀越高達一萬兩千英尺的馬札馬山（Mazama），再穿越廣達五十萬平方英里的巨大冰河地帶。在嚴寒的冬季，跨越現在的華盛頓州和奧勒岡州，這段冰天雪地的路程，我只花了十天不到的時間，那些白人怎麼追得上。這一條山徑，我們原住民族熟悉無比，沿著美洲大陸西側的太平洋沿岸，可以從阿拉斯加一直連接到智利。

凡一：我知道。你走的是不是那一條叫作「太平洋屋脊步道」（The Pacific Crest Trail，簡稱 PCT）的山徑。最近有一部電影《那時候，我只剩下勇敢》（Wild），就是以這條山徑作爲背景，讓它一夕爆紅，很多人看了電影都想去走走。

風：就是這條山徑。沒想到一百七十年前我的逃亡路徑，現在變成熱門觀光路線了。以前可是沒有步道，很多峭壁、懸岩、激流與冰斗，超危險的耶。

凡一：從一九二六年開始，就有人倡議要推動立法以妥善維護這條山徑，直到一九六八年，美國國會才通過了「國家步道系統法案」（the Pacific Crest National Scenic Trail），將此山徑訂爲國家風景區步道。它的長度是從加拿大到墨西哥兩端的美國國界，等於縱貫了整個美國西部，不過，整條山徑整建完備可以通行，已經是一九九三年的事了。

風：這條路徑的北部都是高山和冰河，過了奧勒岡之後必須連續翻越像是雪士達山（Shasta）或拉森峰（Lassen）這種雄偉險峻的高山，落差起伏非常大。進入內華達和加利福尼亞之間後，是很難找到水源的乾草原，一直延伸到接近墨西哥的莫哈維（Mojave）沙漠。即使是現在，要一口氣走完也不是件容易的事。當時穿越墨西哥之後，我第一個落腳的地方是厄瓜多。

凡一：為什麼？厄瓜多當時應該還是很原始偏僻的地方啊。

風：什麼當時，到現在都還是很荒涼原始吧，就是這種地方才適合隱藏東西啊。其實，我是依照約瑟夫的指示而去的，不是毫無頭緒地亂跑。約瑟夫一直將這個祕密放在心中，沒有記錄在《摩爾門經》裡，也沒有口授給任何信徒知道。事實上，在摩羅尼從約瑟夫手上取回金屬版的同時，已經將金屬版的存放地點告訴約瑟夫了。不過，摩羅尼像是預言也像是告誡地提醒約瑟夫，這座保管金屬版的藏書庫，「必須直到絕大多數的人們不再相信奇蹟的時候，它才會出現。」而那時，將會是一個「充斥火焰、暴風雨和煙霧」以及「不斷在各地發生戰爭、地震和滅絕謠言的時代。」

凡一：人類的歷史，不就一直是這個樣子嗎？

風：還有一個條件，這座寶庫，必須找到一位相信奇蹟存在，而且擁有實現奇蹟能力的人去開啓它。這時候，金屬版才會復活過來，「就像一個復活的人在說話」，而一切的奧祕，宇宙的眞相，也就可以徹底解開了。

凡一：你的意思是，這座金屬藏書庫就位於厄瓜多嗎？那你找到了嗎？既然這樣，那些金屬版為什麼一直沒有公諸於世呢？

風：有些線索還是透露了這個祕密的確存在。在厄瓜多一座名叫昆卡（Cuenca）的小城，有一座瑪利亞．阿西利多拉（Maria Auxiliadora）教堂，一位卡羅．克列斯比（Carlo Crespi）神父駐在這個教堂長達五十年。他極受當地百姓愛戴，民眾視他為聖人，對他完全的信任。五十年間，原住民為了感謝神父為他們解決問題、度過難關，將各種不同的珍貴物品送給了神父以表達內心的感激，其中，就包括了許多金屬版。

其中有一座是金字塔形狀的，頂端是太陽，底下是一組符號，和北歐的盧恩符文記號非常類似。另外，有一個金色頸圈，上頭裝飾著排成 4×4 的方陣，形成一組十六個符號，也和盧恩符文記號相同。更誇張的是，有一塊黃金面版，上面有五十六個方格，刻了五十六個無法解讀的符號。神父說，這這些送他禮物的原住民都說，金屬版來自一座地下金屬藏書庫。神父逝世於一九八二年，他的收藏品多數已經被移轉到厄瓜多國家博物館（Eouadorian State Archire）保存了。除此之外，在利馬和波哥大的黃金博物館，也收藏了一些和克列斯比神父金屬版非常相似的文物。

凡一：就算有這些證據，也沒辦法找到金屬藏書庫的地點啊，除非有很明確的指示。風先生，你找到了嗎？你可是唯一擁有約瑟夫指示的人。

風：你真是個聰明的孩子，我的確到達了那個藏書庫，不過，我並不是摩羅尼所說那個擁有奇蹟能力的人，那些金屬版上的文字看到我，完全沒有一丁點復活的跡象。所以我才明瞭，我的角色是一位信使，必須等待適合的時代來臨以及適合的人物出現，才能傳達約瑟夫交付的這項重要使命。終於，等到你出現了。

凡一：你是說，我就是那個有資格去發現這個地點、解開人類奧祕的人嗎？

風：很抱歉，並不是你。可是，我只能透過你，才能將這些訊息傳遞給那位唯一合適的人選。你必須代替我和她充分溝通、討論，確認她具有毫無疑問的意願，願意去從事一趟尋找人類文明起源、解開宇宙知識謎團的旅行，這樣，我才能把責任加諸在她身上。你想想，在你最親近的人之中，誰是完全相信奇蹟的存在，又擁有實現奇蹟的能力呢？

凡一：絕對不是我爸，應該是我媽吧。

第十七章

到巴塔哥尼亞去嗎？

藤原家今天的早餐是傳統和風口味，麗子擔心凡一在山上竹園打工，三餐肯定都是以簡單便利的方式解決，好不容易休假回來，務必要好好補充營養。日式早餐，白飯、味噌湯是不可或缺的。飯，是新潟產的越光米煮的，粒粒分明，像珍珠貝殼般晶瑩剔透；味噌湯，是以柴魚片爲湯底加上嫩海帶芽和豆腐搭配關西特有的紅味噌一起調味的。原味鹽烤鰈魚和溫泉蛋，本來應該是主菜，可是筷子的注意力卻都被那一小碟「柴漬」吸引了過去。柴漬，是京都大原地方特產的漬物醬菜，將新鮮小黃瓜、茄子、蘘荷等蔬果，切成薄片，加上紅色紫蘇後，用鹽醃漬而成。單單這一味，就可以讓凡一扒下兩碗飯。

今年第十號颱風星期三從兵庫縣神戶附近登陸，橫掃了大阪、京都之後穿越陸地進入日本海，造成關西地區災情慘重。近幾十年來，鴨川的水位從未暴漲到這種程度，連嵐山渡月橋的橋面都被淹沒了。藤原家宅邸的地勢較高，雖不至於淹水，但是，十七級強陣風將庭院裡的植栽棚架全數摧毀，楓樹的枝葉也大半被吹斷散落。爲了收拾這一片凌亂殘局，麗子昨天從早整理到晚，全身腰痠背痛。凡一也在天理竹園忙著協助災後復原工作，直到昨晚搭最後一班電車回京都，到家都已經過了午夜，累得倒頭就睡。

「有一件事要告訴你們。」吃了三碗飯、兩碗味噌湯之後，凡一像是要鄭重宣布什麼大事似地。

「怎麼了？不會吧！難不成你和葵……有了嗎？」進三有點膽顫心驚，現在當阿公太早了吧。

「有什麼有啊！想到哪裡去了？和葵沒關係，我們不是那種關係啦，我也不會蠢到隨隨便便就鬧出人命。厚，害我宣布大事的氣氛都被你破壞了。」

「對不起對不起，不是那個就好。你要跟我們說什麼？」進三連忙道歉。

「我想要進東大法學部。」凡一以近乎斬釘截鐵的語氣說道。以他中學以來一直保持ＰＲ值99的成績，的確，是有著自由決定進學校系的本錢餘裕。

「為什麼？本來不是要念比較文化嗎？會令你改變想法，應該有很好的理由才是。」擺脫了提早升格當祖父的陰影，進三已經恢復冷靜分析的頭腦和情緒了。

「這陣子在鄉下工作，除了竹園，還經常到其他種植不同作物的農地幫忙，讓我有很多和以前不同的思考：為什麼有些人，像農民，工作得那麼辛苦，得到的報酬卻那麼微薄？為什麼有些地方，明明不應開發，卻沒有辦法妥善地維護保存？為什麼有些產業，如果有適當的資源投入，就可以產生很高的競爭力，卻總是被忽略漠視？這些都是鄉下阿公阿伯在泡茶聊天時會提到的問題，我卻一句也回答不出來。所以覺得，如果要爲自己土地上的人民解決困難，還是得透過國家、政府、法律與政策的力量才行。進法學部，應該比念比較文化更實際吧。」

「可以這麼說：比較文化，是發現問題、了解問題的學問，而且，這個領域是你的興趣，能夠滿足你的好奇心。進法學部，是學習如何處理問題、解決問題的科系，應該出於一種使命感，作爲自己志業的選擇。是不是呢？」進三試著將凡一的想法，表達得更精確清楚。

「大概就是這樣，雖然沒有那麼偉大的樣子，不過，至少比較有機會成爲一個有能力去幫助鄉下農民的人吧。」凡一說。

「你的未來，當然由你自己決定，只要記得做成這個決定的初衷就好。不過我要提醒的是，即使進了東大法學部，也不要失去你原有的廣博興趣和探索各種知識的好奇心，這是很珍貴的特質，千萬別丟掉了。」進三說。

「爸爸的提醒很重要。念法律的人，最大的缺憾常常就是『窄』，特別是那些一輩子循著精英路線向上爬升的人，永遠處在封閉環境中，以爲自己憑恃的法律體制勝過一切，其實目光如豆，短視淺陋，更容易因爲這種以造法者、執法者自居的無知，形成難以扭轉的傲慢與偏見。像最近三位憲法學者在國會發表安保法制修正案違憲的事情，就是一個活生生的例子。」麗子說。

「這件事情是怎麼回事，馬麻妳可以說給我聽嗎？」凡一問。

「今年六月，也就是兩個多月前，國會針對〈周邊事態法〉、〈自衛隊法〉等總共十多部和國家安全保障體制相關的法案進行修訂審議。其中，最核心的變更，是將日本是不是擁有『集體自衛權』這個概念予以明確化，並且具體地以法律制度加以規範實現。在國會審議過程中，於付諸表決之前，邀請了三位憲法學者到國會以參考人的身分提供諮詢意見。沒想到這三位憲法學者對於集體自衛權是不是合乎憲法第九條的規定，竟然一致表示集體自衛權違憲，也就是基於集體自衛權概念所修訂的安保法制草案統統違憲。這些見解一出，舉國譁然。執政黨下巴、眼鏡掉滿地，在野黨拍手叫好，更加反對有理、振振有詞。如同火上澆油，鬧得不可開交。」麗子曾經在眾議院從事多年法案研究工作，對國會議事的嫻熟及政策掌握的深度，是當前此一領域的佼佼者。

「我們在社會科上課時有學到，憲法第九條就是讓日本憲法被稱為『和平憲法』的原因。」凡一說，「為什麼反而引起這麼大的爭議呢？」

「這要話說從頭。現在的日本憲法，其實是當時麥克阿瑟將軍領導的ＧＨＱ——聯軍占領總部擬定草案條文之後，塞給日本內閣通過實施的。當時的日本，作為一個戰敗遭到占領、實施軍事支配的國家，不要說無法參與條文的起草，連變動一個字的權利也沒有，只能照單全收。這部憲法的第九條規定，日本永遠放棄戰爭，並且，不能擁有軍隊，以此來保證日本這個國家將會永遠地遵守和平的原則。這樣的規定，表面上冠冕堂皇，真正的目的是全盤否定日本建立武裝力量的可能性，藉由剝奪保護自己的能力，將我們納爲美國的保護國，讓日本必須永遠躲在〈日美安保條約〉的保障體制庇護之下才能生存。時間一久，許多人忘了這套法律架構設計的目的，開始天真地以爲，因爲有了憲法第九條的『和平憲法』規定，使日本成爲了一個『和平國家』，所以二戰後至今，日本的安全才得到保障，不至於受到戰爭的威脅侵略。這種論點，就好像一個身體極度虛弱行動不便的人，以爲鄰居住著的流氓看他不順眼卻沒動手修理他，是因爲自己身上配戴著『我是好人』標章的關係。完全沒想到，沒挨流氓揍，其實是二十四小時陪伴他的看護是摔角選手又隨身帶了一支烏茲衝鋒槍的緣故。日本戰後至今之所以能夠得到安全，是因爲在日美安保體制之下，攻擊日本等於攻擊美國，才形成嚇阻的。不然的話，和平憲法，別說第九條，再多訂九十九條也沒有用。」

「既然有日美安保體制，爲什麼這次還要修訂法律呢？」凡一問。

「形勢變遷。東亞地區的地緣政治局勢這幾年來有著很大的變動。北朝鮮的核子威脅不減反增；俄羅斯已經重新建立起遠東艦隊的長程投射打擊能力；最重要的是，中國崛起。在東海，除了尖閣諸島之外，還有油氣井的爭端；在南海，北京的『九段線』主權主張，幾乎將整個南海納爲己有。這些，都是日本的生命線。和中國日益強大的海空軍實力相對的，是美國作爲世界超強地位的衰落。歐巴馬總統說得很清楚，世界不能再繼續仰賴美國單獨扮演警察角色，美國毋須也無意再繼續擔任世界警察的工作。過去幾年來，美國以軍事力量介入區域紛爭的意志和實力低落，從前一陣子普丁侵略烏克蘭奪取克里米亞，美國毫無能力制止，只有口頭譴責加經濟制裁，可見一斑。所以，日本必須思考，應該從一個被保護的國家，轉變爲一個擁有自我保護能力的國家，這就是所謂的邁向成爲『正常國家』。否則，一旦帶槍的摔角選手看護突然請假沒來上班或是乾脆辭職不幹了，這個配戴『我是好人』標章卻讓人看不順眼的傢伙，豈不是要被流氓鄰居揍得半死？」麗子說。

「既然這樣，那三位憲法學者難道連這麼簡單的道理都不懂嗎？爲什麼還會宣稱法案違憲呢？」凡一質疑道。

「這就是我要強調的『法律人的悲哀』。狹隘的法解釋學訓練，加上盲目的法律至上論，是造就這種悲哀的元兇。脫離現實，活在以文義法理建構起來的世界，就只知道從文字邏輯來解讀一切。然後，又驕傲地以爲除了法律明定條文之外別無其他，即使是人家以戰勝國之姿丟給你的憲法，也當作神聖的寶貝抱得緊緊的。如果嚴格從文義解釋的角度論斷，不只集體自衛權違反憲法第九條，個別自衛權也違憲啊。日本既然不能進行戰爭，敵人來犯也不得抵抗啊。還有，現在的自衛隊，名爲自衛隊，其實不是軍隊是什麼？也應該宣告違憲，因爲憲法第九條規定不得擁有軍隊啊。這些憲法學者又不敢這麼說，結果變成半調子：現實存在的不敢否認，開創未來的不敢承認。既要做狹義的限縮解釋，又不敢一體適用貫徹到底。日本的憲法學家，一代不如一代，眞是愧對了美濃部達吉教授在天之靈了。」麗子十分感嘆。

「美濃部達吉？那是誰啊？」凡一問。

「美濃部教授，是日本憲法學的開山祖師爺爺，現在的憲法學者，可以說都是他徒孫的徒孫。東大法學部的憲法學傳統之所以受人敬重，就是因爲他立下了足以令後世效法的典範。他的年代，是軍國主義時期，是奉行明治天皇所敕頒的『大日本帝國憲法』的年代。明治憲法明文規定，天皇萬世一系，不僅象徵、代表更等同於日本這個國家。美濃部教授，作爲一介任教於東大法學部的憲法學者，竟然甘冒天下之大不韙（隨時會被扣上『非國民』，也就是，『國賊』的帽子），勇於對抗軍部政府的強制壓力（隨時會被解聘甚至入獄），提出了『天皇機關說』的理論，指稱天皇並不是凌駕於一切的存在，在憲法上，天皇也不過是國家眾多機構中的一個，所以天皇不等同於國家，天皇的意志不等同於國家意志。天皇和政府、和內閣、和國會一樣，是一種機關而已。如此一來，一方面確立了國家的主體性地位，另一方面開展了憲法中有關基本人權保障的規範可能性，否則，天皇超越一切的話，國家和個人都被支配了，憲法也沒了意義。這三位作爲美濃部教授徒孫的徒孫的憲法學者，應該想一想，按照他們對憲法文義解釋的立場，『天皇機關說』難道不是違憲的嗎？當時大日本帝國憲法難道不是明文規定了天皇優於國家的地位嗎？美濃部教授如果在世，看見他徒孫的徒孫這麼短視蛋頭，這麼地『窄』，不知要如何教訓他們呢。」

「應該把這些憲法學者的憲法課當掉重修。我了解了，原來東大法學部有這麼棒的傳統精神。我會提醒自己，不要變成狹隘的法律人。對了，上次風先生說要找一位在我身邊相信奇蹟又能實現奇蹟的人，去南美洲找尋上帝的知識，也就是金屬藏書庫。馬麻，這個人非妳莫屬，妳有意願去嗎？」凡一問。

「這個要求來得太突然了。首先，要確定這位人選是否眞的是我。即使是的話，執行這個事情的整個流程、工作事項、權利義務、都還不是很清楚，沒辦法現在就做成決定。我想，等風先生將這些訊息表達完整了，再下判斷比較好。」麗子說。

「我懂了，這樣才是一種負責任的態度！」凡一今天對媽媽可是打從心底佩服的。

●○●○●○

凡一的催眠診療紀錄17

【時間】二〇一五年八月二十二日，星期六，下午二時。

【地點】京都市洛北區北山車站社區大樓，美麗彩虹工作室。

【方式】與前兩次診療方式相同，參見診療紀錄15。

【概要】

風：親愛的凡一，怎麼樣啊？你已經幫我找到去美洲的人了嗎？

凡一：我問過我媽了，她的回應你還不知道嗎？我媽說，要先確定你所要託付的對象是誰？不然豈不是白談一場？

風：也對喔，我們歐及布威人做事總是憑感覺最重要，沒那麼講求精準明確。是的，你的母親，岩崎麗子小姐，就是我等待多時最合適的人選。她對於宇宙超自然的力量，抱持著相當正面開放的態度看待，所以對於常識以外的、科學經驗以外的、違反人類直覺感受的事情，有著高度的接受能力。而且，岩崎小姐在宗教信仰上的認識十分深刻，又擁有運用數字解析人物時空變化的高端技術，可以幫助人們實現夢想。因此，相信奇蹟和擁有實現奇蹟能力這兩項條件，她都充分具備了。

凡一：這樣的話，可能要請你將我媽要做哪些事，從頭到尾講清楚，她才能好好考慮並做成決定。

風：好的，待會我就把旅程計畫完整地告訴你。不過在這之前，我想先補充說明幾個和這次任務相關，位於南美洲大陸的一些資訊。首先是「查文文化」。其實，雅列人的後代，也就是現代摩爾門教徒的祖先們，當時從南美洲往北的路途上，修建了許多教堂，甚至有按照所羅門聖殿修築的建物。在位於海拔三一八〇公尺的祕魯安地斯山脈上，就有一座「查文德萬塔爾」（Chavín de Huántar）教堂。在這個教堂所發現的文物和遺跡，被稱爲「查文文化」。但是至今爲止，所有的考古學家都還不知道這座宏偉的教堂是誰建的，連修建時間也無法確定，只知道這是一處宗教中心，是朝拜的聖地。教堂中有許多不可思議的柱子和奇妙的浮雕，描繪飛行的神靈。教堂下的大廣場底下，有一座方尖碑，上面有著複雜的圖案，至今無人能夠解讀。另外，在這裡還發現一座雷蒙迪（Raimondi）石碑，上面精密的雕紋呈現出一顆有著完整細部結構的引擎。這兩件遺跡，現在都存放在利馬的考古學博物館。

凡一：聽起來滿有趣的。還有其他神祕奇怪的東西嗎？我媽最愛這些一看就覺得超乎人類能力範圍的事物了！

風：還有還有，這個你母親肯定超愛的，聽過「納茲卡地線」（Nazca Lines）嗎？

凡一：是不是在祕魯？

風：你小子眞的得到媽媽的遺傳耶！連這個你都知道。在祕魯南部七座山的山腳下，坐落一個沉睡的小鎭叫作納茲卡。從這裡，要穿過好幾百公里滿是砂礫的荒蕪沙漠，才能連接到首都利馬。發源於安地斯山脈的納茲卡河費力地流向太平洋。一九二七年，祕魯一位考古學家托里維奧（Toribio Mejia Xesspe）在河谷支流探勘休息時，看著下面的平野，突然發現在棕黑色的沙漠上，有一些直線一直延伸到遠方。他覺得很奇怪，直到十三年後，才測量了這些直線的長度，將自己的發現做成紀錄。一九四〇年，來自紐約的歷史學家保羅．科索克（Paul Kosok）

依據托里維奧的發現，乘坐輕型飛機在納茲卡上空飛行觀測，看見了許多條「軌道」和螺旋形的線條。他的紀錄，在一九四七年出版。後來，研究者終於完整地觀察描繪到，在這片雄偉的礫石沙漠上，充滿了由各種奇異線條所構成的圖形：巨大的蜘蛛、鳥、猴子、魚、像太空人的人物，以及一些很大的幾何形狀：三角形、正方形，線條非常精準地劃過地表，讓人以為像飛機跑道一樣，最長的幾乎有三公里，一般波音七四七起降也不過就是這樣的長度距離。線條寬度大約是一公尺左右。這些巨大線條，被統稱為「納茲卡地線」。

凡一：這些線條是怎麼刻劃上去的？除了圖形，還有什麼特殊現象嗎？

風：要在礫石上刻畫出一條一公尺寬三公里長的筆直直線，是大工程耶。更何況是畫出從飛機上才看得出來的圖形。可是，這些線條是怎麼刻劃上去的？何時形成的？至今仍是謎。科學家對納茲卡地線做了探測分析，得到的結論是：第一、線條上的磁場強度，明顯的比線條之外四周的環境更強；第二、線條之下兩公尺處，測出異常的電量；第三、線條中的土壤，砷元素含量超過周邊；第四、線條附近發現了一些白色物質，是由玻璃結構的矽元素所組成的。

凡一：砷元素的用途很廣，鋁合金加入砷可以提高硬度；砷化鎵是ＩＣ版和晶圓這些半導體材料的原料；砷元素還可以用在ＬＥＤ也就是發光二極體上。至於矽，當然是半導體和許多電子零件最主要成分之一囉。

風：眞厲害，這些科學知識我就不懂了。科學家也只知道納茲卡地線具有這些特性，但是原因和功能就完全不了解了。

凡一：接下來，是不是要告訴我計畫內容了呢？

風：好的。當時，我是從北美洲的故鄉，一直往南縱貫了整個美洲的。而當初雅列人則是從南美洲向北穿越到北美。所以，這位願意承擔去尋找上帝的語言、開啓神的智慧知識、解答宇宙神奇奧妙的人選，應該要重新走一遍，這段我以及以諾後裔曾經走過的路程，這樣，才有時空穿梭交會的意義。

凡一：你是說，我媽必須走一遍太平洋屋脊步道嗎？

風：那是前段旅程。我覺得，從華盛頓和奧勒岡二州交界開始走就可以了。這兩州以哥倫比亞河（Columbia River）爲界，和太平洋屋脊步道的交會點上，有一座橋叫作「眾神之橋」（Bridge of the Gods），很適合作爲這一趟「尋訪上帝之旅」的起點。從這裡，循著太平洋屋脊步道的路線一直南下，到距離美墨邊境不遠的聖地牙哥休息整補，這是第一段旅程，主要靠雙腳健走，是最耗費體力的，不知道岩崎小姐的體能狀況能不能負荷。

凡一：我媽的爸爸，也就是我外公岩崎甫郎，是日本有名的登山家，據說我媽從小就常被外公帶去爬山，曾經創下年齡最小和女生登頂速度最快這兩項攀登富士山的紀錄呢。走山路，應該沒問題吧。

風：第二段旅程以聖地牙哥爲起點，安全起見，就盡量利用現代交通工具吧，反正又不像我一樣，是在被追逐逃亡。先直飛厄瓜多的首都基多，到國家博物館考察克列斯比神父的蒐藏品，尤其是那幾個刻有類似北歐盧恩符文圖形的金屬文物，可以好好比較研究一下。然後，前往厄瓜多南方的另一大城市瓜亞基爾（Guayaquil），從瓜亞基爾，轉往厄瓜多東南角的小城鎮昆卡，也就是神父牧教的瑪利亞·阿西利多拉教堂所在地，在那裡，有更多金屬版的文物資料。接著就是重頭戲了，從昆卡出發，途經 El Pescado、Tres Copales、La Esperanza 和 La Union 等市鎮，一直到聖地牙哥河（Rio Santiago）和關果河（Rio Coangos）的交會處：朋提亞角（La Puntilla）。這段路可能要騎騾子並且雇用當地的專業嚮導才能順利通行。最後，還得划獨木舟抵達一個叫作瓜亞雷（Guajare）的小村落。這裡，已經位於南美洲大陸的科迪勒拉（Cordillera）山脈下方。我們的目標，就是金屬藏書庫所隱藏的地方，叫作黃金洞（Tayos 洞穴）。不過那個地區，類似相像的洞穴實在太多了，現在沒辦法描述具體位置，到了就知道了。

凡一：如果要辨識比較和盧恩符文的異同，不就我也得去才行？

風：是啊。不然難道你想要用 line 做越洋符號解讀嗎？那種鳥不生蛋的地方，手機沒訊號的啦！

凡一：厚！你這位古代美洲原住民還知道我們現代通訊科技啊！

風：集體潛意識裡，什麼人類文明知識都有。從黃金洞循原路返回瓜亞基爾，第二段旅程算是告一段落。充分休息之後，以這裡爲起點，第三段旅程的第一個目的地是祕魯的首都利馬，先去考古博物館，那裡除了有查文文化的方尖碑和雷蒙迪石碑值得好好研究之外，也收藏了不少刻有符號的金屬版，可以和厄瓜多的文物進行比對。這些圖形的樣式內容都很複雜，也許可以請你父親幫忙分析，他的專長不是涵蓋了文化人類學和符號學嗎，正好可以發揮一下。

凡一：是喔！我們家的人都被你利用光了。不過，我媽如果肯去，我爸一定也會跟，他最愛和我媽一起旅行了。

風：利馬的下一站，先抵達安地斯山脈上的查文德萬塔爾教堂，對這座傳說中的宏偉聖殿進行勘查。然後，就要靠四輪傳動汽車穿越乾燥山丘之間的沙漠，直奔納茲卡。現在，利馬和納茲卡之間，大約有一半路程，將近五百公里是四線車道，其他一半還是崎嶇不平。到了那茲卡，小鎮郊外的沙漠已經闢了一條簡易的飛機跑道，可以搭乘小飛機在空中觀測納茲卡地線的全景。第三段旅程到此爲止，應該算是最輕鬆的。

凡一：行程還沒結束？還有第四段旅程嗎？

風：有！第四段旅程的路線，就接上我當初美洲南北縱貫大逃亡的途徑了。那時候，我從厄瓜多的黃金洞尋寶不成之後，就繼續向南方前進，一直走、一直走、一直走到了巴塔哥尼亞高原，在跨越阿根廷和智利邊界，看得見拉寧（Lanin）火山錐在地平線出現的地方，才落腳定居了下來。

凡一：爲什麼會選擇在那裡定居呢？你的後代子孫現在還在那裡嗎？

風：大概是因爲巴塔哥尼亞高原上的空曠，讓我感覺一切都可以從頭開始吧。我在高原上占了一塊地，開闢爲農場，娶了當地的高喬女子爲妻，眞的是落地生根了。我的牧場就叫作 Estancia Smith，爲了紀念那位在北美監獄中認識，影響了我一生的朋友。現在管理牧場的是我不知道第幾代的孫子的孫子，叫作亞拉提亞（Arratia Bewhui），找到他，會幫你們照料所有的事。亞拉提亞是巴塔哥尼亞高原上最棒的嚮導，他可以帶你們去看被禿鷹吃乾淨的綿羊骨骸、類似鴕鳥的奧鶆鶓、犰狳和美洲獅。高喬人的孩子，可以說都是在馬背上出生，騎馬就像走路，這是天生的本領。

凡一：那怎樣才算完成任務呢？什麼開啓上帝的語言知識，到底要怎麼做呢？還有，你孫子的孫子怎麼會知道，我們是依照你的指示而去的呢？他可不會隨便接待自稱祖父的祖父的朋友的人吧！

風：記得那兩塊被你形容爲翻譯機的石頭，烏陵和土明嗎？這兩個天語翻譯神器被我從黃金洞帶到了巴塔哥尼亞，成爲家族世代相傳寶物，由繼承人保管，現在就在亞拉提亞手上。我已經仔細交代後代子孫，某一天，當有人帶著金屬版出現的時候該怎麼做。所以，你們從厄瓜多帶來的金屬版，到了我的牧場，就能夠徹底解讀。這樣，拜託你母親的任務就完全結束了。

凡一：了解，我會請我媽盡快做成決定。今天就到此爲止嗎？

風：是的。對了，要告訴你，請你還要再一次進入集體潛意識，因爲，看到你的生命議題清單之後，大家，也就是每個來找你的記憶體，都有話跟你說喔。

第十八章

Miigwech，有難

布拉姆斯第二號鋼琴協奏曲，阿胥肯納吉擔任鋼琴彈奏，配合維也納愛樂共同演出的錄音版本，淋漓盡致地詮釋了作曲者創作時，內心壓抑不住所要表達的意念：我們都是住在不完全世界中的不完全的人。

歷經十數次催眠診療，九個記憶體輪番出現，在療程進入尾聲之際，凡一仍難免忐忑地提出他心中擱置已久的問題：「爸，我的狀況，是不是人格分裂呢？」

「在開始進行催眠診療之前，我對你做了精神鑑定，就已經判斷這並不是所謂的人格分裂或是多重人格現象，更不屬於思覺失調症的樣態。如果你仍然不放心，我就把這方面的心理學理論說明得更清楚一些，好嗎？」進三說道，凡一點點頭，等待父親的進一步解釋。

「發生在你身上的情形，可以從榮格的分析心理學得到很有說服力的詮釋。人類的意識，由表面的顯意識，深化到潛意識，再區別為個人潛意識和集體潛意識的不同層次，建立起一套完整的理論架構，這是榮格作為一代大師開啓心理學全新領域的創見。對於『人的心中究竟有誰在說話？是誰的意識創造了我們心中的景象？是否有一種超級智能在發生作用？』這樣的問題，他的答案是：人的理智，就是以意識的開端作爲起步的。」

「那，意識是從哪裡來的呢？」凡一問。

「榮格在他一本經典著作《人及其象徵》（Man and His Symbols）中曾經指出：『我們的意識的確不會自己發生，意識源自於未知的深處。意識於孩提時代逐漸甦醒，接著於每日清晨在沉睡的潛意識狀態中醒來。意識，就像是日復一日從原始的潛意識子宮中誕生的孩子一樣。』也就是說，榮格認爲，人的意識，那些已經浮現在表層的顯意識，是從潛意識中產生的。」

「那，潛意識又是從哪裡來的呢？」凡一接著問。

「榮格在他一生的最後著作，名爲《回憶．夢．省思》（Memories, Dreams, Reflections）的自傳裡提到：『古代的精神因素會在沒有任何直接的傳承關係下，進入個人的精神。』這是他對於潛意識的來源，所做出最明確的表示。榮格的貢獻，不在於發現潛意識的根源來自何方，而是闡明了潛意識是什麼、如何運作、怎麼影響人類的個性。他主張，潛意識是一個過程，人類精神的轉型或發展，是藉著自我和潛意識的內容所搭建起來的關係而形成的，榮格稱之爲『個體化的過程』。他也觀察到，潛意識的內涵和顯意識整合的時候，心中發生的狀態，幾乎無法用語言描述，只能自己體驗。所以，我才會運用催眠的技巧，結合榮格理論，作爲深入內心診療的方式。」進三的專業，正是以榮格心理學爲基礎，發展出更具實效功能的臨床應用。他繼續說道：「榮格最偉大的成就，是創造了個人潛意識和集體潛意識的理論模型。前者就是所謂的『本我』，包括：已經被遺忘的記憶、壓抑的創傷、不被認可的動機和衝動。後者，則是所有意識心境的來源，是人類誕生之後所有心靈活動總和所滋養的思維之流，是超乎個人且跨越個人的，穿越時間與空間，將全體人類聯結在一起。換句話說，個人潛意識操控我們的信念、期望和行爲印記。集體潛意識則掌控我們的歷史、文化和人類記憶。所以，又有大心（Great Mind）、本源（Source）、全意識（Complete Consciousness）等說法。其中，還有一個名詞叫作普遍意識（Universal Consciousness）或是普遍心（Universal Mind），指的更是人類集體潛意識中最深層的部分。」

「那，這些在催眠診療時出現的記憶體，都是集體潛意識的一部分囉？」凡一再問道。

「是的，在集體潛意識中，存在著最廣泛意義上的文化和文明，當人們和它聯結的時候，才能感受到它的浩瀚無限。所以榮格才會說，『超自然力』、『魔鬼』、『上帝』都是潛意識的代名詞。這些記憶體，也可以說，就是你自己的一部分，和人格分裂完全不同。用榮格很具詩意的話來形容，就是『你遇見了你自己。在此之前你已存在著，只是現在又發生在你身上』，這一層的意思，你能夠體會嗎？」進三反問。

「是不是說，他們就是我，我就是他們？」凡一回答。

「正是。和集體潛意識的無限性產生聯結之後，人們才會感受到自己同時是有限的也是永恆的，既是此又是彼，是獨特的也是全體的。所以，你不必擔心多重人格或思覺失調症的問題，反而應該很慶幸，在個體化整合的過程中，你內心所遭遇的矛盾、衝突、掙扎、痛苦，能夠以這麼多記憶體形式出現，提供啓示與經驗，這是很罕見的案例，但也是難能可貴值得好好珍惜的喔！」

「只是，這些記憶體的身分以及他們的故事，眞的有趣到超乎想像、不可思議。都是我本來不知道的，卻紛紛跑出來，這也太古怪了吧？」凡一仍不免疑惑。

「也不奇怪。榮格心理學派在正統的分析心理學之外有一個流派叫作『原型心理學』（archetypal psychology），是由詹姆斯．希爾曼（James Hillman）創立的。這個學派是以歷史、文化和藝術的心理學研究爲主，尤其是對想像和神話中的原型進行深層心理分析。原型心理學派的理論將榮格所著重的『自我』轉換爲另一個焦點：『靈魂』（psycha，又稱 soul 或 archai），認爲這是心靈作用最深層的模式，稱之爲『賦予一切生命的基本想像力』。希爾曼博士如果知道你這個案例，一定會如獲至寶，巴不得立刻把你抓去徹底研究一番。另外，一位美國著名詩人、同時也是心理分析及精神創傷學者埃思戴絲（Clarisa Pinkola Estes）則是透過神話、童話、詩學及精神分析理論，來探索精神和心靈世界的本質，也算是一項突破。另外，最厲害的應該是喬瑟夫．坎伯（Joseph Campbell）了。這位傑出的神話學研究者，受到榮格很大的影響，深入研究了人類學、考古學、生物學、文學、哲學、心理學、神話、比較宗教、藝術史及流行文化等領域，融合成爲獨特的神話學見解，奠定了在神話學的權威地位。他於一九四九年出版的《千面英雄》〈The Hero with a Thousand Faces〉是經典名作，有興趣的話，你可以找來看一看。」

「爸，你眞的懂很多耶。」凡一在心頭疑惑消散的同時，對父親也開始有些欽服了。

「喂！我好歹也是博士耶。」進三說道。

布拉姆斯的樂章在藤原父子二人的對話中不知什麼時候已經結束了，麗子忙完家事來到起居室，先換了一張CD，是巴布·狄倫的不朽名曲〈隨風而逝〉〈Blowing in the wind〉，才加入討論行列。

「馬麻，妳看到風先生的尋訪上帝智慧之旅行程規劃了嗎？眞的太酷了！單單交通工具就要用到大飛機、小飛機、汽車、獨木舟、騾子、馬加上雙腳。如果其中有一段可以騎自行車，就更讚了。」凡一興奮地說。

「自行車你騎就好！去巴塔哥尼亞高原，當然要騎摩托車才行，至少騎一小段也好，這完全是畢生夢想耶。」進三比凡一更興奮。

「你們這一代的男人怎麼都這麼崇拜切·格瓦拉？不過就是留著鬍子戴頂扁帽，別了一把左輪手槍騎機車瞎逛而已嘛，寫了一本《革命前夕的摩托車日記》，結果哪有什麼革命？現在還把他當作偶像印在T恤上穿，眞的滿幼稚的。」凡一才剛對父親產生的一點點敬佩立刻又蕩然無存了。

「那……那是我們這個世代的青春說……」進三回應得頗爲虛弱無力，趕緊轉移話題：「對了，中南美洲大壯遊，可是我們家沒人懂西班牙文，到時候會不會很麻煩，尤其去的地方又都很偏僻荒涼。」

「我早就想到了，可以找葵一起去，導遊兼翻譯。她住在巴西那兩年，不但葡萄牙文，連西班牙文都講得嚇嚇叫。」凡一提議。進三連忙附和：「有道理。」

「喂！你們兩個說得那麼興高采烈，都還沒問過我要不要去耶！」麗子說。

「啊？這麼棒的行程，都是妳最有興趣的事物，妳該不會拒絕吧？」父子異口同聲。

「我有一些想法，最好當面跟風先生說明。下一次催眠診療是什麼時候？我可以參加嗎？」麗子問。

●　○　●　○　●　○

凡一的催眠診療紀錄18

【時間】二〇一五年八月二十九日，星期六，上午九時。

【地點】京都市洛北區北山車站社區大樓，美麗彩虹工作室。

【方式】進入集體潛意識狀態中，由於當事人母親參與，以及後半段所有記憶體各自出現表達意見，因此，採取多方對話模式進行記錄，全部內容均分別以發言者角度呈現。

【概要】

進三：今天的療程爲了回覆風先生所提出的美洲尋訪金屬藏書庫大壯遊請託，特別請到凡一的媽媽岩崎麗子小姐，以共同參與人的身分加入我們的對話。先請她和大家打聲招呼。

麗子：大家好，我是岩崎麗子，謝謝這段時間以來每一位出現在這裡的人，不但給予凡一許多支持和啓發，更給予我們許多驚奇和感動。也要謝謝風先生的看重和信任，將這麼重要的任務託付給我。風先生，你在嗎？

風：麗子小姐，能夠和妳見面眞是高興，我等待這一刻已經很久了。妳是不是願意接受委託呢？還有什麼問題可以盡量提出來。

麗子：今天特別來和你見面，就是覺得應該親自告訴你我的決定和想法。經過審愼的思考之後，我必須很明確的表示，我心中的結論是：作爲一趟旅程，我非常樂於前往。但是，作爲一項任務，很抱歉，我無法接受。

進三、凡一：啊！爲什麼？

風：可以告訴我，妳的想法和拒絕的理由嗎？是因爲信仰立場上的差異限制嗎？妳不需要因爲承擔這項使命，就改變既有的信仰。

麗子：恰好相反，是我對於信仰之於人類的意義，覺得存在著很大的疑問。對人類而言，如果可以接收到天神的指示，開啓上帝賦予的智慧，直接解答宇宙世界的奧祕，掌握一切的實相眞理，這是多麼神聖美好的事。擁有這樣的契機去實現這樣的奇蹟，眞的非常吸引我，讓人充滿了想像和期待。

風：既然這樣……。

麗子：既然這麼美妙，爲什麼不要呢？我心中另一個聲音是：人類再次從神的手上接到眞理的啓示，又如何呢？或者應該這樣問：人類是否應該等待又一位先知出現，再次將上帝的福音傳到我們身上呢？從眞理，變成教義，再變成教條教規；從體悟，變成信仰，再變成宗教組織。人類的歷史，不就是幾千年來一路如此地走過嗎？西元六一〇年，正當波斯和拜占庭展開一場激烈戰爭的時代，穆罕默德看到了神所示現的奇異景象，加百列大天使（The Archangel Gabriel）出現，命令這位先知：「記下來！」然後，在二十二年間，一次又一次地將上帝的話語傳達給他，不透過任何間接的形式，天啓，就直接交給了先知，而伊斯蘭：「Islam —— submission to God's will. 順從於神的意志」，這一信仰，這一宗教，於是誕生了。但是，當人類從先知手中，得到了眞神的眞理，得到了上帝的啓示、智慧、知識，又如何呢？先知穆罕默德離開之後，他的追隨者，如今的什葉派和遜尼派穆斯林，是怎麼互相對待的呢？在埃及，除了較世俗的穆斯林兄弟會以外，有一個逐漸強大的激進教派薩拉菲主義（Salafism），主張將世界帶回純然的、初代伊斯蘭，因此拒絕一切和西方思想有關的學術思想，包括經濟、教育、倫理或政治概念。這難道是當初眞神給予先知啓示的本意？

風：聽起來眞是讓人難過。

麗子：也不是所有穆斯林都這樣的。像伊朗在推翻巴勒維國王政權之後建立宗教國家體制的政教領袖何梅尼，西方世界經常抹黑醜化他。他就曾經說過：世界上沒有伊斯蘭的數學這樣的東西。意思是，數學就是數學，是人類共通的知識，不能以這是西方文明的理由去排斥學習科學知識。

凡一：何況，現代數學還是穆斯林傳給基督教世界的呢。

麗子：我的意思，並不是要批判任何一個伊斯蘭教派，更不是要否定任何一個世界主要宗教。每次看到以色列那麼殘酷地對待巴勒斯坦人，都讓我十分痛心地不禁要問：這兩個宗教的眞神、上帝、眞主，難道不是同一位嗎？爲什麼會讓他們如此？宗教，隨著時間的累積，要人們相信的東西愈來愈多：瑪利亞、耶穌及其神蹟，復活和天國；阿彌陀佛、彌勒佛、藥師佛、西方極樂世界和地獄輪迴。要人們相信的事情愈多的宗教，愈是容易把人們變成無知的小孩。什麼都不必思考，會讓人們愈來愈長不大。風先生，就算我得到了神的天啓，就算因此這個時代又誕生了一位先知，出現更強大的信仰和宗教，剛才所說的人類歷史錯誤經驗，就能夠超越避免嗎？

風：那……該怎麼樣才對呢？

麗子：我不是先知，我也沒有肯定的答案。只是覺得，身為人類，對於終極的探索，不能只是一味地向外追求，更不能只是等待神的救贖或上帝的啓示，這樣的話，其實是滿不負責任的，是另一種形式的逃避。問題並不出在宗教、信仰、教義、戒規的有無或對錯，而是人類自己有沒有眞誠地、良善地在發掘、探究、開發、認識自己的內心。許多宗教不都宣示了「神和一切都與我同在」嗎？在哪裡？不就是在自己的內在嗎？所以，與其等待先知教導福音，人們應該多致力於洞悉自己的本性吧。這麼說，並不是教人自大地否定神、否定信仰，而是要更謙卑誠實地面對自己的心才行。

風：我了解妳的想法了，也尊重妳的決定。妳說得很有道理，但是我受人之託，只得另外尋找合適人選了。不過，還是很歡迎妳到美洲來大壯遊喔。我也希望有人能循著我當初的南北美洲縱貫大逃亡路線再走上一遍。

麗子：從我個人的立場，也很期待去實現這樣的一次旅程喔，不過，是以旅人的身分，而不是作爲一位使者或是先知候選人的資格。旅人即便是被不屑一顧，也總是自由的。使者或是先知，因爲有了允諾和承擔而受到尊敬或朝拜，卻永遠活在限制與束縛之中。這世界不需要多我一個先知，但我很樂意做一位追隨你腳步的旅人喔，只要不要叫我去挖黃金寶藏就好了。

進三：這樣，我還是有機會將我的本田一千兩百C.C.重機騎到巴塔哥尼亞去囉。

凡一：我也可以去比較研究盧恩符文和中南美洲文物上的符號有沒有關連囉。

風：你們昨天不是談到要請一位懂西班牙文的凡一朋友擔任嚮導，我突然有個感覺，這個女孩子，說不定正好適合代替原本希望拜託麗子小姐的使者角色喔。

麗子：再說吧。要成行，最快也得等到凡一上大學以後，何況，他答應溫拿騎士的任務應該要先完成才行。

風：不管什麼時候，反正，請你們務必來美洲一趟就是了。我的事情談完了，接下來要請跖先生出場了。

跖：哈哈！凡一小友，好久不見，接下來由俺擔任主持人，因爲啊，是俺的建議，才有接下來的節目的。本來咱們會出來和汝對話，是以爲汝這小子是個 pedophile，有戀童癖傾向。見了面才知道，其實，不過是蘿莉控而已。而且，和本人或是大作家直哉相比，根本是小得不能再小的小咖蘿莉控。慕少艾，人之常情，何況是汝這個年紀的孩子，如果不喜歡青春美少女，那才要擔心是不是有病。後來看到令尊爲汝整理的那一份生命議題清單，讓俺猛然醒悟，這些心中內在的矛盾、衝突、掙扎、痛苦，才是汝召喚咱們出現的眞正原因。問題不在蘿莉控，是這些汝所遭遇的生命課題啊！雖然，經過每一個人的歷程故事，已經讓汝有了許多成長和收穫，但是像俺這麼要求完美的人，事情做得不夠完美就會坐立難安，於是就建議大家，每一個人在自己的文化傳統知識背景之中，找出一句話送給汝。這一句話，必須是千錘百鍊的珠璣之言，既可以讓汝用來對治當下生命的困境，也能夠提供汝在未來人生旅途中時時反思出更深刻的意義。大家都欣然同意俺這麼好的主意，既然主意是俺提的，俺就當仁不讓眾望所歸地負責主持大局囉。

凡一：蹠先生，俺眞的很謝謝汝，謝謝大家。

蹠：不要學俺說話。先請史上第一位 pedophile 受害者卡德慕茲說話。這位美少年天天在開趴，比較沒文化，讓他先講，講不出什麼道理也沒關係。

卡德慕茲：蹠先生，別小看我，我可不會丟希臘人的臉。凡一，我送你的一句話是：「要自由，才能有幸福；要勇敢，才能有自由。」這句話，出自於我們希臘偉大的歷史學家修昔底德（Thucydides）。修昔底德的巨著《伯羅奔尼撒戰爭史》書中第二卷記載，西元前四三一到四三〇年冬季，伯里克利在陣亡將士紀念儀式上發表演說。他說：「我們愛好美的事物，但是沒有因此而至於奢侈；我們愛好智慧，但是沒有因此而至於柔弱。我們把財富當作可以適當利用的東西，而沒有把它當作誇耀自己的東西。至於貧窮，誰也不必以承認自己的貧窮爲恥；眞正的恥辱是不擇手段以避免貧窮。」在這樣的生命態度基礎上，他繼續說道：「要自由，才能有幸福；要勇敢，才能有自由。我們生長在一個人生無常的世界中，但是，死得光榮的人和光榮地哀悼他們的人，都是幸福的。」修昔底德以伯里克利角色說出的這句話，我感受很深刻。在奧林帕斯山上擔任侍者的我，無法得到想要的幸福，是因爲不自由。然而，沒有自由，其實是因爲自己不夠勇敢吧。

凡一：卡德慕茲，謝謝你。在不自由之中，仍不放棄追求幸福，也是一種勇敢啊。

跖：汝引用修昔底德寫的那段演講詞，眞不愧是民主制度締造者的希臘人才說得出的話。不過，現代的希臘國民乃至於受希臘文明影響的西方國家領袖要是記得奉行他們先祖的這番金玉良言就好了。希臘人之後，換羅馬人皮拉姆斯說話吧。

皮拉姆斯：我要送給凡一的話很簡單：「快樂是需要審慎的！」說這句話的人可不簡單，是伊比鳩魯。許多人對伊比鳩魯有誤解，以爲他是位享樂至上主義者，只追求自己過得爽就好，這完全是誤會一場。以下就是他親口說的話：「當我們說快樂是終極目標時，並不是指放蕩的快樂和肉體的享樂，像某些由於無知、偏見或蓄意曲解我們意見的人認爲的那樣。我們認爲快樂就是身體無痛和靈魂不受干擾。構成快樂的不是永無休止的飲宴、舞會、美色和餐桌上的山珍海味，而是清醒的理性，靠它指明每一選取或避免的根據，清除那些使靈魂不得安寧的觀念。所有這些的起點和最大的善就是審愼。因此，審愼甚至比哲學更爲可貴，所有的美德都從它產生。它教導我們如果不同時生活得謹愼、高尚、公正，就不可能有快樂。」

凡一：皮拉姆斯，謝謝你。以後我媽不管是要買 Gucci 還是 Prada 的時候，我都會引用你說的這句話來提醒她。

皮拉姆斯：不只如此，我知道你的情緒狀態經常擺盪在斯多噶和伊比鳩魯這兩種一般人以爲互爲極端的思想之間，才特別選出這段話。它的意義，對所有的蘿莉控甚至 Pedophile 都是很好的警示喔。

凡一：嗯，我會記住的。

跖：皮拉姆斯這位文藝復興時期的羅馬人，竟然援引希臘哲學家的觀念，可見羅馬帝國眞的沒什麼思想可言。在義大利拉丁民族之後，就請具有北歐條頓血統的日耳曼民族兼盎格魯－薩克遜，溫拿騎士出場吧。

溫拿騎士：凡一，在提出我的一句話之前，要先做一點說明。爲了維護古歐洲文化傳統，保存我們先祖留下的遺產，我和聖殿騎士團成員們受到基督教勢力無情慘烈的打壓迫害，但是，這句在我心中最有價值的話，卻是出自一位天主教修士。「藉著給予，我們就得到；藉著寬恕，我們就蒙赦免。」這句話，是聖方濟〈和平頌禱〉中的話語。聖方濟是十二世紀後半的人物，出生於富裕家庭，年輕時曾經有過一段荒唐歲月，後來卻過著乞丐般的修道生活。這首祈禱詞的全文是這樣的：「造物主，求祢使我成為和平的器皿。哪裡有仇恨，就讓我散播愛；哪裡有傷害，就散播寬恕；哪裡有懷疑，就散播信心；哪裡有錯誤，就散播真理；哪裡有絕望，就散播希望；哪裡有黑暗，就散播光明；哪裡有悲傷，就散播喜樂；使我不多求慰藉，而多安慰人；不多求人了解，而多了解人；不多求人愛，而多愛人。因為藉著給予，我們就得到。藉著寬恕，我們就蒙赦免。經由死亡，我們就得重生，進入永恆生命。」英國的新教派和天主教曾經長期抗爭對立，英格蘭和北愛爾蘭幾世紀以來幾乎結下血海深仇，如今，英國新教派的教會也開始採用這首天主教祈禱詞了。這表示，在真正的仁慈悲憫之下，所有的傷痛都是可以被超越的。

凡一：溫拿騎士，謝謝你。特別引用這首頌詞的用意，是不是也在告訴受你委託要把盧恩符文回歸英國的我，你的心裡對於當時所受的迫害，已經沒有仇恨悲憤了呢？

溫拿騎士：Exactly！

麗子：這首祈禱詞距今雖然已經快一千年了，仍然適用於現代。記得在黛安娜王妃的喪禮中，也有人演唱這首頌詞。我覺得，其中「不多求人愛，而多愛人」的意義也是非常深刻的。

進三：完全就是一種布施、慈悲的精神。

跖：厚！這些歐洲民族眞是喜歡長篇大論，每個人一句話的背後，都還有落落長的出處註解，雖然都很有道理就是了。接下來，換印歐民族的亞利安人，請薩摩第老和尚說話吧。

薩摩第：我是佛陀的弟子，作爲一位佛教徒，本來應該從佛法中摘取精華要旨的，可是之前和海森堡已經談了不少佛經的核心重點，所以就不提佛法了。我是印度人，印度傳統文化中最珍貴的資產就是《摩訶婆羅多》和《羅摩衍那》這兩部史詩。我要贈與凡一的話，就是《摩訶婆羅多》的首句：「此處所有者，遍地皆有；此處所無者，無處可尋。」《摩訶婆羅多》是長度排名世界第三的史詩，僅次於圖博的《格薩爾王傳》和吉爾吉斯的《瑪納斯》。使用了超過一百八十萬個單詞，共十八卷。從西元前九世紀開始萌發原型，經過千年的醞釀累積，不斷修改追加，到西元四世紀左右才終於完整底定。凡一有時間的話應該看一看，它的內容包括了古印度的哲學、理論、寓言與故事，例如著名的〈薄伽梵歌〉也是其中一部分，可說是綜合了古印度文明思想、生活和道德、倫理、價值觀的鉅著。至於我送你這句話的涵義，看完，你就明瞭，我就不多做解釋了。

凡一：薩摩第大師，謝謝你。這眞是有意思的一段話，經過你們帶給我這麼多智慧和啓發之後，我覺得這段《摩訶婆羅多》卷首語，好像是在形容集體潛意識喔。

薩摩第：比「雖不中，亦不遠矣」更接近得多了，眞是後生可畏啊。

跖：知道凡一小友的厲害了吧，知道害怕就好！既然古代亞利安先祖已經說過了，就讓現代亞利安民族代表來接續吧。海森堡博士，該汝了。

海森堡：我是做理論物理研究的人，不太會用文字表達，也不知道要引用什麼有學問的人的話。我想，就把我一輩子思考科學和自然的心得感想，化約成最簡單的話送給你：「上帝像什麼？像數學，是一則等式。當你拋掉一切時，得到的不是零，而是，無窮無盡。」什麼意思？就讓凡一慢慢思索了。

凡一：海森堡博士，謝謝你。你說的這些話，我眞的不太懂，不過，我會時常拿出來想一想。而且，你對科學的態度和堅持人道精神的勇氣，我是不會忘記的。

跖：還是物理學家厲害，講得大家都聽不懂，不過，搞不好或許他們常常也搞不懂自己在說什麼就是了。印歐民族也包括咱們高加索人吧，有請咱們唯一的女性，亞美尼亞的米麗安公主。

米麗安：我要送給凡一的，比海森堡博士更簡短，不是一句話，只有一個字：「Dirio」。這是一個拉丁文單字，原本意思是「我引導」。雖然我成長在歐亞大陸的交會處，可是從小就學習拉丁文。這個字，我一直很喜歡，覺得在人類自由的心靈中，有一股Dirio的力量，應該是件很重要的事吧。後來聽在美國的大學任教的兒子說，緬因州的紋章上，就刻著這個字作爲銘文。

凡一：米麗安公主，謝謝妳。用這個字，來爲妳的一生下註解，眞是貼切，可以感受到値得尊敬的信念。妳對愛情的堅持，實在令我超感動的。

跖：不愧是咱們優秀的高加索民族後裔。子孫這麼卓越，當然是俺這個高加索民族祖先基因良好的關係啊！換俺這位流浪到黃河的高加索華人提出贈汝之言了：「生非來，生非去，生非現，生非成。自己在法中，有生有死也。」像俺這麼偉大的一代宗師，怎麼可能會去借用別人說過的話。凡一小友，俺看汝眞的頗具慧根，才把這段話贈汝。這可是俺一生修道體悟的總結，而且，從來沒有傳授給任何一個徒子徒孫。天下之道法，盡在其中矣。

凡一：跖先生，謝謝汝。這些話，俺是更加地不懂，不過好像眞的很高深就是了。

跖：什麼好像，是眞的很高深。現在不懂沒關係，等汝多和幾個青春美少女戀愛，多被拋棄幾次，自然就會懂了。還有，不要學俺說話。

凡一：遵命。接下來還有兩位，誰先呢？

跖：先請咱們的蘿莉控同好、青春美少女癡戀狂，大作家志賀直哉好嗎？

志賀直哉：凡一，你糾結的情緒，我都曾經體驗過，對於你的痛苦，我感同身受，所以，特別從古往今來那麼多文史哲作品中，選了一句像你我這樣的人應該謹記在心的話，是愛爾蘭詩人葉慈所說的：In dreams begin the responsibilities.（我們的責任，從想像力中開始。）一切都是想像力的問題，在那些沒有想像力的地方，或是那種缺乏想像力的人身上，或許就不會也不需要產生責任。但是，如同葉慈或你、我這些充滿想像力的人，相對地，就被賦予或要求，承擔等比例的責任。這是上天公平的地方，也是上天殘酷的地方。這句話的意思，我解釋得夠明白嗎？

凡一：是不是說，如果不願意負擔對等的責任，就應該棄置拋卻自己的想像能力，否則的話，既不負責任，又任由想像力發展，到最後會變成一種可怕的東西？

志賀直哉：可以這麼說，沒錯，不過這是從負面角度去理解。我要提醒你，思考事情不要太悲觀，不要只想著否定、消極的那一面。葉慈的這句話，更應該從正面方向解讀：從責任出發，我們於是有了夢想的可能性，作爲人的意義，也就由此展開了。

凡一：直哉老師，謝謝你。除了肯定和鼓勵，這句話也同時提醒我，不要過於負面悲觀。

跖：對啊，汝小子若有俺一半的樂觀積極就好了。最後，請最樂觀開朗的美洲原住民代表風來發表贈言。

風：凡一，要送你的也只有一個字，是我們歐及布威族的語言：「Miigwech」。這個字，表面上就是「謝謝」，但是在我們族群的使用意義上，它有著更豐富深遠的內涵，讓我試著用英文表達：「Its meaning imbued with humility as well as gratitude, humbled as well as grateful.」就是這樣。

凡一：風先生，謝謝你。我想你要說的是，Miigwech，正是作爲一個人所應該抱持的心境胸懷吧。

跖：好啦！大家該說想說的都說了。最後，凡一小友，汝有什麼話要告訴咱們嗎？待汝講完話，大家就要說再見了。

凡一：嗯，我想說的是，日文的謝謝，漢字寫作「有難」（ari gadou），原意是：「有」，是人生中「難」得的事，所以值得感謝。你們每一位都提供給我極爲寶貴的生命經驗，讓我的靈魂變得更加輕盈而自在，可以去追尋自由。你們的對待，讓我覺得，世界上最美麗的詞彙，就是「有難」，就是感謝。謝謝大家，謝謝，再見了！（凡一語畢，眼角留下了兩行清澈的淚水。）

（全書完）

參考書目

《人及其象徵：榮格思想精華》，卡爾·榮格主編，龔卓軍譯，立緒文化，二〇一三年。
《人類大歷史：從野獸到扮演上帝》，哈拉瑞著，林俊宏譯，天下文化，二〇一四年。
《千面英雄》，喬瑟夫·坎伯著，朱侃如譯，立緒文化，一九九七年。
《中東與伊斯蘭世界史圖解》，宮崎正勝著，劉惠美譯，商周出版，二〇〇八年。
《文明之網：無國界的人類進化史》，William H. McNeill、Robert McNeill 著，張俊盛、林翠芬譯，書林出版，二〇〇七年。
《世界文明史　後篇：後工業革命到現代》，伯恩斯等著，文從蘇等譯，五南出版，二〇〇九年。
《外星人的創世文本：《伏尼契手稿》和《以諾書》》，艾利希·馮·丹尼肯著，吳柳燕譯，高寶出版，二〇一一年。（第十五、十六、十七章關於摩爾門教、《以諾書》與中南美洲文化遺跡部分內容，參考此書。）
《用觀念讀懂世界歷史：上古至地理大發現》，王健安、吳青樺著，商周出版，二〇一五年。
《西洋易經：盧恩符文（Runes）占卜大復活》，德魯伊著，書泉出版，二〇一二年。（第五、七章關於盧恩符文部分內容，參考此書。）
《希臘羅馬神話：永恆的諸神、英雄、愛情與冒險故事》，伊迪絲·漢彌敦著，余淑慧譯，漫遊者文化，二〇一五年。
《流傳千年的古希臘神話故事》，黃禹潔編著，知青頻道出版，二〇一三年。

《約翰福音中的生命與建造》，李常受著，台灣福音書房，二〇一一年。

《海邊的卡夫卡》（上、下），村上春樹著，賴明珠譯，時報出版，二〇〇三年。

《神的歷史：猶太教、基督教、伊斯蘭教的歷史》，凱倫．阿姆斯壯著，蔡昌雄譯，立緒文化，二〇一二年。

《高加索玫瑰》，庫邦．薩依德著，呂以榮譯，商周出版，二〇一〇年。（第十二章哈珊遺書及部分內容，參考此書。）

《強勢宗教》，加百列．艾蒙德、史考特．艾波比、依曼紐．西坊著，徐美琪譯，立緒文化，二〇〇七年。

《從亞伯拉罕．以撒．雅各的經歷看神的選召》，李常受著，台灣福音書房，二〇一四年。

《清貧思想》，中野孝次著，李永熾譯，張老師文化出版，一九九五年。

《24個比利：多重人格分裂的紀實小說》，丹尼爾．凱斯著，小知堂編譯組譯，小知堂出版，一九九四年。

《第五位莎莉》，丹尼爾．凱斯著，小知堂編譯組譯，小知堂出版，一九九五年。

《榮格．占星學》，瑪姬．海德編著，趙婉君譯，立緒文化，二〇一二年。

《榮格心靈地圖》，莫瑞．史坦著，朱侃如譯，立緒文化，二〇〇九年。

《認主獨一：伊斯蘭的一神論基本概念》，阿布．阿米那．比拉爾．菲利浦斯著，買德麟譯，伊斯蘭服務社，一九九三年。

《語言本能：探索人類語言進化的奧祕》，史迪芬．平克著，洪蘭譯，商周出版，二〇一五年。

《劍橋插圖伊斯蘭世界史》，法蘭西斯．羅賓笙著，黃中憲譯，如果出版，二〇〇八年。

《潛入夢境，挖出最棒的你》，特瑞莎．杜克特著，蔡永琪譯，橡實文化，二〇一一年。

《導讀榮格》，Robert H. Hopcke 著，蔣韜譯，立緒文化，一九九七年。

《穆士林手冊》，定中明等編，馬家珍出版，一九九八年。

《靈魂自由人》，曾野綾子著，蕭照芳譯，天下雜誌出版，二〇〇四年。（第十八章伯里克利演說內容，伊比鳩魯對快樂的定義，聖方濟和平頌禱等內容，參考援引此書。）

The Interpretation of Nature and the Psyche, Carl Gustav Jung, Wolfgang Ernst Pauli, Ishi Press, 2012.

The Gnostic Gospels, Elaine Pagels, Vintag, 1989.

Beyond Belief: The Secret Gospel Of Thomas (Paperback), Elaine Pagels, Random House, 2003.

The Nag Hammadi Library, James M. Robinson, Leiden Netherlands, E. J. Brill, 1978.

Wild: From Lost to Found on the Pacific Crest Trail, Cheryl Strayed, Vintage Books, 2013.

後記

從厚繭中長出的生命

之所以會有這部文字的書寫，是爲著因應兒子的請求，要我寫一個故事送給他，唬弄他內心不安定的靈魂，作爲伴他度過十八歲生日的禮物。一開始，根本沒有什麼整體架構情節大綱，連故事會講多長多久都沒有預期。從二〇一五年四月二十五日那個週六開始，逢週六就寫一章節，連寫了十八個週六。每個週六，總是趴靠在墊於大腿的紙板上，利用室內還有光線的時間，一口氣，寫上八到十二個小時。寫完，總是腰痠背痛、既虛脫又滿足。這樣子長期固定在單一姿勢執筆的衍生紀念物，就是紙板依靠支點的膝蓋和身體重心著力處的臀部，在摩擦中長出了一層粗糙硬實的厚繭。凡一的故事，也就這樣，在兒子播下種子之後，自己長出來了。

身處這樣的境遇下寫作，有兩大特點有別於一般作者。其一是，無法自由查閱資料。別說上網google、維基百科，抑或是隨時到外面的圖書館或誠品書店蒐集資料了，在這裡，我連一本國語辭典都沒有呢！常常頂多就是在工作的資源回收場垃圾堆中撿到的書籍，從裡頭掇拾一些可以再生利用的素材。但說也奇怪，似乎許多訊息都會自動跑來找我，主動讓我發現，好被寫進故事裡。其二是，無法修改作品。不僅整個故事事先沒有規劃，每一個章節，在每個週六開始著手動筆的當下，往往都還沒構思好內容會如何發展。經過恍若夢中的一氣呵成之後，隨即封緘郵寄回家去。故事文字，從此脫離了我獨立，有了它自己的生命。一週一封信，一次書寫一個章節。直至原稿交付出版、進行正式校對前，之前寫成的部分，我再也沒能瞧上一眼，更別說修改校正了。沒有底稿可以回顧參照，我只能憑著記憶，琢磨著情節如何鋪陳延續。所以，只能採取一種最爲簡約的格式架構，讓故事的脈絡維持在得以僅止於透過印象予以駕馭而不至於失控的程度範圍內。如今回頭一看，好像是巴哈的賦格似的，迴旋再迴旋，在簡單之中追求對於繁複的包容。

故事進行到一半時，自以爲是用一種「在傳奇中發現事實，在事實中創造傳奇」的方式在書寫。現在寫完了，卻沒了那種感受，反而覺得：「據實說出看似不可能的眞相」，說不定比「虛構一些看似合理的情節」更有趣得多。

這個故事，是送給兒子的，他是催生者，也是共同創作者。能夠完成，要感謝我的妻子，沒有她，是根本不可能做到的。

誠摯地感謝遠流出版公司王榮文董事長、黃靜宜總編輯，以及這本書的責任編輯蔡昀臻小姐，因爲有他們的幫忙，這一個故事才有機會讓世人知道。也衷心感謝陳耀昌教授，應允爲本書作序。

妻兒一致支持，將本書的版稅收入，全數捐贈給從事難民援助的非營利組織「國際救援委員會」（International Rescue Committee，簡稱ＩＲＣ）。目睹苦難不斷，總令我想起一位印度詩人的話語：「擁抱光明，但永不忘記曾在黑暗中爲我們點燈的人。」

附錄

故事，等著我們將它說出來——藤原進三的寫作Q&A

編按：未曾發表過任何文學作品的藤原進三，初次創作，即寫出了《少年凡一》與《彩虹麗子》（預計於二〇一七年年中出版）這兩部難以歸類與定義的小說。正身陷囹圄的他，是懷抱什麼樣的寫作意識，在如何逼促侷限的現實環境下，踐履他「說個故事」的初衷？編輯部特以筆訪方式，讓作者自抒己見，以解答讀者可能的提問。

問：《少年凡一》與《彩虹麗子》原是你送給孩子與妻子的生日禮物，也可以說是傳達對家人的關愛的另類家書，當初爲何採取「小說」這個文類？

答：起初寫《少年凡一》，只是想要說個故事給孩子而已，把原本的書名《凡一的心靈神話》定下來，就開始寫了。說故事，就是說故事，根本沒去考慮什麼文類、體裁、格式與類型的問題，當然也沒有自覺意識到這是不是一個會被歸類爲「小說」的故事。甚且，這個故事要說多久、多長，怎麼鋪陳發展，怎麼收尾結局，在動筆之時都是一片空白。沒有預先設想，更沒有情節架構。

反正，在環境的限制下，我只能一個星期寫一次、一章、一段故事，就這麼一路把故事說下去。

故事，是永遠沒有說完的那一天的。《少年凡一》的結尾其實不過是中場休息而已。時空的連續性，對人類而言是一個錯覺，對故事來說，反而是一種實相。故事一直綿延不絕地往前走，只等著我們隨時接續下去，只等著我們將它說出來而已。

《少年凡一》告一段落，故事人物原地解散不到一個星期，《彩虹麗子》的故事就出現了。《少年凡一》完稿和《彩虹麗子》啓動執筆，時間間隔只有兩個星期。也是先定下原書名《麗子的心情圖畫》，只知道要把女性人物、繪畫名作和彩虹數字三個元素整合起來作爲故事的內容，也沒去多想這樣算不算小說，甚至，算不算是所謂的文學。和《少年凡一》一樣，想到一位女性，寫下一個故事，下一位是誰，故事怎麼繼續，都不知道。不同的是，這次至少很確定，主角只有九位，故事只有九段，因爲數字從1到9只有九個。再者，《彩虹麗子》的說故事目的性比較清晰，是爲了向我所身處這個宇宙時空中的這位數字1女性致敬。

問：雖是小說，部分情節又帶有濃厚的自傳色彩，在寫作過程中，實與虛、眞與僞之間的取捨，有什麼用意與標準嗎？

答：現實與虛構、寫眞與杜撰、紀實與瞎掰，如何交錯、穿梭、混同、滲透、揉合，本來就是故事構成中最精彩有趣的部分，或許，也是最考驗說故事者天分功力的地方。對我來說，刻意去區分奇幻小說或寫實小說，fiction 或 non-fiction story，純文學或大眾文學，社會派小說或私小說，是不存在於創作意識之中的。不過，虛擬和實境之間的操作統合，在一大堆實存的人事時地物之中，鑲嵌進自己的想像造作，在一連串架空的描述訴說之中，夾帶呈現客觀的事實眞相，的確是我這個說故事的人很愛的事情。寫完這兩個故事之後才想到，如果眞的要賦予它們一種類型標籤的話，說不定可以稱之爲「無邊際小說」。

無邊際，是眞與假之間模糊化之後的一體化，是實境與虛擬之間界限的跳躍、忽略甚至泯除。在故事裡，不只表現在歷史、地理、文化與國族等的陳述，最好玩的是，讓時間與空間的限制條件解除。我們的生命活動，只能被拘束侷限在時空架構的次元裡面進行，透過說故事，時空的框架都可以突破了，眞假實虛還有什麼規範值得被遵守呢？當然，某種程度的故事合理性也是很重要的，怎樣讓聽故事的人信以爲眞，就是呈現說故事者天賦的關鍵所在了。

《少年凡一》和《彩虹麗子》另一個表現「無邊際書寫」的面向，是藤原一家三口的家庭生活和我與妻兒的居家互動模式之間的重疊複合，作爲第一位讀者的妻子說：看了這些故事的人，都知道我們家的生活方式了。確實如此，雖然沒有藤原家那麼地豪華，卻有著同樣濃烈的情感。而以小說人物「藤原進三」爲筆名，也可算是無邊際書寫的一種體現吧。

問：《少年凡一》以「催眠」召喚古今中外人物，《彩虹麗子》透過「數字」剖析當今著名女性，兩相對應，催眠與數字似乎都只是一個鉤子、一道橋梁，用來牽引出駁雜多元的人類文明星圖與心靈宇宙，請問當初選擇這兩種情節骨架，是否各有特別的緣由與考量？

答：直到兩部作品完成一年多之後的最近，看了美國神話學大師坎伯的名著《神話的智慧》，我才赫然發現，原來眞要說《少年凡一》和《彩虹麗子》是屬於什麼創作類型，應該可以算是「神話」吧。當時把書名暫定爲《凡一的心靈神話》還眞是有道理，只是那時候，自己其實並不清楚。

神話是什麼？坎伯是這麼說的：

神話，就是人的生活。神話的內容，在反射人與人之間、人與環境之間的關係。

神話，是眾人所作的夢；夢，是私人的神話。

神話，就是有情節的心理分析。

神話，是象徵和符號：象徵，是隱喩的，是精神性的指引。符號，是形像的，是事實性的樣態。

從這些定義標準看來，這兩部作品最貼近的形式，就是神話。故事裡的許多要素：人物的生活，集體潛意識和催眠，繪畫名作作爲象徵隱喻，以及彩虹數字作爲符號解碼，不都是神話的內涵嗎？

這些詮釋，都是事後發現的。在書寫創作的過程中，並沒有這樣的覺察和企圖。即使用神話來概括歸類這兩部作品的形式，《少年凡一》和《彩虹麗子》在構造上卻又截然不同。前者，是時空的延展貫穿，人物跨越古今東西，神話的體質性格比較厚重；後者是時空的聚焦切片，是即刻當下凝視的瞬間，是女性人物、繪畫意象和數字密碼交會的同時性揭露。因爲帶有傾向現代傳奇的色彩，主角都是google得到活在當代的人物，可能容易令人忽略了它的神話本質，其實，書中每位女性的故事，既是傳奇，也是神話。

問：兩書牽涉的領域寬廣，尤其是《少年凡一》，涵蓋了神話、宗教、種族、歷史、藝術、文學、科學、自然與政治等，但字裡行間卻不見艱澀沉重，反而有種舉重若輕的優游自在。請問你是如何涉獵、吸收並消化這些大量的知識內容？身在囹圄，無法自由上網或上書店，如何解決蒐羅與查閱資料等問題？

答：《吠陀經》的「吠陀」（veda）這個字，原意有兩層，其一是「知識」，其二是「特定的傳達」。兩層涵義合起來，特定的知識，透過特定的途徑傳遞給特定的人，其實就是許多文化中神話的創造方式：神諭。

神藉由代理人口述或書寫的話語，就是人類流傳至今多數神話的來源。

寫作《少年凡一》和《彩虹麗子》的素材，我覺得與其說是知識，不如說是常識。很多東西本來就是我和孩子之間經常在生活中談話聊天的題材，像是跖和孔子的辯論，或是海森堡和哥本哈根學派在量子物理發展上的貢獻等。更何況，音樂、藝術和彩虹數字，本來就是妻子信手即可拈來的專長，我耳濡目染之餘，多少也能識得皮毛。這些日常生活中的常識，已經日積月累內化到我記憶意識的每一角落，起心動念就會自己跑出來。當然，愛讀書，大量的讀書，不分領域的讀書，對各式各樣各個學門的知識都很好奇感興趣，應該也有幫助。

寫作的另一類素材，與其說是知識，不如說是訊息。很神奇的，在書寫的時候，需要的資訊或是應該被寫進故事的材料會自動出現，好像訊息會自己跑來找我似的。在我工作勞動的垃圾分類場資源回收的廢棄書堆中，發掘出很多珍貴的寫作訊息，都正好是那一段故事情節所欠缺的。我眞的不知道這是單純的巧合還是眞有一股偉大的超自然力量在幫忙。總之，沒有蒐羅和查閱資料的情形，因爲，根本無從蒐羅和查閱資料。

雖然，訊息的傳遞很神奇，這兩部神話作品，應該不是什麼神諭。所有的知識、常識、資料、資訊，都是經過我的加工取捨才組織編入故事中的。這種有大量訊息的說故事方式，其實就是平時我和孩子講話的模式而已。

問：請談談你個人的閱讀習慣，是否有特別偏好的領域或作家作品？

答：就像藤原進三一樣，抱著一本書窩在專屬座位上做一顆沙發馬鈴薯，確實就是一直以來我的家居生活習慣。

這三年來不在家，看書的時間更多了。平均起來，一個月要讀二十本中文書、一到兩本英文小說或專業原典（比如麥特．戴蒙主演電影《絕地救援》的原著小說《The Martian》，五天就看完了；可是艾倫．狄波頓的《愛的進化論》（The Course of Love）才兩百多頁，卻讀了快一個月），加上超過四百頁的日文原版《文藝春秋》（我超愛塩野七生的〈日本人へ〉和船橋洋一的〈新世界地政學〉這兩個專欄）。至於雜誌期刊，除了《科學人》和中經院的《經濟前瞻》每期必讀之外，其他一般性的周刊、月刊合起來也有十幾本。

我不是看完一本書才換下一本，這樣太無聊。喜歡同時間看三到五本性質不同的書，一天之中，又是小說又是心理學，加上佛理、國際關係和機率論，就很有趣。

閱讀的範疇，有些領域和作者，已經變成一生關注的對象了，比如中國研究或是地緣政治學的新著作，會持續地追蹤。比如東野圭吾、宮部美幸或是費迪南·馮·席拉赫（Ferdinand von Schirach），只要有新書，就非得先睹爲快不可。從年輕時我就養成了一個習慣，愛上一個作者，就一定要把他的作品統統找來看完，從松本清張到湯姆·克蘭西（Tom Clancy），從龍樹到杜斯妥也夫斯基，都是如此。

另一個閱讀習性是，經常會一段時期熱中沉迷在一個特定主題的追求上，就想盡辦法把相關的書籍找來全部看一看。比如前一陣子著迷在新自由主義和反全球化，這陣子則是弄了六、七本行爲經濟學的英文書，K得痛苦不已，但也樂此不疲。最瘋狂的是有一次曾經一頭栽進量子物理的世界裡，竟然搞到請妻子送來一本微積分教科書開始自學自修起來，只是想要試看看能不能弄懂薛丁格方程式在講什麼。

問：從這兩部作品，尤其是《彩虹麗子》，可窺見你對當今國際局勢與政治生態的關注，這與你的背景經歷有關嗎？寫完後，對政治與文學是否有不一樣的體會？

答：與其說關注國際局勢和政治生態，不如說，我比較在乎的是人類共通性的處境、難題、挑戰，以及未來世界的想像和演進。比如說，相對於英國脫歐，川普當選，安倍修憲，更令我感興趣的是精英政治和民主體制效能的議題，是全球資本移動和貧富不均的議題，是民族國家正常化和高齡少子化社會如何因應跨境人口的議題。關切這些議題，和知識無關，和人有關。這些議題處理得不好，就是地中海濱難民喪生的悲劇，就是我們的年輕孩子大學畢業只有22K的悲哀，就是年金和健保體制必定破產的悲慘。

《彩虹麗子》故事所傳達的，對於人類處境的關切是其中一部分，但並不是我刻意想要描述的。說眞的，現在的我，沒那麼憂國憂民憂世界。我只是在說故事而已，只是想要說出、說好每一個數字的女性人物故事而已。相對於國際的、政治的、人類共通的議題，每一個個人的心性狀態怎麼樣從低階提升到高階，甚至達到超越終極的境界，毋寧是故事裡更重要、更根本的主張，構成了貫串整部作品的尋找與追求。這些，是數字9的無私無我，是數字6的慈悲佈施，是數字2的寬恕包容，是數字5的眞愛自由。

這樣子的關注重心位置和力度向量區別，是不是就是政治與文學之間的差異，我不是很清楚。就好比，遠離政治之後，人性是不是就比較能夠可愛？對「人」有著更多關切的話，文學是不是就比較可以溫暖？我也不是很清楚。畢竟，在政治上，在文學上，我都不是一位成功者。

問：兩書把日本的文化與生活描繪得流利鮮活，讓人彷彿身歷其境，爲何對京都這麼熟稔？且兩書皆以生活在京都的藤原三口之家爲時空場景，如此設定的用意爲何？曾說過這兩部作品是「不想書寫台灣的台灣書寫」，爲什麼不想書寫台灣？以及怎麼定義這兩部作品的台灣性？

答：正因爲不想寫台灣，故事的場景當然只能是京都。正因爲以京都爲場景，故事的主角理所當然成了日本人。除了台灣，京都是我最熟悉的地方。如果出於難以一語道盡的個人情感糾結，台灣不能再作爲我的故鄉，就只剩下京都這地方，可以讓我當成故鄉了。故鄉，就是既懷念又遙遠，閉著眼睛都歷歷分明的所在。京都這個城町，閉著眼睛，我都知道如何從四條大橋轉下河堤沿著鴨川走到出町柳；閉著眼睛，我都知道從銀閣寺的哲學之道，信步到南禪寺哪一段的櫻花開得最燦；閉著眼睛，我都知道從八坂神社爬產寧坂到清水寺，途中走多久會經過坂本龍馬遇刺的那家客棧，就在左手邊。

不想寫台灣，是因爲主觀上、心理上，不想也不願對這塊土地有著像從前那麼強烈的執著依戀了，如果能一絲都沒有，最好。可寫完才發現，原來自己做不到。

神話既然是生活的投射，故事既然是經驗的書寫，兩部作品之中，就避免不了出現一些台灣的場面景象。比如說，京都國際交流會館旁的法義餐廳 Graustark，其實是以慶城街的 Joyce 爲藍本。又比如說，開設選課秒殺西洋藝術講座的，是台北科技大學，不是京都產業大學。

如果場景的虛實借用，是想像力和經驗值的侷限，那麼情節敘述的影射暗喻，或許就是情緒思維的無法切割放下了。主角人物是日本家庭，但是，許多論說陳述的觀點可能還是滿台灣視野的。尤其是對兩位政治領導人的評價，有點擔心太過明顯針對地成爲敗筆。不想寫台灣，又沒有能力寫到完全沒有台灣的影子，這種矛盾與糾葛，大概就是這兩部作品的「台灣性」吧。

問：寫作過程中，是否曾遭逢撞牆或枯竭期？怎麼度過？請問這兩部作品的第一讀者：孩子與妻子，各自怎麼看待這份「禮物」？

答：我必須鄭重聲明，妻子與孩子，是這兩部作品的共同創作者。《彩虹麗子》之中所有關於彩虹數字學的概念，全部來自於妻子授課的講義教材。《少年凡一》故事裡凡一所遭遇的成長困境，都是孩子親口的眞實陳述。尤其是，書中那份「凡一的生命議題清單」，每一段每一句每一字，都是孩子的自我剖析，我只是原文照錄而已。

就好像那位全身癱瘓，失去所有能力，只能聽、看、眨眼的法國作家寫的《潛水鐘與蝴蝶》的狀態，相似地，現今的我，所有的能力都喪失了、作廢了，如同禁閉在潛水鐘裡一樣。身處鐵窗之內，隔著強化玻璃，當孩子哭著訴說那份清單上他的生命之軛與痛苦時，我只能拚命用力將耳朵抵住話筒聽著，拚命用力將雙眼盯住孩子看著，然後，拚命用力撐著不敢眨一下眼皮，怕一眨，淚水就再也止不住。就這樣，把會面的十五分鐘裡孩子的悲傷話語，每一個字都刻在心上，回到舍房，點滴不漏地記下來。

從那時候起，我才真正明白，什麼能力都沒有了的我，唯一能爲妻兒做的，只剩下書寫。從那時候起，一個星期一章的故事，不間斷地寫，直到作品完成，沒有撞牆或枯竭。只是會經常不自主地問自己：困在潛水鐘裡的人，還有作夢的能力，究竟，是幸還是不幸？

《少年凡一》即將中止之前，孩子曾經要求我，故事不要停，不要有結局。他說：「求求爸爸，不要把凡一殺死。」直到我解釋了凡一永遠存在於他的時空中，我們隨時可以把他找回來，才甘心接受。至於妻子，在閱讀《彩虹麗子》的過程中，到底落淚了多少次，她自己能不能算得出來。我就不知道了。

問：《少年凡一》的寫作初衷是家書；是藉由說故事，思辨存在與信仰等心靈議題，試圖解決孩子的生命處境。但在創作過程中，是否也同時解答或梳理了你自身可能遭遇的疑惑或處境呢？

答：說理說教，倘若是父親的責任，在這一點上，我可能是不太稱職的。在陪伴孩子的過程中，除了彼此炫耀誰懂得比較多無用的知識之外，我總是不會一本正經，甚至，老說些不太正經的話。及至離家被囚，孩子逐漸成長而遭遇到愈來愈沉重的生命困境求助於我時，我已經連對他說理說教說笑話的時空環境條件都沒有了。

幸好，還可以說故事。

《少年凡一》的寫作動機，是爲了緩解孩子心靈中的矛盾煩惱。作爲一位還是很想說理說教的父親，就把想說的理和教，藉著故事中的九個記憶體人物，在結尾時以送給主角少年的一句話，說出來，希望孩子聽得進去。

這一說教行徑，本以爲是在爲孩子打磨一副面對人生挑戰的盾牌，誰知道，努力將之拋光透亮之後，竟成了一張映照我自己的鏡子。這些說給孩子的話，難道不是自我內在最深處想要告訴自己的言語嗎？

有人說，書寫，是一種自我療癒。創作的療癒效果，在我身上似乎不太明顯。寫作《少年凡一》，若說是在尋找生命疑惑的解答，倒不如說是讓更多問題得以浮現。這些問題像是：我應該更用力地去認識神，還是應該等待神來認識我？又像是對於我曾經犯下的錯，誰能夠原諒我？對於我不曾犯過的錯，誰能夠平反我？或許反省得不夠，書寫得也不夠，我眞的，還不知道答案。

問：身爲作者，你希望讀者怎麼看待這兩部作品？預期他們從中看到或得到什麼？

答：現下，即刻當下，正在回覆這文字採訪時空環境下的我，已經不是那一個書寫創作時空條件之中的我了。

聯結二者之間的，是承載情感、心緒、感受、思維的記憶印記。現下的觀點，有多少比例能夠精準反映寫作當時的狀態，是應該有所保留的。對於過往時空情境的喚回，我只能盡力而爲。況且，作品完成，就已經獨立脫離於我，有了它自己的生命。如今的檢視討論，似乎也會相當程度地，主客觀立場位移而不自覺地，採取著評論者視角在看待「自己的」作品。到底現下是創作者還是評論者在發言？我其實滿爲這種角色混淆而覺得不安、不自在，所以心裡有點排斥自己再去談論已然存在於這邊、大家自己看就可以了的文字書寫。希望，我所有的說明詮釋，不要影響甚至誤導了讀者的閱讀感覺才好。

作品生成、離開我之後，就好像變成我的朋友一樣。讀者要怎麼看待它們，如何和它們互動交往，應該產生什麼樣的關係、感情，都不再有我說話的餘地了。頂多頂多只能提醒一下：這兩部作品，都只是在說故事。對於故事，喜歡或不喜歡可能是比較重要的。喜歡就好好看看，不喜歡就看看就好。當然，我還是衷心期盼，讀者們會喜歡我的作品，喜歡這兩位我的朋友。

附錄

書寫自成悟境——讀藤原進三的《少年凡一》

陳柏言

「藤原進三」不只在《少年凡一》中登場，也是文壇的新名字。然而，這個陌生的異國姓名，並不只是空白的符號；相反地，由於小說之外的「個人歷史」，使其意義豐沛。作者後記說，《少年凡一》是送給兒子的十八歲禮物，然小說裡凡一的失語病徵，很難不讓人聯想起作者的獄中困境：身體的禁制，話語的封鎖——少年凡一折射的，畢竟是作者自我。不能說，總可以寫：作者完成這部十餘萬字的長篇，化身杜斯妥也夫斯基筆下的「地下室人」，在無光囚房弔詭地滔滔不絕。

凡一是一，也是多；是內在的自我，也是宇宙萬物的起點。《道德經》：「道生一，一生二，二生三，三生萬物。」主角凡一的身體，是降靈的祭台，是乩身，通過父親藤原進三的「催眠」，喚出橫跨古今的人們。凡一擁有一副老靈魂，而那些紛紛現身的人們，「並非『人格分裂』，而是『潛意識』——『在集體潛意識中，存在著最廣泛意義上的文化和文明』。」

《少年凡一》並非情節取向的作品，更接近一部百科全書。作者任意揮手，就召來日本小說家志賀直哉，德國諾貝爾物理獎得主海森堡（在凡一的宇宙，他並未獲獎），甚至春秋時代的盜跖……，展開哲學，數學，美學，乃至於神學的辯證。值得注意的是，作者身陷囹圄，文獻資料查詢不易；除了記憶，只能仰賴監獄裡偶然出現的傳單、報紙與書籍。編者指出，作者就像《過於喧囂的孤獨》中的老人，在廢紙堆中撿拾文明的碎片；然我認爲《少年凡一》更是一部《懺悔錄》，其反覆叩問的，還是罪罰與救贖的問題。作者通過書寫求索的，與其說是文明的輝煌或幽深，毋寧看作在恍若廢墟的現世，找尋與自我，與親人，甚至與世界對話的可能。或許正如小說裡，透過皮拉姆斯談論其師拉斐爾所道出的：「透過信仰、透過藝術創作，一直試圖探索『自己是誰』、『想變成誰』，以及自己如何和別人連結的方法。」

小說發生在京都，小說人物也是日本人，「閉著眼睛，我都知道如何從四條大橋轉下河堤沿著鴨川走道出町柳……」小說中對於京都的描述，並不是川端康成《古都》那樣體察風土肌理，而更像一幅遠方的幻片風景。記憶裡的都城愈是豐盛華美，愈對照出「此時此地」的崩毀與寒愴。作者決絕地說：「台灣不能再作爲我的故鄉」，因此他必須通過「另一個故鄉」來演繹故事。那麼，爲什麼是日本？日本對於寫作者來說，又代表什麼？這讓我想起羅蘭．巴特的《符號帝國》：「日本將作者推入寫作情境，這情境甚至震動了作者的心靈，推翻以往所閱所讀，意義動搖、撕裂，直到衍生出無可取代的虛無，而物件卻充滿意義……，總而言之，書寫自成悟境。」

是的，書寫自成悟境。就此看來，古今人物的召喚，京都地景的幻設，都是爲了療癒「凡一」，使其開悟。小說最後，凡一臨行贈予的詞彙「有難」，是日文的「感謝」之意；他說：「（是你們）讓我的靈魂變得更加輕盈而自在，可以去追尋自由。」緣此，《少年凡一》不只是一部長篇小說，更是一張診斷表，一紙家書／家訓，一卷無聲而無限的辯詞。

（本文轉載自《聯合文學》雜誌第三八九期）

・陳柏言，一九九一年生，高雄鳳山人，台大中文所碩士班就讀。曾獲聯合報文學獎等，著有短篇小說集《夕瀑雨》。

國家圖書館出版品預行編目資料
少年凡一 / 藤原進三著. -- 初版. -- 臺北市：遠
流，2017.04
面；　公分. --（綠蠹魚叢書；YLM20）
ISBN 978-957-32-7964-8（平裝）

861.57　　106002845

綠蠹魚叢書YLM20
少年凡一

作　　者 / 藤原進三

總 編 輯 / 黃靜宜
執行主編 / 蔡昀臻
美術設計 / 朱疋
校　　對 / 施亞蒨
企　　劃 / 叢昌瑜、葉玫玉

發 行 人 / 王榮文
出版發行 / 遠流出版事業股份有限公司
地　　址 / 臺北市南昌路二段81號6樓
電　　話：（02）2392-6899　傳　　真：（02）2392-6658
郵　　撥：0189456-1
著作權顧問 / 蕭雄淋律師
2017年 4月1日　初版一刷
定價：新台幣300元（缺頁或破損的書．請寄回更換）

ISBN　978-957-32-7964-8
ylib 遠流博識網
http://www.ylib.com　E-mail: ylib@ylib.com

ᛞ

ᚱ

ᛉ